AF191708

Kein Wetter für Dachdecker und kleine Gänschen

Für alle Meister, Gesellen und Lehrlinge des ehrenwerten Dachdeckerhandwerks.

Vor allem für: Dachdeckermeister H.G. und die Gesellen: Horst, Wolfgang, Karl-Heinz, Klaus, Jörg, Joachim, Bernhard, Helmut, Torsten, Thomas, Uwe, Norbert und den genialen Klempner Lothar.

Mein besonderer Dank gilt der ausgezeichneten Lektorin Jeanine Ziebarth, die mich bei der Arbeit an diesem Buch unterstützt hat.

Ausgebrannt

Früh am Morgen, an einem Montag im September, als die spätsommerliche Sonne die Welt mit ihren goldenen Strahlen erwärmte, während die Zeichen des kommenden Herbstes unübersehbar waren, fuhr Erdmann mit gemischten Gefühlen mit dem Fahrrad in Richtung Stadtrand.

Der Tierpark der Stadt war sein Ziel. Dort sollte seine Laufbahn als Dachdecker beginnen.

Viel hatte der Meister nicht gesagt, nur dass er im Tierpark zwei junge Gesellen treffen würde.

Die beiden – und somit wohl auch er – hatten den Auftrag, dem Dach der Baracke, in der die Kasse und die Sozialräume für die Tierpfleger untergebracht waren, eine neue Lage Dachpappe zu verpassen.

Am Eingang des Tierparks war nichts zu sehen. Hinter dem Fenster der Kasse saß eine ziemlich mürrisch dreinblickende Mitarbeiterin des Tierparks, beschäftigt mit dem Durchsehen irgendwelcher Akten.

5

Erdmann klopfte vorsichtig an die Scheibe. Die Frau drinnen zeigte keine sichtbare Reaktion. Etwas derberes Klopfen bewog die Kassendame, den Kopf zu heben und sich dem Störenfried zuzuwenden.

»Guten Morgen! Ich bin auf der Suche nach den Kollegen von der Firma Gebauer.«

»Was soll das heißen?«, fiel die Antwort ziemlich barsch aus.

»Ich … Ich bin der neue Lehrling der Firma Gebauer. Ich suche meine Kollegen. Der Meister hat gesagt …«

»Was denn? Der neue Lehrling? Warte mal!« Die Miene der Frau hellte sich ein wenig auf und es kam überraschend viel Bewegung in sie – mehr als Erdmann erwartet hatte. Beim Aufstehen hob sie mit der einen Hand den Hörer des Telefons ab, während sie mit der anderen Hand die Wählscheibe bediente, wobei sie Erdmann mit einem wahrhaft durchdringenden Blick bedachte.

»Ja, ich bin's. Sag mal, Paul, kommen heute die Dachdecker? Ja, gut, denn hier steht einer und sucht seine Kollegen, so ein kleines, spilliges Kerlchen. Sagt, er wäre der Lehrling.«

Kaum lag der Hörer wieder auf der Gabel des Telefons, kam eine Schwalbe um die Ecke. Sie hielt direkt vor dem Eingang des Tierparks. Zwei in Arbeitsklamotten gekleidete Burschen stiegen ab.

»Oh. Da sind sie, die Dachdecker. Ich habe hier einen Lehrling, der seine Gesellen sucht«, wurden die beiden von der Kassenfrau begrüßt, woraufhin der eine den anderen fragend ansah.

»Ach ja, der neue Lehrling. Das hatte ich ganz vergessen.

Der Alte wollte uns den neuen schicken.«

»Schön, das freut mich«, war die Antwort, gewürzt mit einer satten Portion Sarkasmus und Skepsis.

»Na, dann wollen wir mal!«

Erdmann trabte den beiden mit einem Knoten im Magen hinterher, verfolgt vom belustigten Blick der Kassiererin. Sie kamen an einem blechernen, rostigen Ofen zum Stehen, neben dem ein Haufen Feuerholz und Kohlen lagen. Daneben standen mehrere Eimer und eine enorme pechschwarze Suppenkelle lag davor. Zwei riesige Blechbüchsen, an denen eine Axt lehnte, befanden sich unweit des Ofens.

»Bernd, du zeigst dem Stift, wie man den Ofen anmacht, und ich hacke die Masse auf«, teilte der Schwalbenfahrer mit dem Namen Jockel die Arbeiten ein, bevor er eine der riesigen Blechbüchsen umstieß und mit der Axt den Deckel und den Boden entfernte. Mit einigen wohlgezielten Hieben, die er in einer Reihe in der Mitte der liegenden Rolle setzte, trennte er die metallene Verpackung von oben nach unten beziehungsweise von vorn nach hinten auf. Das Blech ließ sich wie eine Schale vom Inhalt lösen. Hervor kam eine tiefschwarze, glänzende Masse, die aussah wie eine riesige Rolle Plaste, die unter einigen Axtschlägen in Stücke zerfiel. Das Feuer im Ofen war schnell angebrannt und der Kessel eingesetzt. Dann wurde der Kessel mit den Bitumenstücken befüllt.

Damit erlahmten die Aktivitäten erst einmal. Jockel zündete sich eine Zigarette an und Bernd nahm auf einer der für die Besucher des Tierparks vorgesehenen Bänke Platz.

»Du bist also der Neue«, stellte er mehr fest, als er fragte.
»Du bist aus G.?«

»Ja. Ich bin aus G.«

»Und wie bist du zu uns gekommen?«

»Wie zu euch?«

»Na, wie bist du denn auf die geniale Idee gekommen, Dachdecker zu werden?«

Eine Frage, die Erdmann eigentlich nicht beantworten konnte, und wenn, dann wäre die Antwort lang gewesen.

»Na ja. Ich habe mich halt beworben und so. Dann bin ich beim Meister gewesen. Der hat mich dann eingestellt.«

»Sei nicht so neugierig. Ich weiß auch nicht mehr genau, wie ich hierher geraten bin«, beteiligte sich Jockel am Gespräch.

»Frag dich lieber, warum du noch hier bist. Warum ich es mit dir den ganzen Tag aushalte«, bemerkte Bernd trocken.

»Weil du sonst keinen hättest, der dir sagt, was du machen sollst. Der Alte hat gesagt, ich soll auf dich aufpassen«, gab Jockel nicht ganz ernst gemeint zurück.

»Na klar! So siehst du aus! Du kannst doch kaum auf dich selber aufpassen. Stell lieber die Leiter an, sonst kommen wir heute nicht mehr aufs Dach«, antwortete Bernd unbeeindruckt.

»Schon gut. Wir legen die Pappe aus und der Stift passt auf den Ofen auf!«

Die beiden verschwanden auf dem Dach und Erdmann blieb allein beim Ofen zurück. Was er tun sollte, war ihm nicht wirklich klar. Auf den Ofen aufpassen? Weglaufen konnte der wohl kaum. Hatte er nicht verstanden, was er machen sollte, weil er zu nervös war oder hatten die beiden keine wirkliche Erklärung abgegeben? In seinem Kopf fuhren die Gedanken Karussell.

Er sah sich um und betrachtete die Umgebung. Die erste Baustelle: der Tierpark. Etliche Jahre war er nicht mehr da gewesen. Als Kind war er mehrmals im Jahr hergekommen. Der Tierpark war nicht sehr groß, aber doch von interessanten Tieren bewohnt. Es war immer etwas zu sehen gewesen. Seien es die Bären, deren Junge aufgrund ihrer Größe noch durch die Gitter schlüpfen konnten und sich vor ihm aufgebaut hatten, bis die Gitter auch auf ihre kleineren Maße angepasst waren, oder seien es die Hängebauchschweine gewesen, die sich lautstark im Schlamm gesuhlt hatten.

Von Zeit zu Zeit legte er ein Stück Holz nach, weil es ihm richtig erschien, das Feuer am Laufen zu halten. Von den beiden Gesellen war bis zum Mittag nichts zu hören und zu sehen. Sie machten sich auf dem Dach der Baracke, in der die Kasse des Tierparks untergebracht war, zu schaffen.

Inzwischen dampfte der Kessel. Aus den Bitumenstücken war längst eine heiße, träge und blasenbildende Flüssigkeit geworden.

Die Mittagspause verbrachten die drei, von der Herbstsonne beschienen, auf einer Bank in Sichtweite des Bärenkäfigs, der inzwischen nur noch von einem riesigen braunen Bären bewohnt war. Der genoss es, von einem Mitarbeiter des Tierparks mit einem kräftigen Wasserstrahl bespritzt zu werden. Während Erdmann seine mitgebrachten Wurstbrote vertilgte, sah er zu, wie der Bär sich wohlig brummend drehte, damit auch der Rücken, der Bauch und das Hinterteil gleichmäßig vom Wasser massiert wurden. Dem Tierpfleger schien die Prozedur genauso viel Spaß zu machen wie dem Bären. Kaum hatte Erdmann die letzten Bissen heruntergeschluckt, stand Jockel schon wieder auf und wies ihn ein, wie er die Eimer zu füllen hatte und die Masse nachlegen konnte, ohne sich die Finger zu verbrennen.

Für Erdmann war die Ruhe vorbei. Er zerlegte das Bitumen mit der Axt in handliche Stücke und bugsierte eins nach dem anderen in den Kessel. Zwischen dem Nachlegen der Kohlen und dem Holzhacken füllte er die heiße Masse mit der großen Schöpfkelle in Eimer, um sie zur Baracke zu tragen, wo sie von Jockel und Bernd hochgezogen wurde. Sehr schnell stand ihm der Schweiß auf der Stirn.

Auf dem Boden der blechernen Eimer blieb immer ein Rest zurück. Dicker und dicker wurde die Schicht, die Eimer immer schwerer. Außen an den Eimern klebten unzählige Lagen von erstarrten Bitumenfäden. Zum Verteilen der kochenden Klebemasse nutzten die Gesellen eine Bürste mit Besenstiel. Der zähflüssige Kleber tropfte vom Besen und zog Fäden wie Käsefondue. Beim Arbeiten musste immer auf die Windrichtung geachtet werden, da sich diese Fäden beim leisesten Luftzug um die Hosenbeine wickelten. Jockel und Bernd gaben sich die größte Mühe, die Stärke und die Richtung des Windes richtig vorherzusehen. Sie führten einen vom Wind choreografierten Tanz um ihre Eimer aus, wobei es ihnen nicht gelang, den fliegenden

Fäden vollständig aus dem Weg zu gehen. Die Hosenbeine abwärts der Knie bekamen über kurz oder lang ihren Teil Klebemasse ab. Die Eimer glichen am Ende des Tages vielmehr einem bizarren Kunstwerk als einem Arbeitsgerät.

»Die müssen wir morgen früh erst einmal ausbrennen«, stellte Jockel fest.

Am nächsten Morgen nahm Jockel die drei Eimer, stellte sie jeweils auf einen der Backsteine, die er irgendwoher gezaubert hatte, und kippte in die Eimer jeweils einen guten Schluck Bitumenkaltanstrich hinein. Er zerknüllte Zeitungspapier und formte daraus Papierbälle. Einen nach dem anderen brannte er vorsichtig an. Bevor die Flammen seine Finger erreichten, warf er in jeden der Eimer einen brennenden Papierball. Er trat einen Schritt zurück, wobei er Erdmann zu verstehen gab, es ihm gleichzutun. Aus den Eimern kam lange Zeit nur leichter Rauch, der dünner und dünner wurde. Gerade als Erdmann den Mund aufmachte, um sich nach dem Sinn des Manövers zu erkundigen, züngelten die ersten orangefarbenen Spitzen schüchtern über den Eimerrand. Wenige Sekunden später schlugen die Flammen schon einen Meter hoch. Erdmanns Frage blieb ihm im Halse stecken.

Die Flammen wuchsen höher und höher, schlossen sich schnell zu einem beachtlichen Feuerball zusammen. Die Hitze wurde unerträglich und Erdmann vergrößerte den Abstand weiter.

Verunsichert warf er einen Blick in Richtung seiner Chefs. Ihm erschien das alles nicht normal. Bis dahin hatte er, vorzugsweise mit seinen Freunden, das eine oder andere Feuer im heimischen Garten entzündet. Feuer, in dem Laub und Äste entsorgt wurden. Feuer, in deren Asche Kartoffeln geröstet wurden. Feuer, die übersichtlich waren und blieben. Feuer, vor deren Gefahren er eindringlich gewarnt wurde und denen dennoch die ein oder andere vorwitzige Haarlocke zum Opfer gefallen war. Feuer, die völlig harmlos wirkten, verglichen mit der Feuersbrunst, die sich vor seinen Augen entwickelte.

Die Eimer waren längst untergegangen in einem Meer aus Flammen und schwarzem Rauch. Ein großer brauner Fleck von verdorrtem Gras rund um den Brandherd breitete sich immer weiter aus. Eben noch grünes Gras verbrannte dampfend und zischend in flirrender Hitze.

Die beiden Gesellen schienen keineswegs beunruhigt im Angesicht der Gefahr, dass womöglich der ganze Tierpark Feuer fangen könnte. Jockel, mittelgroß mit dunklem Haarschopf, brannte sich eine Zigarette an, um gelassen die lodernden Flammen und dunklen Wolken zu betrachten. Bernd, der Jockel in nichts nachstand – helle Haare, blaue Augen, welche die Ruhe, die er ausstrahlte, mit einer Prise Schalkhaftigkeit würzten –, erwiderte Erdmanns nervösen Blick mit einem aufmunternden Schmunzeln.

Die Gelassenheit, die von beiden ausging, beruhigte Erdmann und verhinderte panische Reaktionen seinerseits. Die Beine wurden ihm dennoch weich und er hätte sich nicht gewundert, wenn die Feuerwehr heran heulen würde. Beinahe verabschiedete er sich von seiner Lehre, die kaum begonnen hatte. Allerdings nur, wenn der Rest des Tierparks tatsächlich verschont bleiben sollte. Wenn nicht … Das wollte er sich gar nicht erst vorstellen.

Währenddessen nahmen die Flammen fast ebenso schnell ab, wie sie sich erhoben hatten. Nachdem die Eimer wieder aus der meterhohen Feuerwand aufgetaucht waren, züngelten die Flammen kaum noch über die Ränder. Kurze Zeit später hatte sich der Qualm vollständig verzogen und auf den Backsteinen standen drei saubere und kochend heiße Blecheimer. In einem Umkreis von drei oder vier Metern hatte sich alles in Asche verwandelt. Es stand kein einziger Stängel mehr auf der etwas abseits liegenden Wiese und der kohlrabenschwarze Boden qualmte noch etwas. Doch der Tierpark stand noch. Nicht einmal die Tierpfleger hatten, zu Erdmanns größter Verwunderung, von dem Treiben Notiz genommen.

»Komm, wir machen erst mal Frühstück. Gearbeitet ist dann schnell«, ließ Jockel die beiden anderen wissen. Sie setzten sich an einen Tisch, der mit einem Dach und zwei Bänken verbunden war. Erdmann wollte die mitgebrachten Bemmen herausholen.

»Brauchst du nicht. Der Herr Kettler hat heute Geburtstag und hat für uns was zum Frühstück mitgebracht«, teilte Bernd mit, während aus Jockels Tasche Brötchen, ein stattlicher Klumpen frisches Gehacktes und drei Flaschen Bier zum Vorschein kamen. Erdmann war positiv überrascht und aß mit großem Appetit. Wobei ihm nicht der Gedanke kam, sich mit einer Gratulation zu bedanken. Über das Bier wunderte er sich ein wenig, nahm es aber als selbstverständlich hin. Immerhin hatte er schon des Öfteren auf einer Baustelle Handlanger gespielt – meist samstags, um sein Taschengeld aufzubessern. Dort war es nicht unüblich, ein Bier zu trinken.

Ein alter Wartburg kam in Richtung Tierparkeingang angefahren. Durch den Zaun war die Annäherung des Autos, schon lange bevor es das Tor passierte, zu sehen. »Oh, der Alte! Mist! Schnell das Bier weg. Schnell«, warnte Bernd. Er hatte den Meister als Erster erspäht. Die Flaschen verschwanden so schnell, wie sie aufgetaucht waren in einem Abfalleimer des Tierparks. Gut, dass die kleinen Pilsner schon ausgetrunken waren.

»Guten Tag, die Herren! Wie macht sich der neue Lehrling?« Die Frage machte klar, warum es den Meister außer der Reihe auf die Baustelle getrieben hatte.

»Er fällt zumindest nicht über seine eigenen Schuhe und schläft beim Laufen nicht ein«, antwortete Jockel dienstbeflissen.

»Viel mehr lässt sich noch nicht sagen, Chef!«, fügte Bernd hinzu.

»Schön! Schön! Hrrm!«, nahm der Meister die Auskunft blinzelnd zur Kenntnis. Seine sehr beweglichen Augen schienen alles auf einmal erfassen zu wollen.

Es folgten noch drei, vier Sätze, die die Baustelle betrafen. Erdmann wagte währendessn kaum zu atmen, weil er befürchtete, dass der Meister von seinem Bierkonsum Wind bekommen könnte.

Nicht nur ihm fiel ein Stein vom Herzen, als der Alte, wie ihn die Gesellen nannten, wieder im Auto saß und nur eine Staubwolke hinterließ.

»Na, da haben wir ja noch mal Glück gehabt«,

konstatierte Jockel.

»Ja. Es hätte gerade noch gefehlt, dass er den Lehrling am zweiten Tag mit einem Bier erwischt hätte«, stimmte Bernd zu.

Erdmann wurde klar, dass es doch nicht so selbstverständlich war, Bier zum Frühstück zu trinken wie auf den samstäglichen Schwarzbaustellen. Er war heilfroh, dass es so glimpflich ausgegangen war. Er hätte seinen Eltern kaum klarmachen können, dass er am zweiten Tag der Lehre durch Biertrinken die Ausbildung riskiert hatte.

Der Rest des Tages verging schnell und ohne weitere Zwischenfälle.

Auf dem Heimweg, als Erdmann in die Pedale trat, ließ er den Tag Revue passieren. Zu Hause angekommen, war er sich dann nicht ganz sicher, ob er die richtige Entscheidung getroffen hatte oder ob er doch lieber eine andere Lehre begonnen hätte. Anderseits war Meister Gebauer der Einzige, der ohne Zögern die Zusage gegeben hatte.

Fressen

Ein plötzliches lautes Geräusch ließ Erdmann aus dem Tritt geraten. Nur mit Mühe konnte er die Rolle Dachpappe die er auf der Schulter trug ausbalancieren. Ein riesiger Truthahn stand am Zaun seines Geheges. Genau da, wo Erdmann in einer Entfernung von kaum einem halben Meter vorbeiging. Der Truthahn reichte Erdmann fast bis zur Brust. Der Kopf knallrot, der

Hautlappen, der von seinem Schnabel hing, wurde länger und länger, während er den Kopf schüttelte und dabei aus Leibeskräften schrille, gurgelnde Geräusche von sich gab.

Je weiter sich Erdmann vom Zaun entfernte, desto ruhiger wurde der Truthahn. Selbst der merkwürdige runzlige Hautlappen, der vom Kopf des Truthahns hing, verkürzte sich wieder auf eine anständige Länge.

Erdmann lud die Pappe ab und machte sich auf den Rückweg, wobei er wieder am Gehege des Truthahns vorbeikam.

Der hatte Erdmann nicht aus den Augen gelassen und machte erneut seinem Unmut lautstark Luft, je näher Erdmann kam, wobei der Kopf aufs Neue die knallrote Farbe annahm und der Hautlappen sich abermals zusehends verlängerte. Ein Ritual, das sich jedes Mal wiederholte, wenn Erdmann oder einer seiner Kollegen am Zaun vorbeilief.

Nachdem sie sich um das Dach des Hauptgebäudes gekümmert hatten, waren Erdmann und seine Gesellen dabei, einige Dächer im Tierpark zu flicken. Dass die Dachpappe nicht leicht war, hatte Erdmann inzwischen gelernt. Ebenso hatte Jockel ihm gezeigt, wie er die Dachpappe auf die Schulter bekam, ohne, wie es Bernd ausdrückte, über dem Gürtel abzubrechen.

»Ob der Lehrling heute Vormittag was gelernt hat?«, fragte Jockel in Richtung Bernd.

»Ich weiß nicht. Na vielleicht weiß er ja jetzt, warum es heißt, dass du einen ›Zapfen‹ hängen hast, wenn du sauer bist«, meinte Bernd.

»Meinst du? Der Truthahn sieht schon irgendwie

komisch aus, wenn er bockig wird«, fand Jockel.

»Der Krawall, den er macht, weckt Tote auf. Aber wir waren doch beim Stift hängen geblieben und was der …«

»… gelernt hat«, beendete Bernd Jockels Satz. »Wer weiß schon, was in seinem Kopf vor sich geht. Wollten wir nicht heute noch mit dem Bärenkäfig anfangen?«

Erdmann wusste nicht, was er von der Unterhaltung seiner Gesellen halten sollte. Auch wusste er nicht, wie er sich daran beteiligen sollte, und entschied sich dafür, den Mund zu halten. Nach einer Woche als Lehrling schien ihm diese Lösung am besten.

»Ja doch! Das wollen wir. Lass uns mal sehen, wie und wo wir am besten angreifen können.« Sie gingen langsam in Richtung Bärenkäfig. Erdmann folgte ihnen mit einigem Abstand. Da er nichts zu tun hatte, versuchte er sich so unauffällig wie möglich zu geben, weil die Gesellen sonst nur auf dumme Ideen kamen, wenn sie ihn ohne Beschäftigung wähnten. So viel hatte er schon mal mitbekommen.

Der Braunbär hatte sein Quartier gleich im Eingangsbereich. Er bekam sein Fressen mithilfe einer Art Schaufel, die der Tierpfleger durch die dafür vorgesehene Öffnung im Gitter schob. Er überließ die Schippe samt Inhalt dem Bären und ging die nächsten Tiere versorgen.

Jockel sah zu, wie der Bär sein Fressen in Empfang nahm. Ruhig und gelassen machte der Bär sich daran, das Futter zu inspizieren, und schließlich begann er zu fressen. Jockel trat hinzu und wackelte an der Schaufel, deren Griff in Kniehöhe aus dem Gehege ragte. Der Bär hörte auf, geräuschvoll zu kauen, und beobachtete das Wackeln seines Futters ohne ein Zeichen von Aufregung. Jockel zog und rüttelte stärker an der Futterschippe. Der Bär hob den Kopf langsam höher und sah den merkwürdigen Bewegungen seiner Mahlzeit zu. Diese Gleichgültigkeit seitens des Bären ließ Jockel sein Tun weiter intensivieren. Er zog die Futterschippe unter weiterem Schlackern und Schütteln ein Stück heraus und schob sie wieder rein und so fort. Durch den ziemlich kurzen Griff der Schippe und die hektische Tätigkeit, in die sich Jockel immer weiter hineinsteigerte, kam es, dass er und der Bär inzwischen nur noch wenige Zentimeter voneinander entfernt waren – nur getrennt durch einige stabile Gitterstäbe. Der Bär begann leise zu brummen. Sein Kopf schwang bedächtig hin und her. Plötzlich ließ Jockel die Schaufel los und versuchte rückwärts zu springen, wobei er nach hinten umfiel und über den Rasen kullerte. Mit einem letzten Schwung kam er wieder auf die Beine und blieb schwankend mit verdutztem Gesicht stehen.

»Beinahe hätte mich der Bär erwischt!«

Der Bär hatte mit einer seiner Pfoten blitzartig, ohne Vorankündigung, durch das Gitter gegriffen und Jockels Jacke nur um Haaresbreite verfehlt. Die nötige Ruhe beim Fressen war damit wiederhergestellt.

Bernd lachte herzhaft. »Das hast du davon, wenn du den Bären ärgerst«, prustete er außer Atem. »Wie hätte der Alte das deiner Mutter erklären sollen? Den Arm von einem Bären abgebissen!«

Jockel pumpte noch wie ein Maikäfer und versuchte sich über die Situation klar zu werden.

»Der Alte! Er würde überall rumfahren und allen erzählen, was los war. Als Erstes würde er zu Karlo fahren: ›Hrrm! Hrrm! Stell dir vor, Karlo. Den Kettler hat der Bär zum Frühstück gefressen!‹« Bernd lachte immer noch.

»Das kann ich mir vorstellen. Da haste mal eine kleine Rauferei mit einem Bären, schon wirst du für tot erklärt. Schöne Kollegen!«, war Jockel ein wenig säuerlich.

»Ach so, 'ne kleine Rauferei! Dafür bist du aber sehr weit weg gehopst. Sah wie Angsthase auf der Flucht aus.«

»Ach was! 'ne perfekte Stuntrolle war das.« Jockels gesunde Gesichtsfarbe kehrte zurück.

»Nee, Rolle rückwärts«, prustete Bernd.

»Jeder Stuntman wäre stolz. Ich könnte morgen bei der DEFA anfangen. Oder nicht?«, war Jockel stolz auf sich.

»Eher *oder*! Wir müssen weitermachen! Was soll der Lehrling denken?«, beendete Bernd abrupt die Diskussion.

Erdmann dachte gar nichts. Auch er hatte sich ein Lachen nicht verkneifen können. Aber es schien ihm angemessen, leise zu lachen, ohne die Aufmerksamkeit auf sich zu lenken.

Am nächsten Tag war Jockel damit beschäftigt, das Dach der Bärenunterkunft mit einem neuen Bitumenanstrich zu versehen. Dächer aus Dachpappe mussten alle paar Jahre gestrichen werden.

Die künstliche Bärenhöhle, ein Anbau am Bärenzwinger, war gut zweieinhalb Meter hoch. Nach oben setzte sich das Gitter des daran angeschlossenen Außengeheges noch zwei Meter fort. Erdmann versorgte Jockel mit dem nötigen Bitumenkaltanstrich und einem Besen zum

Verstreichen desselben. Als Erdmann mit dem nächsten
Eimer Kaltanstrich ankam und nach Jockel sah, wurde
ihm heiß und kalt. Jockel stand auf dem Dach mit dem
Rücken zum Gitter. Hinter ihm hing der Bär, mit den
Füßen auf dem Rand seiner Höhle stehend, an den
Gitterstäben und angelte mit einer Pfote nach ihm.
»Pass auf! Hinter dir!«
Jockel war schneller vom Dach, als Erdmann gucken
konnte.
»Den Rest machst du fertig.«
»Aber, ich hab doch
keine …«
»Ach? Du hast keine
Ahnung. Du hast
gesehen, wie es
geht!«
»Und wer holt den
Anstrich und gibt mir
die Eimer hoch?«
»Ich! Gib her! Du
gehst hoch und
streichst das
bisschen!«

Jockel nahm den
vollen Eimer, den Erdmann gerade hatte hochgeben
wollen, und Erdmann stieg auf das Dach des
Bärenkäfigs.
Der Bär hatte sich brummend zurückgezogen und
beobachtete die Machenschaften auf dem Dach seiner
Unterkunft von Weitem.
Erdmann erledigte auf diese Weise in der ersten Woche

seiner Lehrzeit die erste und vorläufig letzte
eigenverantwortliche Arbeit, wobei ihm sogar ein
Geselle als Handlanger unter die Arme griff. Wenn der
Bär nicht gewesen wäre, hätte er sich auch entsprechend
großartig gefühlt, doch so wollte sich keine wirkliche
Freude einstellen. Erdmann strich langsam und
vorsichtig das Dach mit Bitumenanstrich an, wobei er
darauf achtgab, dem Bären nicht den Rücken
zuzudrehen. Aber die Aussicht, Erdmanns habhaft zu
werden, schien den Bären nicht besonders zu reizen.

Vor den lebhaften Bewohnern des Affenkäfigs, es
handelte sich um eine Horde Rhesusaffen, wurden die
drei von einem mürrisch dreinschauenden
Tierparkmitarbeiter gewarnt.
»Passt auf! Die greifen nach allem, was sie erwischen
können. Dann ziehen sie es zu sich rein. Ich schätze, euer
Werkzeug wollt ihr behalten. Wer weiß außerdem schon,
was die Affen mit einem Hammer von euch machen
würden! Die Jungen, so niedlich wie die sind, die passen
noch durch die Gitterstangen und sie sammeln das ein,
was die Großen nicht erreichen. Die hopsen immer in
den in der Nähe stehenden Bäumen rum, nur so weit,
wie sie die Mütter noch hören und sehen können. Wenn
die rufen oder wenn es dunkel wird, kommen sie
zurück, drängeln sich wieder durch die Gitter rein und
tun so, als wäre nichts passiert. Einfangen kannst du
vergessen. Haben wir schon probiert. Gut, dass sie
größer werden, dann hat das fröhliche Jugendleben ein
Ende.«
Damit überließ der Tierpfleger Erdmann und seinen

Kollegen die Affen.

Jockel leitete die Information umgehend an den Lehrling weiter.

»Hast du gehört?! Die Affen sacken alles ein, was sie erwischen. Sieh zu, dass die nichts kriegen können! Und pass auf die ganz kleinen auf. Die passen womöglich noch durch die Gitterstäbe.«

»Schon gut. Ich hab's gehört!«

Erdmann hatte längst mitbekommen, wie behände die Affen waren und wie flink sie sich Dinge unter den Nagel rissen.

»Bernd, ist das dein Zollstock?«

»Zollstock?« Bernd griff automatisch an seine Zollstocktasche. »Nö, der ist hier!«

»Meiner ist es auch nicht. Komisch. Dort! Siehst du, der große Affe, der hat doch einen Zollstock. Oder?«

Der Chef der Affenbande besah sich einen nagelneuen Zollstock von allen Seiten. Es dauerte nur wenige Augenblicke, da hatte er raus, wie der Zollstock aufgeklappt wurde. Da er zu forsch heranging, zerbrach der Zollstock knirschend in zwei Teile.

»Ich möchte mal wissen, woher der Affe das Ding hat. Ist jedenfalls ein cleveres Bürschchen. Vielleicht sollten wir den als Lehrling mitnehmen.«

»Gar nicht schlecht, die Idee. Der kommt dorthin, wo wir nicht hinkommen. Aber wir haben schon einen Stift. Und ich könnte wetten, der weiß, wie der Affe an den Zollstock gekommen ist!«

Jockel und Bernd sahen Erdmann an, dem ganz schwummrig wurde.

»Na ja, es ist mein Zollstock! Ich habe ihn nur mal kurz

abgelegt, als ich die Dachpappe zurechtgeschnitten habe.«

»Ach! Und was haben wir dir gesagt?« Jockels belustigte Miene passte nicht zu seinen Worten.

Bernd lachte. »Zu spät!«

Erdmann war erleichtert ob der gelassenen Reaktion seiner Gesellen.

»Ich konnte nicht wissen, dass die Affenkinder durch das Gitter kommen. Einer von den Burschen hat sich tatsächlich durch die Gitterstäbe gezwängt und sich den Zollstock geschnappt. Schneller, als ich gucken konnte, war er samt dem Zollstock wieder durch das Gitter im Käfig. Als wüsste er, dass ich ihm nicht folgen kann.«

»Du konntest nicht wissen, dass die kleinen Affen durch die Gitter kommen? Ach und was hat der Tierpfleger vor zehn Minuten gesagt? Die Ohren verstopft? Wasch dir die Füße, damit der Dreck nachrutschen kann! Wer nicht hören will, der muss fühlen«, dozierte Jockel.

»Jetzt weißt du jedenfalls, was es bedeutet, sich in affenartiger Geschwindigkeit zu bewegen«, legte Bernd nach.

Als sie zur nächsten Tierunterkunft weiterziehen wollten – das Haus der Hängebauchschweine war stark reparaturbedürftig –, kam der brummige Tierpfleger um die Ecke mit einem großen, blechernen Teller mit frischen Früchten für die Rhesusaffen.

»Guckt euch das an! Den Affen geht's nicht schlecht. Jedenfalls bekommen die keine Castrokugeln!«, stellte Bernd fest.

»Tatsächlich! Richtige Apfelsinen! Ist ja interessant! Da frag ich mich, woher die Teile sind! Sonst gibt es doch nur die Kubaorangen. Süß und saftig, aber ein Fruchtfleisch wie Stroh.« Jockel nahm sich eine von den orangefarbenen Früchten und besah sie sich aus der Nähe.

»Stimmt!«, gab der Tierpfleger zu. Und mit verschwörerischer Miene erzählte er leiser: »Es gibt einen Laden für die Genossen oben im Kreml.«

»Wie, oben in der SED-Kreisleitung gibt's einen Laden?«, wollte Erdmann wissen.

»Ja doch! Dort gibt es das ganze Jahr über frische Südfrüchte. Den Genossen fehlt's an nichts. Dort hole ich immer die übrigen Früchte für die Affen ab«, erklärte der Tierpfleger den Ursprung der süßen Apfelsinen.

»Da will man doch gleich Genosse werden!«, erwog Jockel mit wenig Überzeugung.

»Nicht wegen ein paar Apfelsinen«, befand Erdmann mit Bestimmtheit.

»Ist auch wieder wahr. Wenn man's richtig bedenkt, fressen Affen und Genossen aus einer Schüssel!« Jockel nahm das Werkzeug unter den Arm. »Die Affen haben eben vor gar nix Angst. Wir sollten bei den Hängebauchschweinen weitermachen!«

Huro

Nachdem Erdmann die ersten beiden Wochen Berufsschule absolviert hatte, wurde er zwei neuen Gesellen zugeteilt. Die beiden waren sechs oder sieben Jahre älter als er, damit auch zwei oder drei Jahre älter als seine beiden ersten Kollegen. Die zwei hörten auf die

Namen Rudi und Billy. Dass es sich dabei nicht um die richtigen Namen handelte, bekam Erdmann erst viele Wochen später mit.

Der Meister wühlte nervös brummelnd mit seinen riesigen Händen in der Schublade seines gewaltigen, aus schwarzem Eichenholz bestehenden Schreibtisches. Nach der ersten folgte die zweite Schublade und die dritte. Als der Meister die vierte öffnen wollte, beendete Rudi diese Tätigkeit, indem er dem Meister eine Zigarette anbot.

Kaum hatte er die Karo im Mund, hatte er sie angebrannt und saugte den Rauch so gierig ein wie ein aus dem Wasser gezogener Schiffbrüchiger frische Luft. Durch den augenblicklich entstandenen Nebel drangen seine Anweisungen.

»Ihr holt mit dem Blauen den Grauen aus der Scheune und schleppt ihn zum Autoschlosser! Der Graue steht schon zwei Wochen in der Scheune. Karlo hat ihn dort abgestellt. Als er ihn wieder abholen wollte, ist er nicht mehr angesprungen.«

Also fuhr Rudi den Blauen aus der Garage. Es kam ein UAZ-Kleintransporter zum Vorschein. Ein Fahrzeug, das Erdmann schon öfters gesehen hatte. Ein Vehikel, das die Sowjetarmee unter anderem als Krankenwagen nutzte. In den endlosen Fahrzeugkolonnen der russischen Armee, die sich von Zeit zu Zeit durch Städte und Dörfer wälzten, fuhren immer auch einige solcher Fahrzeuge mit. In der Stadt und in den umliegenden Gemeinden war eine große Anzahl von russischen Soldaten stationiert, die häufig wegen des einen oder anderen Manövers unterwegs waren. Dabei hinderten sie die halbe Stadt am Schlafen, wenn sie mitten in der Nacht – mit Mann und Maus, mit

großen und kleinen Panzern – lärmend durch die Straßen
schepperten. Der zivile Einsatz eines solchen Gefährts
war Erdmann neu.

Auf die Ladefläche, direkt hinter dem blauen Führerhaus,
war ein Windfang aus Blech gebaut worden, vielleicht
eineinhalb Meter hoch und 80 Zentimeter tief, unter dem
sich zwei alte Autositze fanden.

Billy öffnete die hintere Bordwand der Ladefläche und
wartete.

Erdmann sah ihn
verwirrt an.

»Schon klar!«
Billy klappte eine an die
Bordwand montierte
Trittstufe herunter.

»Bitte schön! Kann der
Herr Lehrling jetzt
vielleicht auf die
Ladefläche steigen?«
Erdmann kletterte ein
wenig nervös auf die
Ladefläche und rückte
sich einen der Autositze zurecht.

»Hinsetzen!«, kommandierte Billy aus dem Führerhaus,
wo er inzwischen auf dem Beifahrersitz saß.

Rudi fuhr an, das Auto ruckelte und Erdmann saß
endgültig auf einem der alten Autositze. Der Ausblick von
der Ladefläche stellte sich als hervorragend heraus. Vor
allem, was Mädchen betraf. Das versöhnte Erdmann
etwas mit seiner ungewohnten, ziemlich luftigen Lage auf
der Ladefläche des UAZ.

Die Fahrt dauerte nicht lange. Einige Straßenecken weiter hielten sie schon wieder an. Billy sprang aus dem Auto und ging auf ein großes, hölzernes Tor zu. Eine Scheune mitten in der Innenstadt. Erdmann staunte schon zum zweiten Mal an diesem Tag. Billy machte das Tor weit auf und Rudi rangierte rückwärts hinein.

Im Halbdunkel standen rußige Teeröfen, schwarze Gegenstände, die an Eimer erinnerten, verschiedene Stapel Ziegeln und ein wilder Haufen Latten, ebenso fanden sich einige Rollen Dachpappe. Zwischen großen, rostigen Blechfässern stand ein baugleicher Transporter, nur dass dessen Führerhaus grau war und er eine Ladefläche mit Spriegel und grauer Plane hatte.

Rudi stieg voller Tatendrang in das Führerhaus des grauen Transporters, setzte sich hinter das Lenkrad und machte sich geschäftig am Zündschloss zu schaffen.

»Was machst du da?«, wollte Billy wissen.

»Mal sehen, ob ich ihn anschmeißen kann!«

»Quatsch! Karlo hat es nicht geschafft, aber du?!«

»Werden sehen!«

Erdmann wusste noch nicht, dass Rudi – stämmig, blonde Haare, Brille – von allem angezogen wurde, was einen Benzin- oder Dieselmotor besaß und sich für einen ernsthaft verhinderten Automechaniker hielt.

Der Anlasser leierte mühsam, der Motor gab ein heiseres Husten von sich. Rudi drehte den Zündschlüssel ein zweites Mal und der Anlasser machte eine letzte müde Umdrehung, dann war nur noch ein Klicken zu hören.

»Mist! Ich dachte schon …«

Rudi klappte den Beifahrersitz herum.

»Was denn nun noch?«

27

»Ich weiß, hier war doch … Hier ist die Batterie. Wenn wir unsere anschließen, dann könnten wir …«

»Ja. Dann könnten wir! Es fehlen nur ein oder zwei Kabel!«

Rudi klapperte und wühlte weiter unverdrossen hinter dem Fahrersitz herum, um eine lange Kurbel hervorzuholen.

»Ich wusste doch, dass man die Karre ankurbeln kann!«

Erdmann sah zu Billy hinüber. Der fasste sich an den Kopf und verdrehte die Augen.

»Jetzt spinnt er endgültig!«

Rudi klappte das vordere Nummernschild hoch, eine Öffnung kam zum Vorschein, dort hinein bugsierte er die Kurbel.

»Passt, wackelt und hat Luft.«

Mit triumphierendem Blick machte sich Rudi daran, den Motor in Gang zu bringen. Er nahm Schwung und drehte, bis die Kurbel heftig zurücksprang. Beim nächsten Versuch gelang es ihm, die Kurbel ein wenig weiter herumzudrehen, doch dann versagten erneut seine Kräfte und wieder schnippte die Kurbel mit voller Wucht zurück. Beim dritten Versuch war der Rückschlag so heftig, dass Rudi erschreckend hart auf seinem Hinterteil zwischen einem Stapel Ziegeln und einem Haufen alter Zementsäcke landete.

»Verfluchte Scheiße!«

Auch der rechte Arm schien was abbekommen zu haben, so wie Rudi ihn vorsichtig betastete.

Billy lachte. »Das hätte ich dir sagen können! Das Ding hat mindestens zwei Liter Hubraum, da drehst du nix!«

Rudi rückte
brummelnd
seine Kappe
zurecht und
rappelte sich
auf.

»Und wozu
dann die
Kurbel?«
»Die Russen.
Die haben
Mumm in
den Knochen. Nicht wie 'n Weichei vom Land!«
»Probier's doch selber! Idiot!«
Rudi massierte immer noch seinen Arm.
»Nee, fällt aus! Wegen dir breche ich mir nicht die Arme.
Wir hängen den Karren an und schaffen ihn zum
Autoschlosser, soll er zusehen. Der kriegt's ja auch
bezahlt.«
»Wir hängen ihn an und ziehen den Motor an!«
»Da können wir ihn gleich bis zum Autoschlosser
schleppen! Such endlich ein Seil, damit wir ihn überhaupt
anhängen können!«
»Schon gut! Wo hatten wir eigentlich das Seil hin? Du
weißt doch, letztens, als wir den Blauen abschleppen
mussten.« Brummelnd sah sich Rudi um. Sein Blick blieb
an Erdmann hängen und sein Gesicht hellte sich auf.
»Der Stift. Der kann doch kurbeln!«
Erdmann schrak zusammen. Bis dahin hatte er sich ruhig
in der Scheune umgesehen und sich damit begnügt, seine
beiden neuen Gesellen von Weitem zu beobachten. Von

Automotoren verstand er sowieso nichts.

Billy lachte schallend.

»Der?! Der halbe Hahn?!«

»Hmm …« Rudi drehte seine Schirmmütze auf dem Kopf hin und her. Dann entschied er: »Stimmt womöglich. Da gibt es nur eins: Fass-Aufstelltraining!«

Er kippte eines der herumstehenden Fässer um, wobei ihm der rechte Arm schon keine Probleme mehr bereitete, und wies Erdmann an, es wieder aufzustellen. Voller Zuversicht trat Erdmann an das Fass heran – von wegen halber Hahn. Er bückte sich, fasste unten am Deckelrand an und ein Ruck erfasste seinen schmächtigen Körper. Der eigene Schwung ließ ihn den Halt verlieren, wobei sein Gesicht dem Fass bedenklich nahekam. Er ließ los. Mit einem Ausfallschritt konnte er knapp einen Sturz verhindern. Das Fass hatte sich keinen Millimeter bewegt. Nächster Versuch, gleiches Ergebnis. Das Fass bewegte sich nicht das allerkleinste Stückchen. Rudi und Billy kicherten wissend.

Was er auch tat, das Fass rollte nicht mal hin und her. Mit zitternden Beinen, nach Luft ringend, richtete sich Erdmann auf und schnappte außer Atem: »Was is'n da drin? Is' schwer wie sau!«

»Bitumenkaltanstrich! Zweihundert Liter, wenn's noch voll ist.«

»Wie soll'n das gehen? Viel zu schwer!«

»Klar geht das. Los, Rudi, zeig's ihm!« Rudi stellte sich breitbeinig vor das obere Ende des liegenden Fasses, ging in die Hocke und fasste mit beiden Händen so weit unten wie möglich den Deckel.

»Du musst aus den Beinen heben wie ein Gewichtheber!

Guck so!«

Er drückte die Beine langsam durch, wobei er das Fass wie in Zeitlupe anhob.

»Und du musst beim Drücken *Hhhrrrrrrr* … machen!«

Er bekam einen feuerroten Kopf, während er brummte wie ein Bär, bis das Fass stand.

»Von wegen geht nicht! Das hat bis jetzt jeder geschafft!«, schnaufte Rudi.

»Nicht jeder.«

»Was? Wer denn nicht?!«

»Na wer?«

»Ach ja! Hugo!«

»Genau. Mit dem mussten wir auch erst üben.«

»Stimmt! Es hat eine Weile gedauert, aber er hat es dann geschafft.«

»Na, da soll doch der Stift das Fass wenigstens umwerfen. Zum Üben.«

Das sollte gehen. Erdmann fasste neuen Mut, postierte sich am stehenden Fass und drückte mit seinem ganzen Gewicht dagegen. Es bewegte sich wieder nichts. Er schob und schob, der Schweiß begann zu rinnen.

»Du musst brummen! Und richtig drücken! Nicht wie auf dem Scheißhaus! So richtig!«

Rudi tat, als würde er ein imaginäres Fass umwerfen, wobei er fachmännisch mit rotem Kopf brummte. Billy hielt sich den Bauch vor Lachen. Er war ein kleines Stück größer als Rudi, jedoch nicht so blond. Seine Bartstoppeln konnten die ihm eigene Freundlichkeit nicht völlig verbergen.

So schwer konnte das doch nicht sein? Verdammter Mist. Schnaufend schob und drückte Erdmann weiter und weiter. Dass er es nicht hatte aufstellen können, hatte ihn schon gehörig gewurmt. Aber dass das Fass sich jetzt kein bisschen rührte, trotzdem Erdmann seine ganze Kraft mobilisierte, fuchste ihn richtig. Billys Lachen trug das seine bei. Erdmann begann vor Wut und Verzweiflung wie Rudi zu brummen und mobilisierte seine gesamten 65 Kilo. Da merkte er, wie sich der Boden des Fasses auf seiner Seite ein wenig vom Erdboden abhob. Angespornt drückte er weiter und weiter, Millimeter für Millimeter, bis das Fass plötzlich kippte und fiel. Beinahe flog er hinterher.

»Na immerhin«, brummte Billy beifällig und Rudi stellte zufrieden fest: »Beim nächsten Mal üben wir das Aufstellen, Huro!«

Erdmann taten alle Knochen weh, auch die, von denen er gar nicht wusste, dass er sie hatte. Aber er war sehr zufrieden, dass er das Fass letztendlich doch umgeschubst hatte. Im Verlauf der Lehrzeit bekam er es noch öfter mit vollen Fässern zu tun. So kam es immer mal wieder vor, dass er ein Fass-Aufstelltraining absolvierte, und irgendwann schaffte er es auch, das Fass hinzustellen, ohne außer Atem zu geraten. Da Hugo nicht mehr zu haben war, blieb Huro als Spitzname an Erdmann hängen.

Mithilfe eines Seils, das Billy hinter einem Haufen

Betonziegeln hervorholte, zogen sie den Grauen dann
schlussendlich mit dem Blauen zum Autoschlosser.

Stehen geblieben

Mit einer Palette Bitumenschindeln waren Huro und
Kutte in Richtung Kaserne unterwegs, wo mit den
Schindeln eins der zahllosen Dächer eingedeckt werden
sollte. Es war ein Sommertag wie aus dem Lehrbuch –
warm und sonnig, Schäfchenwolken zogen träge über
den Himmel, überall Mädchen und Frauen in leichter
Sommergarderobe, die zum Hinsehen einlud.
Ihr Ziel lag am Rande der Stadt an einer Straße, die zur
Autobahn führte. Sie fuhren um die letzte Kurve, das Tor
der Kaserne schon in Sicht, als der Motor des UAZ zu
stottern begann. Im nächsten Augenblick gab der Motor
ganz auf und der UAZ rollte an den Straßenrand, wo er
zum Stehen kam.
»So ein Mist!«, fluchte Kutte aus tiefster Brust, wobei er
erfolglos versuchte, den Motor zu starten.
»Mach schnell! Dort sind die Genossen der
Volkspolizei«, bemerkte Huro mit ansteigender
Aufregung in der Stimme.
»Was? Wo denn?« Kutte wurde blass.
»Na, dort vorn, wo sie immer stehen.«
Das liegen gebliebene Fahrzeug zog tatsächlich die
Aufmerksamkeit eines Volkspolizisten auf sich, der in
einiger Entfernung mit einem Kollegen gerade damit
angefangen hatte, die Gerätschaften für eine
Geschwindigkeitskontrolle aufzubauen. Die Stelle war

ziemlich beliebt bei der Volkspolizei. Regelmäßig waren dort die Herren in Grün am Werk, um die Autofahrer zu kontrollieren und wenn möglich, zur Kasse zu bitten.

Es

gab

sogar ein Schild mit einer Geschwindigkeitsbegrenzung, das, je nach Bedarf, eingesetzt werden konnte. Mal waren es dreißig Stundenkilometer, die erlaubt waren, mal waren es fünfzig, wenn das Schild abgehangen war.
»Scheißdreck, auch das noch!«
Der UAZ hatte schon unzählige Jahre und noch viel mehr Fuhren hinter sich. Der Lack war an den meisten Stellen, wenn nicht ab, so doch sehr dünn. In der Fahrerkabine gab es Platz für Fahrer, Beifahrer und den Motor, der sich unter einer hochklappbaren Haube befand, die im Winter die Heizung ersetzte und im Sommer das Fahrerhaus zur Sauna machte.
Kutte, der das Museumsstück nicht zum ersten Mal fuhr,

versuchte nervös, den Motor wieder in Gang zu bekommen. Der Anlasser jaulte mehrmals wie eine grausam gequälte Kreatur. Solche Kalamitäten waren in den meisten Fällen mit ein klein wenig Fingerspitzengefühl lösbar und Kutte war in Sachen UAZ-Funktionsstörungen aller Art ein alter Hase. Beim nächsten Versuch blubberte der Motor dumpf, bevor er endgültig schwieg. Pech.

Die Bemühungen wurden von den Polizisten mit wachsendem Interesse bedacht. Kutte wiederum wurde flattriger. Aus seinem fast noch jugendlichen Gesicht schwand endgültig jegliche Farbe, einige seiner blonden Locken klebten an der verschwitzten Stirn. Er war zwar etliches älter als Huro, doch hatten die beiden ein eher von Freundschaft geprägtes Verhältnis. Das fußte nicht zuletzt darauf, dass sie quasi Leidensgenossen waren. Kutte hatte seine zweite Lehre begonnen. Nach einer Ausbildung zum Maurer erlernte er noch das ehrenwerte Dachdeckerhandwerk.

Verwünschungen ausstoßend, sah er sich hektisch um. Huro war die Situation auch nicht einerlei. Als Beifahrer schwebte Huro nicht in der Gefahr der direkten Konfrontation mit der Staatsmacht, doch hatte er schon genug Bekanntschaft mit den grün uniformierten Staatsdienern gemacht, um zu wissen, dass eine Begegnung mit ihnen unangenehm und teuer werden konnte.

Einer der beiden Polizisten kam ohne Eile näher. Nicht viel mehr als einen Meter vorm Auto blieb er stehen, um die Szenerie aus schmalen Augen zu betrachten. Dann folgte ein denkwürdiger Dialog, der von dem Beamten

der Volkspolizei mit ausdruckslosem Gesicht eröffnet
wurde: »Guten Morgen.«

»Morgen.«

»Was macht ihr hier?«

»Wir wollen zur Kaserne auf die Baustelle.«

»Hm. Und warum steht ihr hier?«

»Na ja, ich weiß auch nicht. Ich krieg den Motor nicht
mehr an.«

»Wie? Ist der Motor kaputt oder nicht?«

»Scheinbar kaputt«, hauchte Kutte mit merkwürdig
leiser Stimme.

»Könnt ihr noch ein Stückchen weiter vorfahren?« Blöde
Frage. »Ihr steht hier im Weg.«

Als Antwort erhielt er nur ein unverständliches
Geräusch, welches Kutte entfuhr, während er aussah, als
säße er auf einer heißen Herdplatte.

»Ihr könnt nicht? Dann stellt wenigstens ein
Warndreieck vor die Kurve.«

»Haben wir nicht.« Das gab's mal, lag immer hinter dem
Beifahrersitz und war beim Transport von langen Latten
als rotes Fähnchen umgenutzt worden. Seitdem fehlte es.

»Zieht die Handbremse an, dass ihr nicht auf die Straße
rollt.«

»Geht nicht.« Kuttes Antwort, wobei er an den Polizisten
vorbeisah.

»Macht das Fenster zu.«

»Geht nicht.« Huro drehte zaghaft an der Fensterkurbel
der Beifahrertür. Der hölzerne Keil, der sonst dafür
sorgte, dass die Fensterscheibe oben blieb, war an
diesem Morgen endgültig in den Eingeweiden der Tür
verschwunden. Die zum Heben und Senken der

Fensterscheibe vorgesehene Seilzugkonstruktion
funktionierte schon seit Langem nicht mehr.
»Schließt ab!«
»Geht nicht.«

Der Polizist, ein Mann kurz vor der Rente, verzog auch jetzt keine Miene und blieb unheimlich ruhig. Wie von einer Schlange hypnotisierte Karnickel in der Falle warteten Huro und Kutte auf den Fortgang der Ereignisse. Mit Volkspolizisten war nicht zu spaßen. Unausweichlich würde die Frage nach der Fahrerlaubnis und den Wagenpapieren kommen. Was wiederum bedeuten würde, dass Kutte die Fahrerlaubnis auf unabsehbare Zeit verlieren würde. Mit einer saftigen Geldstrafe und ein oder zwei Stempeln auf der Stempelkarte war es bestimmt nicht mehr getan.

Der Polizist drehte sich wie in Zeitlupe um und machte mit der Hand eine wegwerfende, maßlos müde

Bewegung und ging ohne ein weiteres Wort kopfschüttelnd zurück zu seinem Kollegen.

Huro atmete hörbar aus.

»Da haben wir aber Schwein gehabt«, platzte es aus Kutte heraus. »Ich hab schon gedacht, dass ich demnächst zu Fuß gehen muss.«

»Von Arschlochshausen fährt wohl kein Bus in die Stadt!«, rutschte Huro schneller raus, als er es halten konnte.

»Schnauze!«, raunzte Kutte, der nach eigenem Bekunden aus besagtem Arschlochshausen stammte.

»Wir sollten hier so schnell wie möglich verschwinden«, befand Huro.

»Gut! Klar! Sowieso! Wer weiß, was unseren Freunden und Helfern sonst noch einfällt. Nur wohin? Was machen wir mit dem Auto?« Kutte sah sich suchend um.

»Das lassen wir hier. Unter der Aufsicht der Kollegen von der Volkspolizei. Da kommt es wenigstens nicht weg«, schlug Huro vor.

»Und dann? Lassen wir das gute Stück bis morgen stehen? Quatsch kein Blech, Huro! Wir müssen uns was anderes einfallen lassen.«

Kuttes Gesicht vermochte nicht zu verbergen, dass er angestrengt nachdachte. Dann fragte er laut: »Wo ist denn eigentlich Karlo mit dem andern UAZ?«

»Gute Idee. Der kann uns abschleppen«, stimmte Huro zu.

»Aber wo ist er denn nu?«, fragte Kutte nach, bevor ihm einfiel: »Ach du Scheiße! Die sind heute Morgen nach S. gefahren. Da kommen wir nie im Leben hin. Ohne Auto.«

»Bus?«, schlug Huro vor.

»Was hast du heute nur mit Bussen. Der fährt nur dreimal am Tag und einer ist schon weg!«, raunzte Kutte.

»Vielleicht kann uns der Meister abschleppen?«

»Wäre möglich. Bis zum Autoschlosser sollte es gehen, wenn er eine Anhängerkupplung am Wartburg hat«, überlegte Kutte.

Sie machten sich schleunigst auf den Weg, nutzten die Straßenbahn und kamen eine halbe Stunde später beim Meister an. Der war zum Glück auch in seinem Büro und war sofort einverstanden.

»Ich schleppe den UAZ mit dem Wartburg ab und Sie setzen sich in den UAZ und lenken während der Fahrt.«

Aus irgendeinem unerfindlichen Grund war Kutte der Einzige, den der Meister mit »Sie« ansprach.

»Huro, hol das Abschleppseil aus dem Keller, das müssen wir mitnehmen. Ich geh mal gucken, was mit dem Wartburg ist!«, stimmte Kutte dem meisterhaften Plan zu.

Während Huro im Keller das Seil suchte und fand, drehte Kutte eine Runde um den neuen Wartburg.

»Mist, da ist keine Anhängerkupplung dran. Was machen wir jetzt?«

»Wir machen das Seil einfach an der Stoßstange fest!«, schlug der Meister eifrig vor, der mit dem Autoschlüssel klappernd aus dem Büro gekommen war.

»An der Stoßstange?!« Kutte sah den Meister verwirrt an.

»An der Stoßstange. Warum nicht?!«, antwortete der mit ernster Miene.

Kutte stutzte für wenige Sekunden und entschied, dass der Vorschlag ernst gemeint war.

»Chef, das geht nicht. Die Stoßstange reißt ab!«

»Ach was! Wenn ich ganz langsam anfahre, geht das!«

»Chef, das geht nicht! Sie reißen die Stoßstange ab.«

»Hrrm?!«

»Der UAZ ist viel schwerer als der Wartburg. Wir haben auch noch eine ganze Palette Bitumenschindeln hinten drauf. Die wiegt alleine eine Tonne. Chef, das geht auf keinen Fall!«

»Hrrm. Ganz langsam … Das Stückchen bis zum Autoschlosser ist doch nicht weit. Das muss doch …«

»Aber, Chef, das hält die Stoßstange niemals aus. Unmöglich! Womöglich fliegt die halbe Karosserie hinterher!«

»Hrrm, hrrm!« Der Meister räusperte sich, wie er es immer tat, vor allem dann, wenn er unschlüssig war und etwas Zeit zum Nachdenken gewinnen wollte. »Es geht doch nur bergab bis zum Autoschlosser.«

»Ja. Aber das ist der Mist. Die Bremsen vom UAZ sind nicht mehr die besten. Wenn sie mit dem Wartburg bremsen, krache ich mit dem UAZ volle Granate in den Wartburg!«

»Ach was! Hrrm, hrrm.«

»Das geht wirklich nicht. Der UAZ, vollbeladen mit den Schindeln. Die Bremsen kaputt. Ich könnte mit dem Motor bremsen. Der Motor läuft aber nicht. Das wird wirklich nix!«

»Aber das kleine Stückchen wird doch nicht gleich den Wartburg …«

»Das geht nur mit einer Abschleppstange. Chef, glauben

Sie mir doch!«

»Hrrm, hrrm. Die haben wir doch gar nicht. Aber wenn ich …«

»Der UAZ kann nicht bremsen, es geht bergab. An der ersten Kreuzung stehe ich im Kofferraum vom Wartburg. Chef, das geht so nicht! Das wird sauteuer, Meister!«

»Hrrm! Hrrm!«

Dem Meister fiel scheinbar nichts mehr ein. Da machte Huro, der bisher mehr oder weniger zugehört hatte, halblaut einen Vorschlag: »Fahren Sie uns zu Karlo auf die Baustelle. Er schleppt uns mit dem anderen UAZ ab!«

Der Meister sah von Kutte zu Huro, von Huro zu Kutte und Kutte sah Huro an. Der begann zu schwitzen und dachte: Hätte ich doch nur die Klappe gehalten … Mist, verdammter. In seiner nun schon ein Vierteljahr andauernden Lehrzeit hatte er kaum zwei Worte am Stück mit dem Meister geredet und nun das. Doch der Meister schien gar nicht verärgert, ob des vorlauten Einwurfs seitens des jüngsten Mitglieds seiner Firma.

»Also gut! Ich fahre zu Karlo und sage ihm Bescheid. Ihr seht zu, dass ihr wieder zum Auto kommt, sonst wird der Wagen noch gestohlen.«

Kutte und Huro machten sich auf den Weg. Der Meister hatte es nicht ganz so eilig. Er nestelte noch in seiner Jackentasche herum. Wahrscheinlich überzeugte er sich, dass der Vorrat seiner Zigaretten noch groß genug war, um die einstündige Reise zu überstehen.

Kutte und Huro hatten inzwischen die Straßenbahnhaltestelle erreicht, als der Meister mit dem

41

Auto vorbeikam. Der Wartburg wurde langsamer, um in einiger Entfernung stehen zu bleiben.

Kutte und Huro tauschten einen fragenden Blick. Da legte der Meister den Rückwärtsgang hörbar ein und fuhr zu ihnen zurück. Der Wartburg kam direkt bei den beiden zum Stehen. Der Meister leierte umständlich das Fenster auf der Beifahrerseite herunter: »Das nächste Mal, wenn so was passiert, bleibt einer von euch beim Auto!«, ließ er mit harschem Ton wissen. Einen Augenblick später heulte der Motor des Wartburgs auf und der Meister verschwand endgültig in Richtung Karlo. Kutte und Huro blieben verblüfft zurück.

»Was war das?« Kutte staunte.

»Und ich hab fast gedacht, dass er uns mitnehmen will und uns beim UAZ absetzt. Liegt ja auf dem Weg zu Karlo!«

»Wäre 'ne Möglichkeit, Huro. Aber zu einfach. Dort kommt die Bahn.«

Sie stiegen ein, machten es sich auf zwei gegenüberliegenden Sitzen bequem und genossen die Aussicht.

»Warum hast du das mit den Bremsen gesagt? Das ist doch fast das Einzige, was an dem Wunderauto funktioniert?«, riss Huro Kutte aus der andächtigen Betrachtung eines kurz berockten Mädchens, das eben in die Bahn gestiegen war.

»Was denkst du wohl? Damit der Alte nicht das Seil an die Stoßstange bindet! Stell dir vor, die wäre in hohem Bogen fortgeflogen.«

»Na und?«

»Ich kann doch nicht einfach zugucken, wenn der

Meister so einen Blödsinn verzapft.«

»Nicht? Warum nicht?«

»Na klar, du hättest die Klappe gehalten und das Seil an die Stoßstange gebunden …«

»Na ja, eigentlich … Ich hätte schon gern das Gesicht vom Meister gesehen! Schließlich kann ich ja nichts dafür. Es war ja die Idee vom Meister. Ich bin nur der Lehrling.«

»Soso, nur der Lehrling. Denk an den Pfeiler vom Gartentor neulich …«

»Ja, ja! Ich weiß noch genau, wie er den Pfeiler tuschiert hat. Er hat ein unglaubliches Glück gehabt, dass der nicht umgefallen ist. Das hätte ganz böse ausgehen können. Du kannst ihn halt nicht machen lassen, wenn dir dein Leben lieb ist!«

»Jetzt hast du's! Was ich gern wissen möchte, ist, warum uns der Polizist nicht volles Rohr Maß genommen hat. Drei Stempel und ich weiß nicht wie viel Strafe! Mindestens! Und nichts ist passiert?«

»Der Alte kennt Hinz und Kunz und die beiden einzigen UAZ weit und breit sind stadtbekannt. Vielleicht hat er mal dem Grünen das Dach gemacht. Oder er hat ihm Material verscheuert? Auch ein Polizist sitzt gern im Trockenen. Eine Hand wäscht die andere. Weißt schon!«

»Genaues weiß man nicht. Die zwei alten UAZ sind bekannt. So oft, wie ich gegrüßt werde von Leuten, die ich gar nicht kenne. Das mit dem Material oder dem Dach, das kann schon sein. Aber andererseits, es sind schließlich Staatsdiener, womöglich Genossen. Die haben doch bestimmt andere Möglichkeiten und nützliche Beziehungen!« Kutte war sich nicht sicher.

»Na ja, klar! Beziehungen zum Meister! Er ist eben doch zu etwas gut, der Alte!«

»So hab ich das noch gar nicht gesehen«, gab Kutte lachend Huro recht.

Die Unversehrtheit des nagelneuen Wartburg 353 blieb vorerst erhalten. Huro ließ das Gefühl nicht los, dass eine vom Meister abgerissene Stoßstange durchaus einen gewissen Unterhaltungswert gehabt hätte. Nicht nur bei seinen Kollegen oder in der Berufsschule.

Zu ihrer Erleichterung stellten sie bei ihrer Ankunft am havarierten Transporter fest, dass die beiden eifrigen Polizeibeamten verschwunden waren.

Handel

Kurz nachdem Huro die Klingel bedient hatte, waren Schritte zu hören. Die Dielen knarrten. Einen Augenblick später ging die Tür auf und Herr W. stand im Türrahmen, noch ein wenig verschlafen, aber bester Laune, in einen Morgenmantel gewickelt und mit ungeheuren Filzschuhen bekleidet.

»Guten Morgen, Huro! Komm rein. Saukalt heute!«

Huro folgte ihm in die warme Küche, wo schon der Kaffee durch die Maschine lief. Huro war noch ein wenig verschlafen. Herr W., der freundliche Besitzer des sanierungsbedürftigen Daches, hatte für Huro und seine Kollegen Kaffee gemacht. Er erzählte Huro, um die Wartezeit zu verkürzen, in fröhlichem Plauderton, was er für Pläne an diesem Tag hatte.

»Stell dir vor, ich fahre dort schon seit Jahren hin und

schleife die Messer an. Und dann das ...«

In der warmen Küche sitzend, schweiften Huros Gedanken unversehens ab. Die Worte gingen unmerklich in ein Grundrauschen über. Er hing noch dem Wochenende hinterher. Das war wieder einmal viel zu kurz gewesen. Immerhin hatte es gereicht, um mit dem Zug in eine benachbarte Kleinstadt zu fahren und dort im »Weißen Roß« Bluesrock von Onkel Tom zu hören und dabei Tabak und Bier zu genießen. Ganz abgesehen von der angenehmen Gesellschaft eines bestimmten Mädchens.

Das neuerliche Rasseln der Klingel ließ Huro hochschrecken. Montagmorgen, es war noch halb dunkel, feuchtkalte Luft kündigte schon den Winter an, die Wolken hingen nicht gerade voller Geigen.

Herr W. sah nach der Haustür und ließ Rudi und Billy ein. Sie kamen in die Küche.

»Immerhin, der Lehrling ist schon da. So ist es richtig«, stellte Billy zufrieden fest.

»Na, so weit kommt es noch, dass Huro als Letzter auftaucht. Er kann schon froh sein, dass er nicht draußen bei Atze in der Kaserne ist«, meinte Rudi.

Atze, ein etwas sperriger Kollege. Ein Altgeselle, der im Sommer in der Kaserne die Dächer betreute.

»Richtig. So nette Kollegen wie uns hat nicht jeder. Allerdings sieht er noch irgendwie verschlafen aus!«, stimmte Billy zu.

»Dem lässt sich abhelfen ...«, begann Rudi.

»Ach was! Was ihr immer mit dem Jungen habt. Trinkt ihr erst mal euren Kaffee in Ruhe«, warf sich der Hausherr für Huro in die Bresche.

»Ich kann euch sagen, ich muss heute zu einem Kunden, der ist unglaublich schwierig. Eine Nervensäge, nichts kannst du ihm recht machen. Aber er zahlt gut. Gibt immer ein Trinkgeld …«

Huro, der sich nicht an der Unterhaltung beteiligte, hing weiter seinen Gedanken nach, die noch einige Zeit in eine ganz andere Richtung glitten, bis ihn Rudis scharfes »Huro, hast du alles?« endgültig in die reale Welt holte.

»Ja!«

»Alles?«, forschte Billy nach.

»Hammer, Schraubenschlüssel, Mütze und Handschuhe!«

»Gut, dann kann's ja losgehen. Ich geh hoch und du hilfst Billy, den Hänger in Stellung zu bringen«, brachte Rudi Schwung in den Tag.

Hinter einer unspektakulären Toreinfahrt und einem zweistöckigen Wohnhaus am Rand der Stadt öffnete sich ein regelrechter Bauernhof mit einer geräumigen Scheune und Stallungen, wie sie eigentlich nur auf Dörfern zu erwarten gewesen wären. Rudi, Billy und Huro deckten die Scheune und die Stallungen Stück für Stück um, indem sie die alten Ziegel abdeckten und die Dächer mit Wellfaserplatten eindeckten.

Auf dem kleinen Hof stand ein alter LKW-Anhänger. Den schoben Huro und Billy in Richtung Scheune, wobei sie darauf achteten, die Zuggabel so zu positionieren, dass eine Zugmaschine angehangen werden konnte, wenn der Hänger voller alter Dachziegel war.

Kaum stand der Hänger richtig, polterten die ersten Ziegel hinein.

»Halt! Hast du 'ne Macke?«

Rudi, der in dem Loch im Dach stand, das er sich aufgedeckt hatte, erstarrte in der Bewegung und behielt die Ziegel, die er gerade in den Hänger werfen wollte, in der Hand.

»Lass uns wenigstens auch hochkommen. Hier unten wird es ungemütlich, wenn die Ziegel tieffliegen!«

Beim Aufschlagen auf den stählernen Hängerboden zersprangen die alten Tonziegel in große und kleine Stücke, wobei einige der kleinen locker über die Bordwände schossen.

Huro und Billy durchquerten die Scheune, um auf das Dach zu gelangen. Ein großer Teil der Scheune war in Pferche und Koben unterteilt, in denen sich zig Schweine jeden Alters, von rosigen Ferkeln über stramme Läufer bis hin zur schlachtreifen Sau, tummelten. Auch die Stallungen waren von Schweinen bevölkert. Außerdem stand ein Pferd in einer mit Stroh ausgelegten Box.

»So, jetzt kann's losgehen!«

Kaum hatte Billy die Freigabe gegeben, donnerte Ziegel auf Ziegel in den Hänger. Bis Herr W. im Hof erschien, war schon ein gutes Stück Dach im Hänger gelandet.

»Halt, lasst mich erst mal raus. Raucht eine!« Das ließen sich die drei auf dem Dach nicht zweimal sagen, während sie zusahen, wie Herr W. sich auf den Weg zu seiner Arbeit machte.

Er war selbstständig und verdiente sein Geld damit, Messer anzuschleifen. Dafür klapperte er in der näheren und weiteren Umgebung Gaststätten und Restaurants ab. Herr W. hatte eine handliche Schleifmaschine auf einen gleichermaßen kleinen wie stabilen Tisch geschraubt, die er in dem großen Kofferraum seines Wolgas verstauen konnte.

Den Wolga, ein Auto aus russischer Produktion, das dank seiner Größe mehr oder weniger ausschließlich als Taxi genutzt wurde, hatte er genau zu diesem Zweck angeschafft.

Die Touren von einer zur anderen Gaststätte hatten auch noch einen zweiten praktischen Nutzen. Herr W. sammelte bei der Gelegenheit, mit der Hilfe eines Anhängers und einiger Blechfässer, Küchenabfälle ein, die den Schweinen ganz offensichtlich schmeckten. Auch ein  paar Hühner fanden ihr Auskommen zwischen den Schweinen und dem Pferd.

Das Abdecken der alten Ziegel ging schnell von der Hand. Es machte Spaß, die Ziegel in hohem Bogen herunter in den dafür bereitgestellten LKW-Anhänger zu werfen.

Die neue Eindeckung aus Wellfaserzementplatten dagegen war nicht wirklich lustig, denn die Platten waren zwei Meter lang, einen Meter breit und rund 35 Kilo schwer. Das Stück vom Dach, welches sie am Vormittag von alten Ziegeln befreiten, musste am Abend wieder mit neuen Platten zugedeckt sein.

Billy wuchtete Platte für Platte von der Ladefläche des UAZ-Transporters auf das Dach, wo Rudi die Platten eine nach der anderen abnahm. Dann bugsierte er sie, über die Dachlatten kletternd, an die Stelle, wo sie angebracht werden mussten. Huros Aufgabe war es, die Platten zu befestigen. Der Schweiß lief trotz der herbstlichen Temperaturen.

Rudi war gerade dabei, eine Platte über die Latten Richtung Huro zu schieben, als die Tür zum Hof aufging und die Tochter von Herrn W. über den Hof huschte, um im Schweinestall zu verschwinden.

Einen Augenblick später bog der braune Wolga durch das Hoftor und Herr W. stieg gut gelaunt aus.

Er schmetterte den dreien einen fröhlichen Gruß entgegen und verschwand kurz aus dem Blickfeld, um wenige Sekunden später wiederaufzutauchen. Er machte den Eindruck, nach irgendwas oder irgendwem zu suchen. Als sein Blick auf Rudi fiel, schien er fündig geworden zu sein.

»Ha! Rudi! Hast du meine Tochter gesehen?«

Rudi war noch mit der Platte beschäftigt, auf die Huro mit einer Schraube in der Hand wartete, weshalb Billy die Antwort übernahm.

»Ja, eben ist sie über den Hof gelaufen.«

»Ach so. Aber hat Rudi sie auch gesehen?«

»Rudi, hast du gehört?«, wollte Billy wissen.

»Was denn?! Huro, mach endlich die Platte fest«, schnaubte Rudi, die Platte festhaltend. Huro beeilte sich, ein Loch in die Platte zu kloppen und sie festzuschrauben.

»Fest! Du kannst loslassen!«

Rudi richtete sich auf und sah zu Herrn W. herunter.

»Also, hast du nun meine Tochter gesehen oder nicht?«

»Na sicher habe ich sie gesehen. Sie war doch eben noch auf dem Hof?!«

»Ja klar, was ich meine, ist doch: Hast du sie dir schon mal angesehen?«

»Wie?«

Billy brannte sich eine Zigarette an und Rudi kramte auch nach seiner Schachtel Karo, womit die Pause offiziell wurde.

»Na, wie schon?! Gefällt sie dir?«

Die Tochter, Anfang zwanzig, eine attraktive Mischung aus ihrem Vater, dessen Erbe ihrer Haut einen leicht südländischen Ton verlieh, und ihrer blonden, beeindruckenden Mutter.

Natürlich war sie Rudi aufgefallen.

Nur was sollte die Frage? Rudis Gesichtsausdruck war sehenswert, während er sich Hilfe suchend umsah. Billys Grinsen gefror, als ihn Rudis Blick traf.

»Ist sie nicht schön, Rudi?«, ließ Herr W. nicht locker.

Rudi wusste nicht, was er sagen sollte.

»Rudi, was sagst du?!«

Da knarrte die Tür des Schweinestalls und die Tochter des Hauses kam wieder zum Vorschein, um mit schnellen Schritten in Richtung Wohnhaus zu eilen.

»Rudi, sieh sie dir an! Gefällt sie dir nicht?« Rudis Gesicht gewann noch mehr an Farbe, als es durch die Arbeit und die Herbstluft schon hatte.

»Warte doch mal«, bremste der Vater sie. »Hier, guck dir Rudi an! Das ist doch ein ordentlicher Kerl. Oder nicht?«, versuchte er sie lachend aufzuhalten.

Mit der Türklinke in der Hand drehte sie sich kurz herum und warf einen irritierten Blick auf ihren Vater. Bevor sie im Haus verschwand, sah sie flüchtig in Rudis Richtung. Verstört gab Rudi das Kommando zum Weiterarbeiten, während Herr W. nach seinen Tieren sah.

Der Tag darauf hatte, wie immer, mit einem Kaffee und einem Plausch angefangen. Inzwischen ging es auf Mittag zu. Die Sonne, die ein herbstliches Gastspiel gab, stand hoch und Huro dachte an die Mittagspause. Rudi machte den Anfang und begann, vom Dach zu klettern. Huro war im Begriff, ihm zu folgen, als Herr W. um die Ecke kam. Wenn es möglich war, tauchte er zur Mittagszeit auf. Er kochte dann Tee und Kaffee und aß einen Happen gemeinsam mit den dreien, die das Angebot gern annahmen. Die mitgebrachten Bemmen in einer warmen Küche zu verspeisen oder sitzend auf dem kalten Hof, war schon ein entscheidender Unterschied, von der Unterhaltung ganz abgesehen, die sie bei Tische genossen.

Herr W. war nicht nur ein freundlicher Gastgeber, sondern auch ein guter Geschichtenerzähler. Er plauderte gern aus dem Nähkästchen. Dabei lieferte ihm seine abwechslungsreiche Tätigkeit ein unerschöpfliches Reservoir von erstaunlichen und amüsanten Geschichten. Rudi und Billy ergriffen die Gelegenheit nachzuholen, was sie am Morgen versäumt hatten. Sie fragten, ob auch sie Messer zum Schärfen mitbringen könnten. Selbstverständlich könnten sie. Es würde ihm eine große Freude bereiten, ihnen den Gefallen zu tun.

Zu Rudis Unbehagen kam Herr W. auch wieder auf seine Tochter zu sprechen.

»Rudi, du hast mir noch nicht gesagt, wie du sie findest?«
Ihm verschlug es, wie schon tags zuvor, die Sprache.
»Rudi, sieh sie dir doch mal richtig an!«

»Ja. Ja. Ja«, stotterte Rudi.

Am nächsten Tag kam es zufällig wieder zum Zusammentreffen von Vater und Tochter auf dem Hof, während Rudi und Huro dabei waren, den First des Daches zu schließen.

»Rudi! Was ist? Hier ist sie! Sie ist eine gute Partie, wenn du sie heiraten willst. Glaub mir«, schallte es über den Hof.

Rudi versuchte erfolglos sich abzuducken, wobei er ins Schwanken geriet und sein Kopf hinter dem First abtauchte, während sein Hinterteil hoch in die Luft ragte. Huro erschrak. Hatte Rudi den Halt verloren? Billy, der im Hof die nächsten Platten auf die Ladefläche des UAZ lud, schimpfte: »Bist du bescheuert? Was soll das denn? Wir sind hier nicht im Zirkus!«

»Ja, ja. Ich weiß, sonst würden wir Gage kriegen statt Lohn«, beruhigte Rudi, der wieder sicher auf den Dachlatten stand.

Herr W. war erstaunlich blass geworden und machte sich auf den Weg, seinen Geschäften nachzugehen.

Auch die nächsten Tage brachten es mit sich, dass Rudi und Herr W.'s Tochter sich hin und wieder über den Weg liefen, wobei den beiden regelmäßig leichte Röte ins Gesicht stieg.

Täglich erschienen zwei oder drei Zigeuner auf dem Hof auf der Suche nach dem Hausherrn.

»Sie wollen das Pferd kaufen«, erklärte Herr W. auf die Nachfrage von Rudi, der wie ein Portier, auf Bitten von Herren W., bei dessen Abwesenheit Auskunft über den Verbleib des Gesuchten gab. Er informierte auch die potenziellen Käufer, ob es sich lohne, auf Herrn W. zu warten oder ob die Herren besser an einem anderen Tag wiederkommen sollten.

»Es ist ein gutes Pferd, es hatte ein wenig Husten, doch es geht ihm viel besser. Fagusan Buchenteer hilft nicht nur beim Menschen.« Lachend hielt Herr W. eine wohlbekannte Hustensaftflasche hoch.

»Ja, den nehme ich auch immer«, lachte Billy, der froh war, nicht Konversation treiben zu müssen, wenn die Käufer auftauchten.

Schließlich, an einem Vormittag, wurde das von seinem Husten genesene Pferd abgeholt und noch am gleichen Nachmittag kam ein neues Pferd an. Das demnächst auch wieder verkauft werden sollte, wie Herr W. wissen ließ.

Rudi und Billy brachten die Messer mit, die geschliffen werden sollten. Es handelte sich um Messer, welche die

beiden beim Schlachten ihrer Kaninchen verwendeten –
da war wirklich scharfes Werkzeug gefragt.

Drei Tage später, die beiden sollten ihre Messer
wiederbekommen, kam der Bauherr auf den Hof gestürzt
und entschuldigte sich wortreich, dass er so lange
gebraucht hätte. Billy bekam sein Messer in perfekt
angeschliffenem Zustand zurück, bei Rudi war es anders.

»Rudi, dein Messer finde ich nicht mehr. Ich muss es
verloren haben!«

Rudi war nicht sehr erfreut und brummte etwas in seinen
nicht vorhandenen Bart. Der Hausherr legte Rudi seinen
Arm freundschaftlich auf die Schulter.

»Ach was! Rudi! Ist doch nicht so schlimm, Rudi! Es bleibt
doch in der Familie!«

Wie auf Bestellung ging die Hoftür auf. Die Tochter kam
von der Arbeit. Im Bestreben, dem zum Scherzen
aufgelegten Vater zu entwischen, wollte sie an den beiden
vorbei ins Wohnhaus huschen, was ihr nicht gelang.

»Hier ist sie! Ist sie nicht schön?! Rudi! Hier! Sieh sie dir
an!« Mit dem freien Arm hatte Herr W. seine Tochter
erwischt und untergehakt.

»Rudi, guck doch! Sieh sie dir doch wenigstens mal an!«

Rudi war nicht nach Gucken zumute. Der Tochter war der
Auftritt nicht minder peinlich. Mit einem verzweifelten
Lächeln entwand sie sich den Fängen ihres Vaters und
setzte ihren Weg schnell fort.

Auch Rudi löste sich von Herrn W. mit ganz eigenen
Emotionen. Er war ziemlich sauer, dass er sein Messer
nicht wiederbekam. Es ist übrigens nie wieder
aufgetaucht.

Wochen danach, längst waren Rudi und Billy samt Huro

auf die nächste Baustelle weitergezogen, zog Billy Rudi bei jeder passenden und unpassenden Gelegenheit genüsslich mit dem verloren gegangenen Messer auf. Er prahlte vollmundig, wie gut doch sein Messer angeschliffen war, und fragte Rudi nach dem Verbleib seines Messers. Belustigt erinnerte er Rudi daran, dass es ja in der Familie bleiben würde. Rudi ließ sich nicht aus der Ruhe bringen und die Anspielungen wurden weniger.

Da tauchte eines schönen Tages ein sorgfältig eingepacktes Paket auf dem Rücksitz von Rudis Trabant auf.

»Rudi, was ist das?«, fragte Billy.

»Was denn?«

»Was fährst du da eigentlich für ein hübsches kleines Päckchen spazieren?«

»Ein Geschenk, das siehst du doch!«

»Das sehe ich, aber für wen?« Billy war neugierig.

»Für dich nicht!«

»Das hab ich mir gedacht. Ich hab schon immer gewusst, dass du für einen wahren Freund nichts übrig hast.«

»Für einen Freund schon. Du bist aber nur die Nervensäge, mit der ich zusammenarbeiten muss!«, antwortete Rudi bissig.

»Ach so! Die Nervensäge! Na, warten wir es ab, wenn das nächste Mal deine Schachtel Karo alle ist. Für den Alten kann das Geschenk nicht sein. Das Paket mit den frischen, selbst geschlachteten Würsten und Schinken, das du immer für den Meister mitbringst, ist größer. Und geschlachtet hast du am Wochenende nicht. Oder?«

»Nee.«

»Spuck es endlich aus!«

Rudi druckste noch ein bisschen rum, dann stellte sich raus, dass er mit der Tochter von Herrn W. ausgegangen war, ins Kino, ins Restaurant und einfach so, von alledem hatte er nichts erzählt. Dann hatte er eine Einladung zu ihrem Geburtstag bekommen.

»Aha«, entfuhr es Huro, der dem Gespräch gespannt gefolgt war. »Wie war's denn?«

»Was geht's dich an, Huro?! Jetzt will der Stift auch schon mitreden?!«

»Na, na. Manchmal, ganz selten, da hat der Stift auch mal recht. Ein blindes Huhn, du weißt schon, findet auch mal ein Korn. Also, wie war's?«

»Na ja, ich wollte hin, aber …« Rudi schien verunsichert.

»Warst du beim Geburtstag oder nicht?!«

»Ich war da.«

»Und? Hast das Geschenk wieder mitgenommen?« Billy ließ nicht locker.

»Ich bin hingefahren, es war schon ziemlich dunkel. Zufällig bin ich am Fenster vorbeigekommen!«

»Zufällig. Ist klar!«

»Ja, zufällig und da habe ich sie alle sitzen sehen!«

»Sitzen? Wen denn?«, wollte Billy wissen.

»Die Gäste.«

»Ja und?«

»Was denkst du?«, knurrte Rudi.

»Lass mich raten: deine Freundin?!«

»Freundin? Ja klar, aber wer noch?«

»Übertreib's nicht!« Billy wurde ungeduldig.

»Billy, die Bude war voller Zigeuner!«

»Ja und? Logisch! Oder nicht?«

»Ganz merkwürdige Typen, keinen von denen hab ich schon mal gesehen«, erzählte Rudi aufgebracht.

»Und? Hätten die sich bei dir schriftlich vorstellen sollen? Mit Bild und aktuellem Kontoauszug?«

»Du spinnst. Natürlich nicht. Nur es waren so viele, alles Kerle.«

»Viele Cousins und keine Cousinen. Geht mir auch so.«

»Na, ich weiß ja nicht! Die sahen alle aus ... so seltsam. Dunkel, dunkle Augen, hinterhältig, nicht gerade vertrauenerweckend. Eher, als würden sie alte Omas die Treppe runterschubsen und anschreien: ›Alte, was rennst du so.‹ Ich kann es gar nicht richtig beschreiben, es war alles so ... Jedenfalls kam es mir komisch vor.«

»Alles Räuber und Banditen«, erlaubte sich Huro einen Einwurf.

»Mach dich nicht über den Kleinen lustig. Er hat Muffensausen gekriegt! Gell, Rudi!«, stichelte Billy.

»Dummes Zeug! Angst. Quatsch! Das war nur die komische Bande. Was hätte ich denn den ganzen Abend erzählen sollen? Wer weiß, was die den ganzen Tag machen? Was, wenn sich rausstellt, dass sie was gegen mich haben?« war Rudi besorgt.

»Da waren doch bestimmt auch andere Leute, Kollegen, Freunde oder so?«

»Ich glaube nicht«, antwortete Rudi kleinlaut.

»Was heißt, du glaubst nicht? Du warst doch da«, forschte Billy nach.

»Ja, aber ich konnte nicht ewig stehen bleiben, dort vorm Fenster.«

»Wie? Vor dem Fenster? Du bist gar nicht drin gewesen? Du warst eingeladen? Sie hat auf dich gewartet! Bist du blöd?«

»Was heißt hier blöd?!«, ließ Rudi nicht auf sich sitzen.

»Blöd eben. Du warst dort, das Geschenk haste gehabt, dann kneifst du den Schwanz ein. Was soll ich sonst sagen? Bescheuert!« Billy verdrehte die Augen.

»Blödmann, ich …«

»Du bist mit ihr im Kino gewesen und Gott weiß wohin noch, sie hat dich zu ihrem Geburtstag eingeladen und du hast ein Geschenk besorgt, weil …? Weil du sie abgrundtief abstoßend und hässlich findest?«

»Quatsch mich nicht voll. Natürlich nicht! Ich wusste ja nicht …«

»Was? Dass sie Zigeuner in der Verwandtschaft hat?«, fiel Billy Rudi ins Wort.

»Doch schon. So hatte ich mir das nicht vorgestellt!«

»Wie denn?«

»Ich weiß auch nicht wie«, schnappte Rudi, dem die widerstreitenden Gefühle anzusehen waren.

»Huro, hast du gehört. Er weiß auch nicht wie. Der Schisser!«, konnte Billy es nicht lassen, weiter zu stochern.

»Was wolltest du ihr eigentlich schenken?«

»Das geht dich einen feuchten Kehricht an!«

»Aber ich hätte wenigstens …«, setzte Billy an.

»Wenn du dort gewesen wärst und die Typen gesehen hättest, da wärst du auch nicht reingegangen!«, unterbrach Rudi sichtlich genervt. »Jedenfalls konnte ich nicht reingehen. Es war alles so, so eigenartig. So beschissen das klingt, ich weiß es eben auch nicht.«

»Hm«, nahm Billy zur Kenntnis.

»Es war ein Blick wie in eine andere Welt. Das war es! Eine andere Welt!«

Huro fragte sich, was er getan hätte, wenn er eingeladen gewesen wäre. Irgendwie konnte er Rudi verstehen. Schließlich hatte Huro seine eigenen Schwierigkeiten zu überwinden, was die Annäherung an das schöne Geschlecht betraf. Von Weitem schien immer alles ganz einfach, doch wenn er dann dem Ziel seiner Träume gegenüberstand, war es dann doch nicht mehr nur eine winzige Schwelle, deren Überschreitung nur ein wenig Mut erfordert hätte, sondern ein gewaltiges Bergmassiv, das zu bezwingen völlig aussichtslos erschien. Ob Billy es besser als Rudi gemacht hätte? Immerhin war er verheiratet. Vielleicht war er so leicht nicht in die Flucht zu schlagen. Aber an Rudis Stelle, wer weiß schon, was er da getan hätte. Jedenfalls fuhr das Geschenk noch etliche Tage in Rudis Auto spazieren.

Beobachtet

Der Meister, ein großer kräftiger Mann jenseits der 60, mit Händen, die einem Suppenteller zur Ehre gereichten, und vollem schneeweißen Haar, hatte es fertiggebracht, einen nagelneuen VW T2-Transporter für die Firma zu organisieren.
Ob es nun daran lag, dass er Bezirksobermeister war, ob ihm seine Mitgliedschaft in der Sozialistischen Einheitspartei Deutschlands (SED) dabei geholfen hatte oder er irgendeine andere List hatte anwenden müssen, Fakt war: Er hatte einen von sehr wenigen VW-Transportern ergattert, welche auf Anweisung der

führenden Genossen der DDR vom Klassenfeind beschafft worden waren.

Die Fahrzeuge waren explizit und ausschließlich an Handwerker verkauft worden, da an adäquaten Fahrzeugen in der Deutschen Demokratischen Republik ein gewisser Mangel herrschte, den selbst die Genossen der SED und ihre Blockparteien nicht ignorieren konnten. Da auch die Genossen nicht gern in Häusern wohnten, deren Dächer so durchlässig wie Siebe waren und Sonne, Mond und Tauben Einlass gewährten, sahen sie sich gewissermaßen gezwungen, etwas zu unternehmen, um zumindest den allerwichtigsten Handwerkern wie Dachdeckern, Klempnern, Maurern und Zimmerleuten die Ausübung ihrer handwerklichen Tätigkeiten wenigstens bis zu einem gewissen Umfang zu ermöglichen.

In den ersten Monaten kam der Transporter nicht aus der Garage. Alles lief wie immer. Mit den beiden alten russischen UAZ wurde alles transportiert, was auf den Baustellen gebraucht wurde.

Das hieß vor allem, dass der Autoschlosser sehr viel zu tun hatte. Der Autoschlosser war die Wunderwaffe des Meisters. Er mähte den Rasen, harkte die Beete und reparierte die beiden UAZ. Originalteile waren selten, dennoch gelang es dem Autoschlosser meistens beide, wenigstens aber eines der Vehikel in Gang zu halten. Kam jemand vorbei – zum Beispiel der Klempnermeister, der die Dachrinnen montierte, eigentlich alles, was am Dach Blech war –, wurde er in die Garage geführt und durfte dort den T2 in gebührendem Abstand umrunden. Nicht ohne

Bewunderung der neuesten kapitalistischen Fahrzeugtechnik durch Ausrufe wie: »Das ist wirklich mal ein richtiges Auto!«, oder etwas Ähnlichem, Ausdruck zu verleihen. Jeder, ob Geselle oder Lehrling, hatte eine solche Führung hinter sich. Huro hatte es nach dem Urlaub erwischt, als er am Montagmorgen ahnungslos in die Firma kam. Er drehte die nötige Runde, wobei er auch das wirklich schöne Auto lobte. Dennoch war er sich nicht ganz sicher, ob er die richtigen Worte gefunden hatte. Immerhin hatte er keinen blassen Schimmer, was die verschiedenen Qualitäten der einzelnen Autos anbelangte.

Den ersten Auftritt im Sinne richtiger Arbeit hatte der VW-Transporter, als das Dach des neuen Gebäudes der Stasi (Staatssicherheit) eingedeckt werden musste. Im Hof der Außenstelle, welche die Stasi in jeder kleinen und großen Stadt, so auch in Huros Heimatstadt unterhielt, war ein Neubau errichtet worden und das Flachdach musste eingedichtet werden.

Ein Stasimann war damit betraut, die Mitarbeiter der Firma Gebauer den ganzen Tag zu begleiten, um nicht zu sagen, zu beobachten. Eigentlich hatte es drei Aufpasser gegeben. Leider waren zwei Hundeführer der Stasi im Lazarett gelandet. Die beiden waren von den eigenen Hunden so schwer zugerichtet worden, dass es einiger operativer Eingriffe und einer längeren Genesung bedurfte. So kam es, dass nur ein Mitarbeiter des Staatssicherheitsdienstes abgestellt werden konnte, um die Dachdecker bei der Arbeit im Auge zu behalten. Der Staatssicherheitsdienst, die Stasi, war eine von Gerüchten umrankte Organisation, deren Namen nur mit vorgehaltener Hand ausgesprochen wurde. Die Hauptaufgabe bestand darin, herauszubekommen, wer die Feinde des Sozialismus im Allgemeinen und die Zerstörer der Deutschen Demokratischen Republik im Speziellen waren.

Jeder konnte sich verdächtig machen, den Umsturz des Staates zu planen. Besonders beleuchtet wurden natürlich Menschen, von denen der sozialistische Staat glaubte, dass sie auf der Seite des Feindes zu finden waren. Dadurch stand auf dem Zettel der Stasi jeder, der möglicherweise eine andere Vorstellung vom Leben hatte als die, die durch die sozialistischen Vordenker öffentlich propagiert und somit erlaubt war. Folgerichtig wurde vorsichtshalber möglichst jeder Bürger ausspioniert. Es waren nicht die offiziellen Mitarbeiter, die gefährlich waren. Die bekamen maximal den Wetterbericht zu hören, vielleicht noch die Geschichten von den sexuellen Eskapaden der leichtlebigen Nachbarin, mehr konnten sie nicht erwarten. Schließlich wusste jeder, was sie taten.

Die IMs, die inoffiziellen Mitarbeiter, waren diejenigen, die zum Fürchten waren. Das waren Menschen, die einem ganz gewöhnlichen Beruf nachgingen und ein völlig normales Leben führten, während sie dann über andere Menschen in ihrer Umgebung akribische Berichte schrieben. Da war es schon möglich, dass ein Kollege am Abend über die anderen ein Dossier schrieb oder ein Ehepartner vom anderen ausspioniert wurde oder der Freund von einer Freundin und so weiter und so fort.

Es gab die ganz besonders fleißigen IMs, die glaubten, den Sozialismus vor den Feinden beschützen zu müssen.

Da gab es die, die es für Geld machten, und eine dritte Gruppe tat es, weil sie von der Staatsmacht dazu angehalten wurde. Quasi als Wiedergutmachung am Gemeinwesen. Die Damen und Herren hatten kleinere oder mittelgroße Verbrechen begangen (Diebstähle, Steuersachen und Ähnliches). Sie konnten ihre Strafe verkürzen oder bekamen sie vollkommen erlassen, wenn sie Zuträger der Stasi wurden. Der Hauptantrieb, der die Stasi speiste, war aber ein anderer, ein sehr alter, und er kam gleichsam in allen drei Gruppen vor. Das gute Gefühl, Macht über seine Mitmenschen, die Nachbarn, die Kollegen, den Chef oder Vorgesetzten zu haben. Das Gefühl grenzenloser Überlegenheit – schon lange vor den Zeiten der Hexenverfolgung ein unerschöpflicher Quell, wenn es darum ging, Opfer zu generieren. Natürlich war das System so aufgebaut, dass jeder jeden kontrollierte. Ein Stasimitarbeiter allein wurde nie auf eine Sache angesetzt. Immer waren es mehrere, deren Berichte dann verglichen wurden. Bei jeder Party, auch privater Natur, bei jedem Volksfest, bei jedem Gottesdienst, bei jedem öffentlichen Anlass sowieso, immer waren sie da.

Zustände, die dafür sorgten, dass sich das Kennenlernen von fremden Menschen sehr langwierig gestaltete, wenn es nicht um eine flüchtige Bekanntschaft oder schnelles Vergnügen ging. Andererseits wurde in durchzechten Nächten auch kräftig über die Stränge geschlagen. Meistens passierte auch nach den derbsten Honecker-Witzen nichts. Erst wenn eine bestimmte Linie überschritten wurde, wurde die Stasi aktiv. Jedoch nicht gleich mit einer Verhaftung. Zuerst verlor der unartige

Mensch seine Arbeit, das heißt die Arbeit, die seiner Qualifikation entsprach. Gleichzeitig wurden Verleumdungen in die Welt gesetzt, bis der Ruf dahin war. Die Familie und Freunde mit Repressalien überzogen, sodass auch die Familienmitglieder und Freunde sich abwandten, und so weiter und so fort. Verhaftungen wurden nur bei ganz besonders schweren Fällen durchgeführt. Dumm war nur, dass niemand diese rote Linie wirklich kannte. Diese wurde von der Partei festgelegt und war mehr als flexibel.

Jockel und Huro hatten die Baustelle eingerichtet, den Teerofen herangekarrt, die Dachpappe abgeladen und die Sauerkrautplatten, das heißt die Holzwolle-Leichtbauplatten, von der Baustoffversorgung geholt. Es war alles vorbereitet für die Ankunft zweier weiterer Gesellen, sodass die Arbeiten in wenigen Tagen erledigt sein sollten. Wer setzte sich schon der Stasi freiwillig länger aus als unbedingt nötig?!
Doch an jenem Montag warteten Huro und Jockel vergeblich auf ihre beiden Kollegen.
Zudem fehlten Holz und Kohlen für den Teerofen. Zum Personal- auch noch ein Transportproblem, da Jockel nur eine der firmeneigenen Schwalben zur Verfügung stand und der Transport der nötigen Utensilien somit ins Wasser fiel. Nachdem keine Aussicht mehr bestand, dass die beiden anderen Kollegen samt Transporter noch auftauchen würden, schwang sich Jockel auf die Schwalbe und bedeutete Huro, dasselbe zu tun.
»Los, wir fahren zum Meister und holen uns den UAZ, damit wir wenigstens die Kohlen und das Holz

herkriegen. Dann können wir vielleicht heute noch ein
Stück von der bekackten Bude anfangen.«
»Aber ich bin noch nie mitgefahren auf so einem …«
»Vorsicht, beleidige die Schwalbe nicht. Sie hat mich
bisher nicht abgeworfen und ist immer angesprungen.
Also steig endlich auf.«
Jockel klappte die beiden
hinteren Fußrasten
runter und nickte
aufmunternd.
»Aber ich weiß doch gar
nicht, wie und was …«
»Ach was! Du machst
einfach alles so wie ich.
Wenn ich mich nach
links lehne, legst du dich
auch nach links und
rechts das Gleiche.
Hinten am Gepäckträger
hältst du dich fest. Keine
Angst, das Ding hat nur
50 Kubik. Da kannst du
keinen Hochstart
hinlegen.«
Dass Huro bei einem
Hochstart mit dem
Motorrad hinten
runterfallen würde, war
ihm keineswegs klar.
Huro war das mit dem
Motorrad oder auch mit

der Schwalbe einfach suspekt. Fahren auf zwei Rädern, mit dem Fahrrad kein Ding, aber hinten auf dem Soziussitz der Schwalbe?

»Gut, wenn du meinst.«

»Ja, ich meine. Oder willst du hier bei der Stasi bleiben?«

»Schon gut.«

Mit Grummeln im Bauch setzte sich Huro, wie angewiesen, hinter Jockel. Der begann die Fahrt zum Meister sehr langsam. Huro fühlte sich wie der Affe auf dem Schleifstein. Gut, dass die Reise zum Meister nicht besonders lang war.

Nach den ersten Kurven und Ampeln, an denen Jockel anhalten musste, stellte Huro schneller, als er es für möglich gehalten hätte, fest, dass die Schwalbe nicht so leicht aus der Ruhe zu bringen war und von Umkippen keine Rede sein konnte. Zu seiner Überraschung stellte sich, je länger die Fahrt dauerte, sogar eine gewisse Gelassenheit ein und Huro konnte den einen oder anderen angespannten Muskel, mit dem er sich überaus fest an den Gepäckträger klammerte, ein wenig entspannen. Als er beim Meister angekommen abstieg, war er sich keineswegs sicher, ob er mit dieser Form des Reisens Freundschaft schließen konnte oder sollte.

Im Keller des Meisters, wo sich die Spinde befanden und sich die Mitarbeiter der Firma Gebauer trafen, fanden sie den missgelaunten Kollegen Kowalski vor.

»Was machst du denn hier?«

»Karlo hat Urlaub und Mücke muss sich 'nen Zahn ziehen lassen. Was soll ich alleine in der Beimerstraße?«

»Machste alleine weiter! Ist doch nicht mehr viel? Oder?!«, schlug Jockel halb im Scherz vor.

»Ach und wer nimmt mir die Pappe oben ab? Ich kann nicht gleichzeitig unten den Aufzug bedienen und oben die Pappe abnehmen. Was mach ich mit den Teeröfen?«, zeigte Kowalski kein Verständnis für Späße am Morgen.

»Schon gut«, lenkte Jockel ein.

»Was wollt ihr überhaupt hier? Seid ihr nicht bei der Stasi?«

»Nicht bei der Stasi, wenn ich bitten darf. Wir sind maximal auf dem Dach der neuen Stasibude«, korrigierte Jockel.

»Meinetwegen auf dem Dach der Stasi«, hatte Kowalski keine Lust, weiter auf Jockel einzugehen.

»Ich dachte, ihr sollt heute anfangen?«

»Ja. Das haben wir ja auch, zumindest wollten wir. Der Ofen ist dort, die Pappe liegt auf dem Hof, der Aufzug … Ah, den hätte ich beinahe vergessen. Huro, erinnere mich an den Aufzug. Wenn wir nachher in der Scheune Holz holen, nehmen wir den Aufzug mit. Jedenfalls waren wir heute Morgen alleine auf der Baustelle. Olli und Carsten sollten mit dem UAZ auf die Baustelle kommen und mitmachen und vor allem Holz, Kohlen und den Aufzug mitbringen. Und wo sind sie?«

»Was weiß ich denn.«

»Na, was war am Wochenende in S. am Berg? Herr Kowalski?«

»Lass mich in Ruhe mit deinen Ratespielchen! Das weiß ich doch nicht.«

»Kirmes!«

Während Jockel und Kowalski die Treppe zum Meister ins Büro erklommen, blieb Huro zurück. Der Meister war ihm immer noch etwas unheimlich und er zog es

67

vor, ihm nicht allzu häufig über den Weg zu laufen.

»Was wollt ihr?« Der Meister schien auch nicht bester Laune.

»Guten Morgen! Ich wollte den UAZ holen, damit ich Kohlen, Holz und den Aufzug fahren kann.«

»Hrrm! Und du?«

»Ich wollte fragen, ob ich einen Lehrling mitnehmen kann. Ich bin alleine auf der Baustelle. Karlo hat Urlaub und Mücke ist beim Zahnarzt.«

»Hrrm! Ja, richtig. Wo sind eigentlich der Olli Wolfhard und der Carsten Müller?«

»Nicht da.«

»Hrrm, hrrm!« Brummelnd stapfte der Meister ins Nebenzimmer, wo seine Frau am Schreibtisch saß. Nach einer kurzen Erklärung seitens Frau Gebauer, die das Büro in allen Fragen, die nichts mit den Baustellen zu tun hatten, schmiss, kam er sichtlich verknittert zurück und teilte mit: »Die beiden sind krank. Kriegen kein Wort mehr raus.«

»Am Wochenende war Kirmes in S. am Berg und die beiden sind in der Kirmesgesellschaft also schon seit Freitag unterwegs gewesen«, konnte Kowalski nicht umhin mitzuteilen.

»Hrrm, hrrm«, war vorerst alles, was der Meister dazu zu sagen hatte.

»Das erklärt einiges«, steuerte Jockel lakonisch bei.

»Alleine kann ich nichts machen«, ließ Kowalski wissen.

»Die Bude in der Beimerstraße ist zwölf Meter hoch, die Öfen müssen runter und die letzte Kanne Anstrich muss hoch. Wie soll ich das machen?«

»Chef, wir sind nur noch zu zweit bei der Stasi. Der Stift

und ich gehen heute mit zu Kowalski auf die Baustelle. Das bisschen Anstreichen und die Öfen runterlassen, das schaffen wir zu dritt an einem Tag. Wir helfen Kowalski heute und machen die Baustelle fertig und morgen geht er mit uns auf das Dach der Stasi. Dort bezwecken wir zu dritt auch viel mehr«, brachte Jockel seine Gedanken ein.

»Das ist eine gute Idee! Wir können den blauen Transporter nehmen und die Baustelle gleich räumen. Die Teeröfen, Holz und Kohlen nehmen wir gleich mit zur Stasi«, fügte Kowalski hinzu, bevor der Meister antworten konnte.

Währenddessen war das sonst freundliche Gesicht des Meisters noch ein Stückchen bleicher geworden. Auf der Stirn traten winzige Schweißperlen glänzend zutage und es machte sich außergewöhnlicher Ernst darin breit.

»Das geht nicht! Der blaue UAZ ist kaputt und den grauen haben Rudi und Billy. Die Stasi! Das geht nicht! Auf keinen Fall! Hrrm, hrrm, hrrm … Die hängen mich auf! Hrrm … Kowalski geht mit zu euch und ich fahre das Holz und die Kohlen für den Teerofen! Die KWV kann warten.«

Die Antwort fiel so laut aus, dass im Keller die Spinnennetze mitschwangen und Huro jedes Wort hören konnte. Verwundert über diese barsche Abfuhr machten sich die drei auf den Weg und tatsächlich stand der Meister nach dem Mittagessen mit dem T2 und einer Ladefläche voller Holz und Kohlen samt einem Teerofen auf der Baustelle. Nur in solchen Ausnahmefällen, wenn es wirklich gar keine andere Möglichkeit gab, wurde der T2 aus der Garage gelassen. Zudem durfte bisher nur der Meister selbst mit dem T2 fahren. Unter der allgegenwärtigen Aufsicht war die Ladung schnell abgeladen. Selbst an den Aufzug hatte er gedacht und der Meister fragte nach weiteren Wünschen, welche Jockel ablehnend beschied.

»Hast du das gesehen, Jockel? Der Alte persönlich!«, brachte Kowalski sein Erstaunen zum Ausdruck.

»Ja. Und pünktlich wie die Mauer!«

»Das habe ich ja noch nie erlebt!«, stellte Kowalski fest, wobei eine gewisse Anerkennung in seiner Stimme mitschwang. »Immer mal was Neues! Der Alte ist immer für eine Überraschung gut!«

»Na, ich würde sagen, er hat Fracksausen.«

»Gut möglich. Er sah schon ein wenig komisch aus. Als ich vorhin noch im Büro war, als du schon im Keller warst, hat er zu mir gesagt: ›Hrrm, hrrm, wer weiß, wozu man mal die Stasi gebrauchen kann!‹«, erzählte Kowalski.

»Na, ich weiß nicht. Dass alle Genossen im Rat des Kreises seine Kumpels sind, ist eine Sache. Die Stasi ist eine andere. Aber wenn er meint. Wenn es hilft, dass er uns pünktlich das Material auf die Baustelle bringt, soll's mir recht sein! Aber eins interessiert mich doch«, wechselte Jockel das Thema, »wie hat er den Aufzug, die Kohlen und das Holz aufgeladen?!«

»Na, bestimmt nicht selber!« Kowalski lachte.

»Auf keinen Fall! Aber wer?«

Huro war das vollkommen egal. Klar war, den Ofen musste er heizen, das Holz hacken und so weiter. Ob der Meister nun pünktlich war oder nicht und wen er zum Aufladen vergattert hatte, ging Huro nichts an. Da war der Meister immer sehr einfallsreich und mit einem 20er-Scheinchen ist schon vieles gegangen. Andererseits war es schon beeindruckend, dass der Meister sich so merkwürdig verhalten hatte. Einen besonders ängstlichen Eindruck hatte er auf Huro bis dahin nicht gemacht. Eher hatte Huro das Gegenteil empfunden. Die Stasi beeindruckte schon durch ihre bloße Existenz. Da ging es dem Meister ganz ähnlich wie seinem Lehrling.

So nahe war er jedenfalls noch nie einem Mitarbeiter der Behörde gekommen wie auf der Baustelle. Zumindest nicht wissentlich und es war kein angenehmes Gefühl. Dass der Stasimann ihnen nicht von der Seite wich, machte die Baustelle nicht angenehmer. Wenn er sich wenigstens nützlich gemacht hätte. Nur so in die Gegend starren, schien ihn aber vollständig in Anspruch zu nehmen. Gespräche ergaben sich natürlich nicht. Keiner versuchte auch nur zwei Worte mit ihm zu wechseln.

Rückwärtsgang

Nicht lange nach dem ersten Einsatz des VW T2 kam es zur nächsten Situation, die es erforderte, den Wagen aus der Garage zu holen. Es war das Dach der Polizeihauptwache, das in Arbeit war. Alte Tonziegel runter, neue Betonsteine drauf.

Das Dachgeschoss war ausgebaut und um die Ziegel nicht in Kalk legen zu müssen, sollte Folie unter den

Betondachsteinen eingebaut werden. Eine neue Idee, welche mit durchsichtiger Kunststofffolie, wie sie bei Gewächshäusern eingesetzt wurde, umgesetzt werden sollte. Zum Glück stellte eine Firma, gar nicht weit von der Polizeihauptwache, genau diese Folie her. Dort musste sie nur abgeholt werden.

»Chef, wir brauchen einen UAZ«, begann Kutte die morgendliche Besprechung beim Meister.

»Hrrm, hrrm. Der blaue ist immer noch kaputt und Karlo ist mit dem grauen unterwegs. Hrrm …«

Der Meister sah sich suchend um.

»Wenn wir morgen …«, begann Kutte.

»Das geht nicht. Die Polizei … hrrm, hrrm, können wir nicht warten lassen!«, fiel ihm der Meister ins Wort. »Ihr nehmt den T2!«

Nachdem sich Huro und Kutte vom Schreck erholt hatten – bisher durfte keiner mit dem T2 fahren außer dem Chef, versteht sich –, nahmen sie nur zu gern auf dem Fahrer und Beifahrersitz im T2 Platz. Der Chef erklärte Kutte die Besonderheiten des neuen Autos.

»Hier blinken Sie und dort ist der Scheibenwischer …«

»Alles klar. Wie ist das mit den Gängen?«

»Alles wie üblich, nur mit dem Rückwärtsgang müssen Sie aufpassen. Der geht nur rein, wenn Sie hier den Ganghebel ein Stück nach oben ziehen.«

»Okay? Sonst noch was, das ich wissen müsste?«

»Fahren Sie vorsichtig, der Wagen ist neu. Und nicht so schnell!« Damit verschwand der Meister in seinem Büro.

»Er hat einen Deal mit der Polizei. Die müssen sich mit ihrem Dach nicht hinten anstellen!« Huro schien überzeugt.

»Sowieso! Er würde sonst niemals so ein Gewese machen! Der letzte Kunde hat fünf Jahre gewartet und dann musste er noch ein Schwein schlachten«, bestätigte Kutte.

»Schwein schlachten?« Huro wunderte sich.

»Was denkst du denn?! Für eine hausgeschlachtete Wurst bekommst du alles vom Alten!«, erklärte Kutte bereitwillig.

»Deshalb hat's im Keller neulich so nach frisch geräucherter Wurst gerochen!« Huro ging ein Licht auf.

»Blitzmerker! Knackwurst und Schinken. Oder du kannst seine Stempel aus der Fahrerlaubnis löschen, wenn er das Dach in diesem Sommer noch macht.«

»Aha. Scheint so, sonst würde er den VW bestimmt auch nicht rausrücken«, stimmte Huro zu.

»So, wie der Meister fährt. Ich wette, er hat bestimmt fünf Stempel.« Lachte Kutte.

»Oh, da muss er beim nächsten Stempel laufen. Das will er natürlich verhindern«, schloss sich Huro lachend an.

»Vielleicht kann er ja mal ein gutes Wort für mich einlegen. Ich habe auch schon drei.«

»Na, dann fahr mal schön langsam. Du hast den Meister

gehört.«

»Schnauze, Huro! Ich bin schon total nervös. Stell dir vor, ich mache einen Kratzer in den Lack.«

»Oh. Das wird sehr bestimmt lustig!«

»Haha. Ich lache jetzt schon!«

Der erste Weg führte sie zur Bauarbeiterversorgung (BAV), um etwas Ordentliches in den Magen zu bekommen. Die BAV war eine große Kantine des Bau- und Montagekombinats (BMK), wo sich zum Frühstück und zum Mittag alle möglichen Handwerker zusammenfanden.

Kutte fuhr schwungvoll vor eine Parklücke, sodass er nur noch rückwärts hineinfahren musste. Er trat die Kupplung, legte den Gang ein und schon rollte der VW T2 ein ganz kleines Stückchen nach vorn.

Leichtsinnsfehler.

Zweiter Versuch: Kupplung, Gang rein, anfahren, vorwärtsruckeln. Neues Auto, ungewohnt?! Noch einmal in aller Ruhe. Kupplung vollständig durchtreten, Gang einlegen, Kupplung langsam kommen lassen. Wieder machte der T2 Anstalten, nach vorn zu fahren. Inzwischen war ein LKW W50 aus seiner Parklücke herausgefahren und gleich wieder zum Stehen gekommen. Er kam einfach nicht an dem schönen, blauen, glänzenden und marktschreierisch neu wirkenden VW-Transporter vorbei. Der Kraftfahrer hatte satt gefrühstückt und genoss es gut gelaunt, Kutte bei seinen Bemühungen, den T2 in die Parklücke zu bugsieren, zuzuschauen. Kuttes Versuche gingen wieder und wieder nach vorne los. Huro war zum ersten Mal froh, nicht im Besitz einer Fahrerlaubnis zu sein.

Nach dem zigsten Versuch steckte Kutte seinen hochroten Kopf aus dem Fenster und bat den LKW-Fahrer, sich den Fall mal näher anzusehen. Der kletterte amüsiert aus seinem W50 und kam rüber.

»Ich krieg den Rückwärtsgang nicht rein! Der Meister hat mir gesagt: Kupplung treten, den Ganghebel nach oben ziehen und den Rückwärtsgang einlegen. Ich lande jedes Mal im ersten Gang! Was ist das nur für eine Scheiße!«

Kutte trat die Kupplung bis auf den Boden durch, legte sachte den Gang ein und ließ die Kupplung vorbildlich langsam kommen. Der LKW-Fahrer verfolgte alles sehr genau. Wieder wollte der T2 nur nach vorn. Der LKW-Fahrer zuckte mit den Schultern und legte die Stirn in Falten.

»Du machst alles genau so, wie dein Chef es dir gesagt hat?«

»Ja! Das ist es ja, was mich wahnsinnig macht!«

»Das muss doch irgendwie gehen. Das ist doch ein VW-Bus, verdammt!« Der Kraftfahrer schien nicht minder ratlos.

»Weißt du was? Probier du es mal.« Kutte rutschte zu Huro rüber, immerhin gab es drei Sitzplätze.

Nach kurzem Zögern schwang sich der Kraftfahrer auf den Fahrersitz, um selbst sehr vorsichtig den Gang einzulegen. Wieder hob sich der T2 aus den Federn nach vorn.

»So! Jetzt reicht's!«

Aufgebracht schob Kutte Huro aus dem Auto und sprang hinterher. Mit vereinten Kräften und unter den belustigten Blicken zahlreicher Bauarbeiter, die sich inzwischen angesammelt hatten, schoben sie zu dritt den T2 per Muskelkraft in die Parklücke.

Dort stand das Auto vorerst gut und dem Frühstück stand nichts mehr im Weg.

Das Frühstück war gut wie immer, aber zu schnell vorüber. Aus der Parklücke herauszufahren war leicht. Auf dem Hof der Firma angekommen, wo die Folie abgeholt werden sollte, achtete Kutte darauf, das Auto so abzustellen, dass er nicht rückwärtsfahren musste.

»Huro, stell mal fest, wo wir die Folie herkriegen.«

Huro drehte erfolglos zwei Runden auf dem Hof. Kutte riss der Geduldsfaden und er stieg auch aus dem Auto, um Huro bei seiner Suche zu unterstützen. Nachdem kein Mensch weit und breit zu sehen war, betraten die beiden eine Werkhalle und machten einige Schritte in einen langen Gang. Zahllose Begeisterungsrufe und Pfiffe brandeten jäh auf. Erschrocken stellten sie fest, dass sie unversehens in den Mittelpunkt des  Interesses geraten waren. Ein, zwei vorsichtige Blicke in die Runde zeigten, dass es sie in einen von Frauen dominierten Betrieb verschlagen hatte, die keinen Hehl aus ihrer Freude machten, dass sich zwei junge Burschen zu ihnen verirrt hatten.

»Oh, guckt mal die zwei niedlichen Typen an!«

»Wo kommen die denn her?«

»Reicht mal den großen Blonden durch, den nehme ich mir zur Brust!« Kutte: groß, schlank, Ende zwanzig, blond, unbändige Locken.

»Und dort, guck mal der Kleine, den er dabeihat!« Huro: klein, dünn, dunkelblonde Locken, frische 17 Jahre.

»Ja, aber der ist noch nicht trocken hinter den Ohren.«

»Ach was! Der ist doch ganz süß!«

Beinahe hinter jeder Maschine, aus jeder Lücke tauchten Frauen jeden Alters, jeder Größe, jeden Typs mit kesser Miene und einem saftigen Spruch auf den Lippen auf. Huro wurde heiß und kalt. So richtig wusste er nicht, was er davon halten sollte. Einerseits fühlte er sich durchaus geschmeichelt, andererseits musste er gegen den Impuls ankämpfen, die Beine in die Hand zu nehmen. Kutte schien es nicht viel anders zu ergehen, was sich an seinem Gesicht leicht ablesen ließ, das übermäßige Gelassenheit signalisierte. Huros dagegen glühte tiefrot.

Auf dem Rückweg erwartete sie noch einmal dasselbe Spektakel. Ungeniert nahmen die Frauen die Verunsicherung der beiden jungen Männer als Ansporn, es noch ein wenig derber zu treiben.

Verdattert erreichten sie das Auto und stiegen ein.

»Huro, was hat die Blonde im Büro gesagt? Wo sollen wir die Folie laden?«

»Dort hinten an der Rampe!«

Kutte startete den T2, legte den Gang ein und der T2 fuhr rückwärts, zumindest den einen Moment, den

Kutte brauchte, um auf die Bremse zu treten.

Erschrocken sah Kutte Huro an.

»Ja, ich habe es auch gemerkt. Du hast den Rückwärtsgang gefunden!«

»So eine Bullenscheiße. Immer, wenn man's nicht braucht! Verdammt!«

Kutte legte den ersten Gang ein und fuhr in einem eleganten Bogen zur Rampe. Nicht umsonst hatte er den Transporter so abgestellt, dass er den Rückwärtsgang nicht brauchte. Schnell luden sie an der Rampe drei Rollen Folie und machten, dass sie Land gewannen.

»Was war denn das? Hast du so was schon mal erlebt?«, wollte Huro wissen.

»Nicht genau so, aber fast so ähnlich und noch schlimmer.«

»Schlimmer?«

»Da gibt es nicht viel zu sagen, nur dass ich am 8. März demnächst nicht mehr vor die Tür gehen werde.« Kutte war resigniert.

»Hä? 8. März?« Huro versuchte zu verstehen.

»Frauentag, 8. März! Da bin ich nichts ahnend in eine Kneipe geraten, die voller Frauen war. Die hatten schon seit Mittag gefeiert, Brigadefeier zum Frauentag, und sie waren ganz schön lustig drauf.«

»Da ist dir gleich der Bierdurst vergangen?«, fragte Huro ein wenig belustigt. Er konnte nichts Schlimmes an vielen lustigen Frauen finden.

»Nicht gleich, aber nach der dritten Bemerkung über meinen Knackarsch und dem Gejohle hinter meinem Rücken fand ich es am Tresen ungemütlich und als sich zwei angeschickerte Damen links und rechts bei mir einhaken wollten, hab ich auf dem schnellsten Weg das Lokal verlassen.« Die Erinnerung wühlte Kutte auf.

»Verstehe schon. Du wolltest nicht abgeschleppt werden. Waren die beiden denn wenigstens hübsch anzusehen?«, stichelte Huro in Kuttes offenliegendes Nervenkostüm.

»Na, nee. An deiner Stelle würde ich die Klappe halten. Denk an vorhin. Ich hab genau gesehen, dass du Fersengeld geben wolltest!«, gab Kutte barsch zurück.

»Ach was!«, wiegelte Huro ab.

»Komisch, dass du immer schneller geworden bist, als wir durch die Halle gelaufen sind. Das habe ich mir nur eingebildet.«

»Genau. Ich lauf doch nicht vor ein paar …«

»Hör auf, Huro. Du bist beinahe gerannt. Meine Taschen sind schon voll.« Kutte war ein wenig verärgert und spielte mit dem Gedanken, Huro zur Baustelle laufen zu lassen.

Huro, der davon nichts ahnte, beließ es dabei und hielt die Klappe. Wodurch Kuttes Blutdruck sank und sie beide im Auto auf der Baustelle anlangten.

Die Experimente mit der Folie unter den Ziegeln liefen zur Zufriedenheit und die Arbeit ging zügig vonstatten. Zum Feierabend kamen sie beim Meister zuversichtlich um die Ecke gefahren. Rückwärts in die Garage? Kein Thema mehr. Kutte legte den Rückwärtsgang ein und fuhr vorwärts.

»Was nun? Ich denke, du weißt, wie es geht?«

»Dachte ich auch, verdammt!«

Der zweite Versuch scheiterte mit einem geräuschvollen Knarzen des Getriebes.

»Du mit deinen Frauengeschichten. Du hast mir den

letzten Nerv geklaut. Jetzt krieg ich den bekloppten Rückwärtsgang wieder nicht rein.«

»Was kann ich dafür, dass du nur Weiber im Kopf hast«, verteidigte sich Huro, während aus dem dritten Versuch auch nichts wurde.

Vor dem vierten erschien Karlo auf der Bildfläche, der im Aufenthaltsraum im Keller die Wochenzettel seiner Brigade geschrieben hatte.

»Was sind denn das für Geräusche, Kutte? Nix von der Kupplung gehört? Die Fahrerlaubnis auf dem Rummel geschossen?«

»Ja danke!«

»Heute ein bisschen sensibel?«

»Frag nicht! Wir waren heute mit dem T2 unterwegs. Schönes Auto, nur der Rückwärtsgang geht nicht rein.«

»Der Gang geht nicht rein? Bei einem neuen VW-Transporter?!«

»Frag den Stift, der war dabei! Wir mussten die Dreckskarre schieben!«

»Ach, iiihr wart das heute vor der BAV.« Karlos Miene hellte sich auf. »Ich habe schon gehört, dass ein VW-Transporter in die Parklücke geschoben werden musste.«

»Ach ja? So eine Scheiße! Selten so gelacht.« Kutte war nicht zum Lachen aufgelegt.

Karlo amüsierte sich köstlich über Kutte, dem die sinkende Laune deutlich anzusehen war.

»Ich habe keine Ahnung, was los war. Ich bin immer im ersten Gang gelandet statt in dem beschissenen Rückwärtsgang. Ich habe alles so gemacht, wie es der Meister gesagt hat«, erklärte Kutte Karlo sein Problem.

»Was hast du denn gemacht?«, wollte Karlo wissen.

»Um den Rückwärtsgang reinzumachen? Den Schalthebel nach oben gezogen …«

»Nach oben?« Die Fältchen um Karlos Augen gingen von fragend in ein mildes Lächeln über.

»Ja, verdammt! Nach oben! So wie es der Meister gesagt hat!«

»Na dann, der muss es ja wissen. Aber du willst jetzt nicht durch das geschlossene Tor in die Garage fahren?«

»Wieso? Da hast du's! Jetzt vergesse ich schon, das Tor aufzumachen«, ächzte Kutte enerviert, ohne die zurückgehaltene Belustigung in Karlos Stimme wahrzunehmen.

»Wo ist der Garagenschlüssel?«

»Noch beim Meister.«

»Huro, hol den Schlüssel!«

»Vom Meister?«

»Woher denn sonst?«

Huro hatte die Hand erhoben, um die Tür zu öffnen, als sich die Türklinke wie von Geisterhand senkte und der Meister mit dem Garagenschlüssel wie eine plötzlich materialisierte Erscheinung im Türrahmen stand.

»Hier ist der Schlüssel. Ich habe euch schon gesehen.« Verdutzt nahm Huro den hingehaltenen Schlüssel, um die Garage aufzuschließen.

Inzwischen saß Kutte auf dem Beifahrersitz und Karlo hatte sich hinter das Steuer geklemmt.

»Eigentlich ganz einfach. Du nimmst den Ganghebel und drückst ihn ein wenig nach unten und schiebst ihn nach hinten. Siehst du … so!«

Die Verblüffung auf den Gesichtern von Kutte und dem

Meister ließen Karlo den Kampf gegen das Lachen
endgültig verlieren.

»Woher weißt du das?«, fragten der Meister und Kutte
gleichzeitig, bevor sie sich vom Lachen anstecken ließen.

Die Erklärung stand in Karlos Garage, ein VW Golf,
hellblau, gleiche Schaltung wie der T2. Karlo, ein Geselle
Ende vierzig, mittelgroß, wettergegerbtes Gesicht,
dunkle Haare, ruhig und im Allgemeinen entspannt.
Seinen wachen, intelligenten Augen entging nichts. Er
strahlte eine unaufdringliche Autorität aus, die wie
selbstverständlich Respekt einforderte. Er bog mit seiner
gelassenen Art viele Situationen wieder hin, die nicht
zuletzt der Meister durcheinandergebracht hatte. Er war
das unerschütterliche Fundament der Firma. Er fuhr nie
lange ein und dasselbe Auto, darunter Fiat, Wartburg
und Zastava. Irgendwie fanden hin und wieder Autos
aus dem westlichen oder dem halbsozialistischen
Ausland den Weg in die DDR und wurden dann zu
astronomischen Summen gehandelt. Wann und wo, das
blieb für Huro als nicht Autofahrer immer ein Rätsel.
Zwar war unter den Kollegen ständig von
irgendwelchen Automärkten für gebrauchte Autos die
Rede, die irgendwo am Wochenende stattfanden, aber
wo genau blieb zumindest für Huro uninteressant. Dort
wurde jedenfalls vom 30 Jahre alten Trabant 500 bis zum
fast neuen VW Golf alles gehandelt, was der Markt
hergab.

Messer

Das Essen in der BAV (Bauarbeiterversorgung), einer Kantine für die Bauarbeiter des BMK (Bau- und Montagekombinat), war gut und reichhaltig. Zum Frühstück, zwischen 8 und 10, gab es Strammen Max, Hackepeter, mit oder ohne Ei, Steak mit einem Ei oder mit zwei Eiern und vieles mehr. Zum Mittag gab es außer dem Frühstücksmenü noch ein Essen für wenig Geld. Wenn die Mitarbeiter der Firma in der Nähe waren, gingen sie zum Frühstück und zum Mittag dort hin. Des Öfteren trafen sich dort beim Frühstück oder beim Mittagessen alle aktuellen und ehemaligen Kollegen der Firma Gebauer.
Dazu gab es mindestens eine Runde Kaffee, bei der es aber nie blieb.
Das sah der Meister mit gemischten Gefühlen, da er annahm, dass bei diesen Gelegenheiten dort was ausgeheckt wurde.
Dabei ging es in den Gesprächen nur selten um ihn und seine Umtriebe, sondern vielmehr um Autos, die weibliche Hälfte der Menschheit und hin und wieder auch um Belange der Baustellen.
Huro, Bernd und Jockel hatten eine Baustelle begonnen, die sich ganz in der Nähe der BAV befand. Karlo, Mücke und Kowalski hatten eine Baustelle in der Innenstadt, von wo sie bequem die BAV in fünf Minuten zu Fuß

erreichten. Außer Atze und Horst hatten sich alle Gesellen der Firma eingefunden. Der Zufall sorgte dafür, dass sich noch einige Ehemalige an den Tisch setzten, was Huro zu einem Rekordtablett verhalf.

»Heute hast du es besonders schwer.« Mit einem Lächeln stellte die junge, attraktive Köchin eine Schüssel mit Zuckerwürfeln auf das Tablett, das sie vorher mit 17 Tassen Kaffee gefüllt Huro übergeben hatte.

»Vielen Dank. Den Zucker hätte ich glatt vergessen.« Huro war froh über die wohlwollende Unterstützung. In den letzten Wochen hatte Huro, neben seiner Ausbildung zum Dachdecker, einen Crashkurs als Kellner bekommen. Nicht ganz freiwillig. Die Gesellen hatten einfach sein Einverständnis vorausgesetzt und jeden Widerspruch durch wohlgesetzte, nachdrückliche und sehr farbenprächtige Beschreibungen dessen, was passieren würde, wenn er sich weigern würde, im Keim erstickt. Auf diese Weise tauchte Huro bei jedem Frühstück oder Mittagessen mehr als einmal vor der Luke der Essensausgabe auf. Das wiederum führte zu einer gewissen persönlichen Bekanntschaft mit dem Küchenpersonal, das sich seiner freundlich annahm, wenn er mit Kaffeetassen vollgestellten Tabletts unterwegs war.

Huro hatte den Aufstand nicht geprobt und die Kaffeetassen immer ohne weitere Einwände geholt.

Ihm schien das alles ein Spiel, in dem sich die Gesellen ein wenig mehr Bedeutung geben und voreinander die Federn spreizen konnten. Schnell hatte sich herausgestellt, dass er beim jungen, weiblichen und überaus freundlichen Küchenpersonal ein Stein im Brett hatte, und er genoss die Sympathie, die ihm entgegengebracht wurde.

Natürlich blieb es nicht bei Kaffee, da war auch mal der ein oder andere Stramme Max oder Soljanka drin, welche die Gesellen sich von ihm an den Tisch mitbringen ließen. Zur Verteidigung musste angeführt werden, dass Huro in der gesamten Lehrzeit keinen einzigen Kaffee bezahlen musste, da es selbstverständlich war, dass er bei jeder Kaffeerunde, welche die Gesellen ähnlich wie Bierrunden auszugeben pflegten, mit einer Tasse Kaffee dabei war.

Nach der letzten Runde Kaffee – und es waren an diesem Tag sehr viele – erhoben sich alle wie auf Kommando und verließen die BAF. Als die Ersten durch die Tür waren, kam das Ganze ins Stocken.

Huro, der als Letzter ging, krachte fast in den breiten Rücken von Billy, der stehen geblieben war.

Nur sehr langsam leerte sich der Raum. Draußen bildete sich ein Auflauf, dessen Kern der Meister bildete. Zum Erstaunen aller war er aus irgendeinem Grund aufgetaucht. Geld konnte es nicht sein. Die Lohntüten verteilte er immer erst am Donnerstag.

Der Meister wurde umringt von seinen Leuten und von ehemaligen Mitarbeitern, welche die Gelegenheit nutzten, um mit ihm einige Worte zu wechseln.

Plötzlich kam in den Meister eine merkwürdige Bewegung. Er hatte einen Arm in seiner Jackentasche und der begann auf eine so sonderbare Art und Weise zu zucken, die Huro veranlasste, Rudi zu fragen, was mit dem Meister los sei.

»Das wirst du gleich sehen.«

»Sieht aus, als hätte er einen Anfall, Herzinfarkt?«
»Ach was! Nix da. Guck hin. Jetzt hat er es geschafft.«
Tatsächlich hatte der Meister eine Zigarette in der Hand,
die er eben noch zuckend in der Tasche gehabt hatte.
»Hä?!« Huro verstand nichts.
»Du bist ein Schnellmerker. Das macht er immer so,
wenn wir dabei sind. Er holt die Schachtel mit den
Zigaretten nie aus der Tasche. Er hat Angst, dass er eine
Runde schmeißen muss. So oft, wie er bei uns schnorrt.
Aber das geht natürlich nicht«, erklärte Rudi spitz.
»Wie jetzt? Er bugsiert die Zigaretten in der Jackettasche
mit einer Hand aus der Schachtel, dabei zuckt er, als
würde er an einen Kuhdraht pinkeln, nur um Zigaretten
zu sparen?«
»Na also. Doch noch nicht Hopfen und Malz verloren. Er
ist ein Geizkragen, gegen den Ebenezer Scrooge ein
großzügiger Verschwender ist.«
»Ebenezer wer?«
»Scrooge. Ach, vergiss es.«
»Wenn er allen, die hier stehen, eine Zigarette ausgibt,
reicht seine Schachtel nicht«, stellte Huro fest.
»Er hat schon jedem von uns mindestens eine Schachtel
Zigaretten abgeluchst. Eine Zigarette für jeden ist längst
überfällig. Möchte wissen, wie viele Schachteln er schon
von uns allen bekommen hat«, sprach Rudi mehr mit
sich selbst als mit Huro.
»Huro, was ist? Wir müssen los!«, war es Jockel, der zum
endgültigen Aufbruch blies.
Auf der Baustelle angekommen, eine Schulturnhalle,
welche neu gebaut wurde, mussten Bitumenbahnen auf
ein VT-Faltendach geklebt werden, eine ganz besondere

Beschäftigung. Mit dem Eimer über das Dach zu laufen, glich einem Hürdenlauf.

Der Kessel war gefüllt, das Holz gehackt. Das Feuer bullerte und die Klebemasse schmolz.

»Huro, was machst du da?«, wollte Jockel wissen, der oben auf dem Dach die Pappe auslegte.

»Ich sehe nach, ob die Masse langsam durch ist.«

»So? Es sah doch tatsächlich aus, als würdest du Maulaffen feilhalten. Die Masse wird auch ohne dich flüssig. Kohlen sind genug drin?«

»Ja. Ich hab eben nachgelegt.«

»Gut, dann kommst du hoch und legst mit uns Pappe aus«, wies Jockel Huro an.

Huro stieg langsam und ohne Begeisterung die Leiter hoch.

»Ich weiß nicht, Huro, dir könnte man die Schuhe besohlen und das beim Laufen«, wurde er von Bernd empfangen.

»Die Leiter wackelt wie Espenlaub«, verteidigte sich Huro.

»Na und? Ein Kuhschwanz wackelt auch und fällt nicht ab«, stellte Bernd fest.

»Was soll ich denn …«

»Pappe sollst du schneiden. Du schneidest die Dachpappe in Stücken von genau 2,5 Meter«, erklärte Bernd.

»Gut, alles klar. Womit?«

»Mit deinem Pappmesser.« Bernd war genervt.

»Ich hab keins.«

»Aha. Der Stift hat kein Messer. Was soll er da machen?«, fragte Bernd in Richtung Jockel.

»Ich würde ja sagen, dass er sich eines besorgen muss«, befand Jockel.

»Das sehe ich genauso.«

Huro hatte bis dahin noch kein eigenes Pappmesser besessen und noch keinen Gedanken daran verschwendet, woher er eins bekommen könnte. Was er ganz genau wusste, war, sein Taschenmesser würde er auf keinen Fall zum Schneiden der Dachpappe benutzen. Das Messer wäre nach dem ersten Schnitt stumpf und völlig mit Bitumen verschmiert.

»Woher bekomme ich eins? Vom Meister?«

Jockel und Bernd prusteten los.

»Das kannste ja mal versuchen. Am besten morgen früh, wenn wir alle beim Chef sind. Das Gesicht vom Alten will ich sehen.«

»Die der andern auch.« Jockel bekam sich gar nicht mehr ein.

»Soll ich's sagen?«, fragte Bernd.

»Ja, er kommt eh nicht drauf!«

»Mittag, wenn wir in die BAV gehen, nimmst du ein Messer mit!«

Das Essen in der BAV schmeckte wie immer gut und war reichlich. Beim Essen sah sich Huro das Messer genauer an. Alugriff und eine Klinge aus einem Stahl, der nicht rostete, mit kleinen Zähnen im Schnittbereich, ziemlich stumpf.

»Wie soll ich damit die Dachpappe schneiden?«, formulierte Huro seine Gedanken.

»Wie schon! Du nimmst das Messer mit und den Rest überlässt du uns!«

Also gut. Huro sah sich um. Wie sollte er es bewerkstelligen? Huro hatte noch nie etwas auf diese Weise erworben.

Sie tranken die üblichen Runden Kaffee und Huro war beschäftigt, den Tisch mit vollen Tassen zu füllen und leere abzuräumen. Die Pause ging immer schnell vorüber, doch an diesem Tag schien Huro die Zeit wie in einem einzigen Wimpernschlag verflogen, schon hatte er die letzten Tassen abgestellt. Sein Besteck hatte er noch nicht weggeräumt.

Flau in der Magengegend saß Huro auf seinem Stuhl und dachte nach, wie er es anstellen müsste, ohne die Aufmerksamkeit aller auf sich zu ziehen.

Ohnehin hatte er den Eindruck, dass alle Blicke nur auf ihm ruhten. Das hieß, er glaubte, dass alle aus den Augenwinkeln beobachteten, was er tat, und darauf warteten, dass er das Messer mitnahm.

Allerlei blöde Sprüche spukten gleichzeitig durch seinen Kopf. Der Witz, in dem der Arbeiter jeden Tag mit einer Schubkarre durch das Werktor fuhr. Die Schubkarre war voller Sand, den der Mann kaufte und vom Pförtner kontrollieren ließ, dem indessen nicht auffiel, dass die Schubkarre jeden Tag eine andere war. Womit nicht der Sand unbezahlt abhandenkam, sondern das Transportmittel.

»Es ist noch viel mehr aus den sozialistischen Betrieben herauszuholen«, lautete das Zitat eines großen und weisen Parteifunktionärs, an dessen Namen Huro sich nicht mehr erinnerte. Ein Satz, der schamlos und nicht nur theoretisch umgedeutet wurde.

»Nu' mach schon! Wir müssen los«, raunzte Jockel, der

Huros Zögern bemerkte.

Der hatte gut reden. Huro schwitzte längst. Fieberhaft suchte sein Gehirn nach einem Ausweg, wobei er den Unmut in Jockels Augen zu übersehen suchte.

»Los jetzt! Ohne Messer geht's hier nicht raus!«

Alle Mitarbeiter nutzten ein solches – einem Besteck entnommenes – Messer, in welches sie, wenn es gut ging, eine Kerbe eingeschliffen hatten, was gewissermaßen die Wirkung eines Hakenmessers hatte. Schließlich ließ Huro, während er vom Stuhl aufstand, das Messer in die Zollstocktasche gleiten. Dabei war ihm nicht besonders wohl und zu allem Überfluss war er sicher, dass es jeder gesehen hatte, doch zu seiner Verwunderung sprang niemand auf, um zu rufen: Haltet den Dieb!

Auf der Baustelle angekommen, sank Huros Puls wieder auf ein Normalmaß. Einerseits froh, über ein Pappmesser zu verfügen, das nur ein wenig Angst gekostet hatte, andererseits konnte er sich nicht wirklich mit dieser Vorgehensweise anfreunden. Allerdings blieb keine Zeit für weitere Überlegungen.

Das Messer schnitt tatsächlich durch die Dachpappe, wenn man es etwas schräg zur Pappe hielt und keinen Wert auf akkurat gerade Schnitte gelegt werden musste.

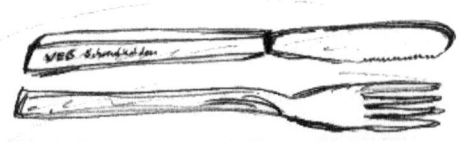

Kohlen

Die Baustelle lag im Nachbarort des Dorfes, in dem Billy wohnte. Unversehens fand sich Huro dabei wieder, bei Billy die Kohlen in den Keller zu schaffen, während Billy und Rudi auf der Baustelle arbeiteten. Was Huro in diesem Fall entgegenkam. Sie hatten ein kleines Bauernhaus mit neuen Betondachsteinen eingedeckt. Nur der First musste noch geschlossen werden, die Firstziegeln mussten in Kalk verlegt werden. Eine Arbeit, die Rudi und Billy durchaus auch zu zweit bewältigen konnten, und eine Arbeit, um die sich Huro nicht stritt. Die Kalkkübel fassten mehr Mörtel als ein Eimer und waren unglaublich schwer. Nichts, was sich leicht mal über das Dach tragen ließ. Auch die Firstziegeln waren keine Leichtgewichte und unhandlich beim Werfen. Meistens warf Rudi Firstziegeln von der Traufe aus zu Huro, der sich einige Meter höher ein Loch in das Dach machte, um auf den Dachlatten stehen zu können. Von dort warf Huro die Firstziegeln dann zu Billy, der sie auf den First legte und mit Mörtel verschmierte.

Da war ein Nachmittag Kohlen schaufeln eine wirkliche Abwechslung und in Billys Fall keine schwere Arbeit. Der Haufen Kohlen lag quasi direkt vor dem Kellerfenster und war schnell hineingeschippt.

Die Kohlen wurden meistens im späten Sommer geliefert. Das bedeutete, ein großer Haufen Braunkohlebriketts landete irgendwann, und meistens nur mit kurzer Vorwarnung, vor dem Haus. Wie die

Kohlen dann in den Keller kamen, war nicht die Sache
der Kohlenlieferanten. Eine Ausnahme wurde für
Rentner und verdiente Genossen gemacht. Die bekamen
die Kohlen in Säcken, entweder über eine Blechrutsche
durch ein Kellerfenster in den Keller geschüttet oder in
den Keller getragen. Als Kind haben die Kohlemänner
Huro immer sehr beeindruckt. Die Leichtigkeit, mit der
die rußigen Kerle riesige Säcke mit Kohlebriketts
bugsierten, fand er faszinierend.
Nachbarn unterstützten sich bei dieser Gelegenheit oft
gegenseitig. Wenn es möglich war, wurde Urlaub
genommen, um die Kohlen entgegennehmen zu können.
Für Billy löste diesmal Huro das Problem, was nicht
schwer war. Billys Hauseinfahrt war breit genug, sodass
der W50 mit den
Kohlen weit hinein
rangieren konnte, um
direkt vor dem
Kellerfenster die
Kohlen abzukippen,
wo Huro sie nur noch
hineinschaufeln
musste. Das war beim
Meister anders. Dort
mussten die gut zwei
Tonnen Kohlen mit
Schubkarren und
Eimern hineingetragen und gefahren werden. Diese
Arbeit erledigte der zweite Lehrling Olli, der zeitgleich
mit Huro die Lehre begonnen hatte.
Beide bekamen für ihre Bemühungen einen kleinen

Obolus nach getaner Arbeit. Olli zog Huro damit auf, dass er von Billy zwanzig Mark bekommen und er vom Meister fünfundzwanzig zugesteckt bekommen hatte.

Bis die nächste Lohntüte kam und der Meister verkündete: »Hrrm, hrrm. Ich hab dir nur zwanzig Mark abgezogen für die Kohlen.«

Der Meister war offensichtlich von seinem Anfall von Großzügigkeit geheilt und hatte bei der Abrechnung befunden, dass fünf Mark für das Schaufeln von Kohlen in den Keller für den Lehrling ausreichend sein sollten. Ollis Gesichtsausdruck war höchst sehenswert.

Inzwischen war es tiefster Herbst mit typischem Novemberwetter, grau und nasskalt. Billy, Rudi und Huro waren auf einer großen Baustelle in Billys Gemeinde. Ein fast endloser Schafstall wurde gebaut und bekam ein Dach aus Wellfaserzementplatten. Die Arbeit war schwer. Am schwersten jedoch war es, die gut zwei Quadratmeter großen Wellplatten an Ort und Stelle zu bekommen. Der Transport auf das Dach war kein Problem, auf der LPG gab es entsprechende Radlader, mit deren Hilfe die LPG-Mitarbeiter die Wellplatten palettenweise hoch auf das Dach hoben. Dort oben mussten die Haufen von fünfzig Platten dann verteilt werden. Das war es, was Huro nicht besonders gefiel.

»Pass auf, Huro, heute weht der Wind von rechts, da nehmen wir die Platte unter den linken Arm. Klar? Wenn eine Windböe zu stark ist, können wir die Platte fallen lassen.«

Super. Es reicht nicht, wie ein Seiltänzer auf der keine

zwanzig Zentimeter breiten Traufbohle balancieren zu müssen, es darf auch noch bei Wind sein, befand Huro in Gedanken.

»Was ist denn los?«, war von Billy zu hören. »Wir sind nicht auf der Fritz Heckert!«

»Mach den Stift nicht nervös. Der hat schon genug mit sich zu tun.«

Wie recht Rudi hatte, wusste er wahrscheinlich nicht. Huro hatte schon nicht gut geschlafen. Merkwürdige Gedankenbilder waren ihm durch den Kopf gegangen. Nichts, an was er sich im Detail erinnern konnte. Beim Aufwachen war er von einer Welle unangenehmer Gefühle überrollt worden.

Das Dach war gut fünf Meter hoch und von einem Gerüst war, wie gewöhnlich, weit und breit nichts zu sehen.

Damit aber nicht genug. Das Dach bestand nur aus Holzpfetten, die in einem Abstand von 1,2 Meter auf Sparren befestigt waren. Dazwischen gab es nur Luft und genug Platz zum Herunterfallen. Es war, wie es Billy bezeichnete, ein hohler Vogel – zwei Mauern links und rechts überspannt von Sparren und Pfetten. Man konnte nach innen genauso gut fallen wie nach außen. Die einzige Stelle, auf der hin- und hergelaufen werden konnte, war die besagte Traufbohle, an der die Dachrinne befestigt war. Darauf spazierte Rudi wie ein Seiltänzer herum, um Huro zu zeigen, dass es möglich war, dort zu laufen.

Und jetzt sollte Huro auch noch mit einer Wellplatte unter dem Arm dort balancieren. Dass sie zu zweit eine Platte tragen wollten, war Huro nur ein schwacher Trost.

Da wäre er doch lieber heute beim Meister geblieben und hätte die Kokskohlen einzeln in den Keller getragen. Das aber hatte Rudi verhindert. Er wurde auf der Baustelle gebraucht und die Kokskohle, die sich der Meister als besonderes Schmankerl für den Winter bestellt hatte, wurde wieder einmal von Olli in den Keller geschafft.

»Keine Angst, Huro, das geht schon.«

Huro setzte einen Fuß vor den anderen, erst einmal ohne Platte unter dem Arm. Rudi hatte einen Probelauf vorgeschlagen. Nachdem Huro die zehn Meter an der Traufe vom Plattenstapel zum fertigen Dach gelaufen war, triefte er vor Schweiß und schnappte erst einmal nach Luft. Er wollte sich auf eine der neuen Platten setzen, welche schon auf dem Dach befestigt waren.

»Halt, Huro, nicht dorthin! Immer dahin, wo du die Pfette drunter siehst. Dort, wo die Platte auf der Pfette aufliegt. Da, wo die Schrauben sind, dort halten die Platten, dazwischen können sie durchbrechen und du segelst hinein. Unten der Betonboden, glaub mir, das tut nicht gut«, wies Billy Huro ein. Er hatte auf dem schon fertigen Stück Dach gewartet und sollte das Anschrauben der Platten übernehmen, welche Rudi und Huro herantragen wollten.

»Na super«, war das Einzige, was Huro dazu einfiel.

»Rudi, weißt du was? Ich habe vorhin ein paar Bohlen liegen sehen, die legen wir an der Traufe aus. Am besten zwei nebeneinander, da könnt ihr besser laufen.«

»Ach was! Wir brauchen doch keine Rennbahn. Der Lehrling wird sich schon an die Traufbohle gewöhnen.«

»Rennbahn. Ich denke, für dich ist es auch ein besseres

Laufen, oder nicht?«

»Vorige Woche, als Huro sich in der Berufsschule den Arsch gewärmt hat, hast du auch nicht danach gefragt. Als wir die Bude angefangen haben, hab ich die Platten alleine getragen.«

»Du bist ja so arm dran. Wenn ich mal Zeit habe, erinnere mich daran, dass ich dich ein bisschen bedaure. Immerhin hast du ab heute eine große Hilfe.«

»Na schön. Huro sieht wirklich nicht besonders gut aus. Ziemlich blass, der Gute.«

»Gut, dann holen wir die Bohlen, auch wenn du keine brauchst. Das ist klar.«

»Was man nicht alles für so einen Lehrling macht.«

Sie holten die Bohlen und legten sie aus. Der Weg an der Traufe verbreitete sich auf einen halben Meter. Das Laufen war immer noch kein reines Vergnügen, aber längst kein Vergleich mehr. Huro war Billy unendlich dankbar.

Zum Feierabend war es fast schon dunkel. Rudi hatte Billy zu Hause abgesetzt und die Fahrt ging für Huro im Führerhaus auf dem Beifahrersitz weiter. Es waren noch etliche Kilometer bis zur Stadt. Huro genoss die Wärme sehr, auch wenn Billy ihm eine Wattejacke besorgt hatte, hatte er bei diesem Wetter ziemlich gefroren hinten auf der Ladefläche. Die besten Wattejacken waren von den Russen zu bekommen. Für ein oder zwei Flaschen Schnaps konnte man – wenn man wusste, wann und wo – diese schwarzen, schweren und sehr warmen Jacken von Angehörigen der Roten Armee erwerben. Je länger sie fuhren, desto dunkler wurde es und der Nebel wurde immer undurchdringlicher, angereichert

durch die dunklen Wolken der Kohleöfen, die in den
Häusern angeheizt wurden. Die Lampen des UAZ,
sowieso nicht die hellsten, leuchteten nur noch wenige
Meter voraus. Urplötzlich erschienen direkt vor der
Stoßstange, aus der dunklen trüben Suppe, Konturen
des Straßenrands. Rudi kurbelte wild am Lenkrad und
stieg auf die Bremse. Es ruckte heftig und das
Fahrerhaus schwang bedenklich nach vorn und
seitwärts. Gerade noch konnte Huro sich mit beiden
Händen abstützen, um nicht durch die Frontscheibe zu
purzeln. Dann standen sie.
Ganz knapp waren sie an einem Baum
vorbeigeschrammt und fast im Straßengraben gelandet.
Rudi machte sich mit ein paar kräftigen Flüchen Luft,
bevor er wieder ganz langsam anfuhr.
Das Wetter schien sich gegen die beiden verschworen zu
haben. Die Nebelschwaden wurden immer dichter, die
Sicht immer schlechter. Die Bäume am Straßenrand
glichen gespenstischen Riesen, die mit ihren Händen
nach dem Auto griffen. Als plötzlich zwei Lichter auf der
Gegenspur auf sie zukamen, größer und größer wurden,
war es mit einer Sicht weiter als zwei Meter aus. Rudi
bremste erneut und wurde noch langsamer.
»Scheißdreck! Was hat der Idiot für ein saublödes Licht!«
Der Überlandbus schrammte dicht am UAZ vorbei. Die
Dunkelheit und der Nebel erlaubten kaum noch eine
Sicht von einem oder eineinhalb Meter voraus. Rudi
traute sich kaum, Schrittgeschwindigkeit zu fahren.
Als er plötzlich auf die Bremse trat, klebte Huro mit der
Nase an der Frontscheibe.
»Was war das?«, frage Rudi, dessen Gesicht jegliche

Farbe verloren hatte.

»Keine Ahnung, was denn?« Huro rieb sich die Nase.

»Warum sind wir stehen geblieben?«

»Hast du nicht den Fußgänger gesehen, der über die Straße gelatscht ist?«

»Ein Fußgänger? Nee. Ich war zu sehr damit beschäftigt, nicht durch die Scheibe auszusteigen.«

»Da war eben ein Kerl mit schwarzem Bart und roter Jacke. Der ist direkt vor uns über die Straße gegangen.«

»Also ich hab nichts gesehen. Bist du sicher?«

»Logisch bin ich sicher. Was glaubst du Idiot, warum ich in die Eisen gestiegen bin?«

»Was weiß ich. Ein Hase aus dem Straßengraben gehopst. Einen Kerl, der über die Straße gelatscht ist, hab ich nicht gesehen.«

»Mach keinen Quatsch, ich hab ihn genau gesehen. Er kam von rechts, tauchte aus dem Nebel auf und verschwand links wieder in der Dunkelheit und dem verschissenen Nebel.«

»Da bist du wirklich sicher? Vielleicht war es auch der Weihnachtsmann. Die rote Jacke könnte passen.«

»Immer Vorsicht mit den großen Tieren. Wenn du mich verscheißern willst, denke an heute Vormittag. Wir können auch die Bohlen weglassen, wenn du die große Klappe hast … Ich habe was gesehen, und zwar einen alten Mann, der über die Straße gegangen ist, und damit uns nicht noch einer unter die Räder kommt, machen wir jetzt Folgendes: Huro, absitzen!« Hin und wieder verfiel Rudi im Umgangston zurück in seine Zeit beim Kommiss, die noch nicht lange hinter ihm lag. »Du läufst ab sofort vorneweg. Du siehst zu, dass wir nicht in den

Straßengraben fallen oder jemanden überfahren.«
Huro musste raus aus dem warmen Führerhaus. Lustlos
lief er vor dem Transporter her. Rudi folgte ihm ganz
langsam. Es war tatsächlich nur sehr wenig zu sehen.
Die Sicht hatte sich auf höchstens einen Meter verkürzt.
Bevor sich der Nebel hob, verging fast eine halbe Stunde
Fußmarsch. Am Ortsschild gab Rudi den Befehl zum
Aufsitzen und Huro konnte sich, wenigstens bis sie beim
Meister vorfuhren, noch ein wenig aufwärmen.
Inzwischen war es ziemlich spät und sie hatten es eilig.
Im Keller trafen sie auf Frieda. Eine Cousine des
Meisters, die sich, wenn Not am Mann war, beim
Meister nützlich machte und so wohl auch einen Obolus
zu ihrer Rente verdiente. Sie übernahm kleine und große
Reinigungsarbeiten. Sie war damit beschäftigt, die
Treppe zu wischen, die vom Büro in den Keller ging.
»Frieda, was machst du noch hier um die Zeit?«, fragte
Rudi freundlich.
»Rudi, stell dir vor, der Stift hat heute den Koks in den
Keller geschaufelt und hat vergessen, die Tür zum Büro
mit Lappen abzudichten. Es war alles voll Staub. Zum
Glück bin ich fast fertig.«
Aus dem Keller führte eine Treppe direkt ins Büro. Um
den Staub und den Schmutz keinesfalls bis dorthin
vordringen zu lassen, musste diese Tür geschlossen und
vor allem mit Lappen abgedichtet werden, da der
Kohlenstaub durch jede noch so winzige Ritze kam. Als
der Meister von einem Termin in der Stadt wieder
zurück war und ins Büro ging, fand er dort eine dicke
Schicht feinen Kohlenstaubs auf dem gesamten Mobiliar,
Stühlen und Papieren vor, deren Beseitigung Stunden in

Anspruch nahm. Selbst viele Tage und Wochen später
wirbelten manchmal schwarze Wölkchen unversehens
auf, wenn der Alte suchend in den Akten blätterte.

»Na, das ist ja eine
schöne
Bescherung«,
stellte Rudi fest.
»Diesmal gibt es
nicht mal die fünf
Mark für Olli.
Frieda, soll ich
dich mitnehmen?«
»Ja. Ich bin gleich
fertig.«
Umziehen,
Werkzeug
einlagern, alles
ging zügig über
die Bühne und

Rudi fuhr einen kleinen Umweg, um Frieda nach Hause
zu bringen. Das tat er öfter und gern, nicht nur weil
Frieda ihn mal am Morgen schlafend im
Aufenthaltsraum, halb im eigenen Spint liegend,
gefunden hatte. Er hatte am Abend zuvor bei der
Firmenparty ein wenig zu viel Bier erwischt. Frieda hatte
das nicht an die große Glocke gehangen.

Am anderen Morgen beim Frühstück im Bauwagen
hatten Rudi und Billy sich mal wieder wegen ihrer
Zigaretten in den Haaren. Sie rauchten die gleiche
Marke und beschuldigten sich gegenseitig, die im

Aschenbecher abgelegte brennende Zigarette des jeweils anderen weiter zu rauchen.

»Das ist meine Karo!«

»Quatsch! Meine.«

»Was soll das heißen? Das ist meine!«

»So jetzt reicht's!«

Mit dem Bleistift malte Rudi an seine Karo einen Strich.

»Meinetwegen. Gib mir lieber die Zeitung dort. Die Lottozahlen.«

Rudi gab Billy die Zeitung über den Tisch, die ein Maurer liegen gelassen hatte. Billy blätterte geräuschvoll in der Zeitung, bis plötzlich das Rascheln erstarb und sich eine erstaunliche Ruhe verbreitete.

»Wieso die Lottozahlen? Ich denke, du hast sie gestern Abend gesehen. Glotzt du nicht immer Lotto im Fernsehen?«

»Ja. Aber gestern hab ich es vergessen.«

»Aha«, nahm Rudi merkwürdig tonlos zur Kenntnis.

»Rudi! Die ersten vier Zahlen sind unsere!«, jubelte Billy plötzlich hinter der Zeitung.

Rudi wurde blass und rutschte nervös hin und her.

»Wie sind doch gleich unsere Zahlen? Rudi?«

Rudi begann zu schwitzen und schien zu schrumpfen.

»Die Zahlen, Rudi? Die zwei letzten Zahlen, die wir immer spielen? Die Zahlen! Die letzten beiden Zahlen! Rudi. Sag was! Ich hab die Scheißzahlen vergessen.«

»1, 3, 4, 12.« Auf Rudis Stirn perlten ansehnliche Schweißtropfen.

»Die weiß ich doch! Die beiden anderen!«

»17 …«

»Ooh! Die haben wir auch! Wir haben einen Fünfer!

Mensch, wir haben einen Fünfer!«, schrie Billy ganz aus dem Häuschen.

»Die sechste Zahl! Rudi! 27?!«

»Nee, 37.« Rudi schien ein Stein vom Herzen zu fallen.

»Mist! So eine Scheiße! Beinahe hätten wir gewonnen. Gut, ein Fünfer, da gibt's auch schon was dafür.« Billy bekam sich wieder ein wenig ein.

»Die Quoten stehen erst morgen drin.« Rudi war erleichtert.

Billy ließ die Zeitung sinken, Rudis sehr helle Gesichtsfärbung fiel ihm ins Auge.

»Was'n los?«

»Nichts.«

»Hörst du schwer? Ein Fünfer! Wir haben einen Fünfer, der bringt mindestens …«

»Haben wir nicht.«

»Waaas! Warum nicht?!«, schnappte Billy scharf, während er nur mit Mühe auf seinem Stuhl sitzen blieb.

»Ich hab gestern vergessen zu spielen.« Rudi nahm wieder leicht Farbe an.

Jetzt war es Billy, der blass wurde.

»Es war so spät gestern, Frieda und … der Stift …«, stotterte Rudi.

Huro wurde mulmig. Er hatte schon des Öfteren für die beiden auf dem Heimweg die Lottoscheine abgegeben.

»Lass den Lehrling da raus! Du, du solltest Lotto spielen!«

Die Stimmung drohte zu kippen und Huro zog sich vorsichtshalber schon mal ein wenig vom Tisch zurück.

»Du dummes Schwein! Wenn wir gewonnen hätten! Stell dir vor! Es kommen unsere Zahlen und du hast nicht gespielt!«, brauste Billy auf.

»Genau das hab ich mir gerade vorgestellt ...«, antwortete Rudi kleinlaut.

»Ich sitze vor der Glotze und sehe unsere Zahlen. Stell dir vor: Ich mache flaschenweise Sekt auf, gebe eine Fete für die Nachbarn, für das halbe Dorf. Ich mache Pläne, was ich mit dem Geld machen werde, und am nächsten Morgen stelle ich fest: Du hast nicht gespielt! Nicht auszudenken!« Billy musste erst einmal Luft holen. »Ich höre schon das Gelächter, die Nachbarn. Ach was, des ganzen Dorfes. Hast du 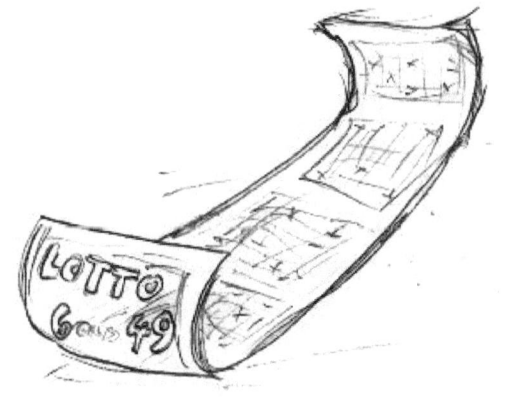 ein Glück, dass es heute nur ein Fünfer war. Für den gibt es eh nur ein paar Mark.«

In den Köpfen der beiden rumorte es sichtbar. Was konnte Huro tun, wenn Rudi 'ne Naht von Billy bekam? Der würde dem nichts schenken. Die beiden waren kräftige, stämmige Burschen, da würde kein Auge trocken bleiben, so viel schien Huro sicher.

Plötzlich lachten beide gleichzeitig los. »Ein Glück, dass heute nicht alle Zahlen richtig waren«, schnaufte Rudi.

»Ja, das kannste laut sagen«, stimmte Billy zu.

Atze

Was hatte Erdmann nicht schon alles über die beiden
Alten gehört. Die ältesten Gesellen der Firma, Horst und
Atze. Persönlich hatte er sie noch nicht kennengelernt, da
er bis dahin immer anderen Gesellen zugeteilt worden
war. Außerdem waren die beiden nur selten beim
Meister. So war es gekommen, dass die beiden bis dahin
Erdmann weder gesehen hatten noch über den
Spitznamen Huro im Bilde waren.
Ungeheuerliche Geschichten hatten die anderen Gesellen
Erdmann erzählt – Geschichten von Blut und Schweiß,
Mobbing unglaublichen Ausmaßes. Kurz gesagt: Bei den
beiden sollte es sich um Gesellen der übelsten Sorte
handeln, deren einziger Lebenszweck die fachgerechte
Erniedrigung von harmlosen Lehrjungen zu sein schien.
Entsprechend fühlte sich Erdmann, als er einige Meter
vor dem KDL (Kontrolldurchlass) der Kaserne vom
Fahrrad stieg. Er schob das Fahrrad und zückte seinen
Ausweis. Der wachhabende Soldat studierte die Papiere
intensiv, um sie dann dem OvD (Offizier vom Dienst)
weiterzureichen, der wiederum ebenfalls akribisch die
ersten Seiten des Personalausweises durchlas. Erdmann
fragte sich, was genau wohl die beiden zu finden
glaubten. Wenn er etwas hätte klauen wollen oder
schlimmer, die Kaserne ausspionieren wollte, stünde
davon ja wohl nichts im Ausweis.
Der OvD verschwand mit dem Ausweis, um einige
Minuten später wiederaufzutauchen. Nach einem
kurzen Gespräch mit dem wachhabenden Gefreiten

teilte dieser Erdmann mit, dass er nicht eingelassen werden könne. Er wäre nicht auf einer Liste notiert, welche der Meister Gebauer eingereicht hatte und die alle Mitarbeiter umfassen müsste, welche in der Kaserne arbeiten sollten.

Erdmann fuhr leichten Herzens zurück in die Stadt, um beim Meister angekommen Bericht zu erstatten.

»Hrrm. Hrrm. Das habe ich verg…, hrrm. Du gehst heute auf die Baustelle zu Kowalski. Morgen bist du dann in der Kaserne. Ich werde das am Telefon regeln!« Also eine Galgenfrist bis zum nächsten Tag. Besser als nichts. Vielleicht vergaß ja der Meister, noch mal die Daten durchzugeben. Wer weiß es schon? Der Meister hatte schon ganz andere Sachen versiebt.

Am nächsten Tag war dann aber tatsächlich der Weg frei in die Kaserne. Das hieß, unter den strengen Augen des wachhabenden Gefreiten durfte Erdmann nebst Fahrrad die Kaserne betreten, natürlich nicht, ohne seinen Ausweis am KDL zu hinterlassen.

Nach kurzem Suchen fand Erdmann den Weg zum Bullenkloster. Das Bullenkloster war die Herberge der unverheirateten Offiziere, wovon sich der Name ableitete. Dort fand er in einem Raum im Keller Atze an einem hölzernen Tisch sitzend vor.

Atze war Mitte 50. Das Gesicht – sauber rasiert und von tiefen Furchen durchzogen – wurde von dunklen lebhaften Augen dominiert. Die Falten ließen ihn trotz seiner tiefschwarzen Haare älter erscheinen, als er war. Er war nicht dick im Sinne einer gleichmäßigen Verteilung der Körperreserven, das Bier hatte sich lediglich deutlich sichtbar im vorderen Bereich angesammelt. Woraus Erdmann auf Schwierigkeiten schloss, die Atze haben würde, wenn es daran ging, durch enge Dachlattenabstände oder Öffnungen im Dach zu klettern.

»Guten Morgen.«

»Guten Morgen.« Atze sah Erdmann unverhohlen neugierig an und nahm einen Schluck aus einer Flasche Pilsner, die vor ihm auf dem Tisch stand. Mit Bedacht stellte er die Flasche ab und sah auf seine Armbanduhr.

»Du bist pünktlich. Kommst du zu spät, kostet es ab morgen eine Mark.«

Als er sprach, öffnete sich knarzend hinter Huro die Tür und Horst trat ein.

»Guten Morgen. Bist du der Neue?«

Jetzt geht das schon wieder los, stöhnte Erdmann innerlich.

»Ja, ich bin Erdmann.«

»Aha. Und deine Eltern sind Doktoren?«

»Ja.«

»Und warum machst du nicht auch auf Doktor?«, fiel Atze ein.

»Bist du zu blöd?«, machte Horst weiter.

Horst und Atze schienen keine Freunde von umständlich verklausulierten Fragen zu sein. So hatte Erdmann das noch nie gehört. Das schien aber nicht daran zu liegen, dass sich keiner genau diese Fragen stellte, sondern nur daran, dass Atze und Horst laut aussprachen, was sie und wohl auch andere dachten.

Jedenfalls hatte sich Erdmann für genau diesen Fall eine Antwort überlegt, die ihm natürlich nicht einfiel. Bevor sich das unangenehme Schweigen zu breitmachte, ergriff Horst die Initiative.

»Also gut, wir streichen heute die Panzerhalle. Du wirst mir den Anstrich bringen. Atze macht dir die Eimer voll. Es muss sich ja lohnen, dass wir zu dritt sind.«

»Ja, richtig, wo warst du eigentlich gestern? Du solltest doch schon gestern da sein?«

»Ich war da. Nur wurde ich nicht reingelassen. Der Meister hatte irgendeine Liste nicht ausgefüllt.«

»Ach ja, die Liste. Das hat der Alte bestimmt mal wieder vergessen. Das ist jedes Mal das Gleiche. Kommt ein neuer Kollege zu uns raus, geht das Theater los.«

»Jaja, das ist doch egal, wir müssen los! Sonst werden wir heute wieder nicht fertig«, wurde Horst ungeduldig.

Atze spuckte geräuschvoll prustend ein Teil des Pilsners, das er schon im Mund hatte, wieder aus.

Es war nicht klar, ob er sich verschluckt hatte oder ob er ein Lachen unterdrückte und dabei die Kontrolle verloren hatte.

Nach einem nicht enden wollenden Fußmarsch durch das weiträumige Gelände der Kaserne kamen sie schließlich bei der Panzerhalle an und Erdmann entschied, dass Atze sich beim Lachen verschluckt hatte.

Die Panzerhalle war gute 300 Meter lang. Nie und nimmer würden sie heute noch mit Streichen fertig werden.

Streichen, das bedeutete, die Dachpappe der Dächer mit neuem Bitumenkaltanstrich zu versehen. Das ging bei kleinen Flächen mit Besen vor sich, bei großen wurde ein Schieber verwendet. Das hieß, der gesamte Inhalt eines Eimers wurde ausgegossen und die flüssige Bitumenmasse wurde mit einer selbstgebauten Konstruktion aus einem stabilen Besenstiel, einer eisernen Klemmschiene und einem schmalen Stück elastischem Kunststoffkrepp breit geschoben. Hatte die Dachpappe auf dem Dach wenig Blasen und Wellen, war das die Methode der Wahl.

Im Idealfall wurde das Fass, oder die Fässer, mit dem flüssigen Bitumen auf das Dach gehoben. Der Anstrich wurde dann mithilfe von Eimern auf der Dachfläche verteilt. Eine Beschäftigung, die, wenn man's richtig anfing, sogar Spaß bereiten konnte. Leider standen die Dinge in der Kaserne ein wenig anders. Die Fässer mit Bitumenanstrich konnten nicht hochgenommen werden. Der Kran, über den die Wartungseinheiten der Panzertruppe verfügten, war just in jenen Tagen in einem anderen Objekt zugange.

Also lagen die Fässer unten auf dem Boden an einem Giebel am Ende der Panzerhalle bereit. Nur dort war es möglich, die Eimer mit dem Seil hochzuziehen, ohne die Wehrbereitschaft zu gefährden. Das hieß, die vollen Eimer 300 Meter bis zum anderen Ende der Panzerhalle hintragen und mit den leeren Eimern wieder zurück. Erdmann hatte die Aufgabe zugeteilt bekommen, die gefüllten Eimer hoch auf das flache Dach zu ziehen und zu Horst zu tragen, der dann den Inhalt verstrich. Atze füllte unten die Eimer und hing sie an das Seil. Schon als Erdmann die Strecke mit jeweils einem Eimer links und rechts das erste Mal lief, wurden die Arme immer länger. Der Nachteil der Schieber-Methode wurde offensichtlich. Hätte Horst den Bitumenanstrich mit dem Besen verstrichen, würde das einige Zeit in Anspruch nehmen. Eine Pause für Erdmann entstünde, in der er sich ein wenig hätte ausruhen können. Bei der

Arbeit mit dem Schieber wurden die Eimer nur ausgegossen und schon konnte Erdmann den Rückweg antreten. Die Ruhezeit verkürzte sich für ihn dadurch drastisch. Dass mit jedem Eimer ein Stückchen Dach fertig wurde und so die Strecke ein wenig kürzer wurde, war kein wirklicher Trost.

Mittag war ein winzig anmutender Teil des Hallendachs gestrichen und Erdmann hatte das Gefühl, dass er sich die Schuhe zubinden könnte, ohne dass er sich dabei bücken müsste.

Angekommen im Keller des Bullenklosters, wollte sich Erdmann an den Tisch setzen, doch wurde er durch Atze daran gehindert.

»Wir gehen in die MHO, die leeren Flaschen gegen volle tauschen.«

Damit drückte er Erdmann einen Beutel mit leeren Pilsnerflaschen in die Hand und verließ den Raum.

Erdmann blieb nichts anderes übrig, als ihm ohne jede Begeisterung zu folgen.

Er hatte keine Vorstellung von einer MHO, schon gar nicht, wo das sein sollte. Zu seiner Verwunderung verließen sie die Kaserne durch das KDL, um in das benachbarte Gelände des Lazaretts einzubiegen. Die beiden Objekte Kaserne und Lazarett, welche getrennt durch Zäune und Mauern direkt nebeneinanderlagen, stammten aus der Zeit, als noch der Kaiser wusste, was für das Volk am besten war. Jetzt, da eine Partei dieses Wissen für sich in Anspruch nahm, hatte sich an der Nutzung der Gebäude wenig geändert. Die Panzergaragen waren erweitert worden und die Karabiner samt Munition wurden nicht mehr in den dafür vorgesehenen Nischen auf den Fluren der Mannschaftsquartiere griffbereit gelagert. So viel Vertrauen in die eigenen Landser hatten die Genossen nicht. Waffen und Munition waren unter strengstem Verschluss, selbst die Patronenhülsen wurden nach jedem Besuch auf dem Schießstand wieder eingesammelt und wehe, deren Anzahl stimmte nicht mit der Anzahl der ausgegebenen Patronen überein. Natürlich gehörte auch ein Kasino zu dem Gebäudekomplex, etwas abgelegen im nahen Wald, in dem sich die Offiziere des Deutschen Reichs zu amüsieren pflegten.

Das wurde nicht mehr militärisch genutzt, auch nicht für die Unterhaltung der Offiziere, und war inzwischen ein Kinderheim. Es gab jetzt ein Kasino innerhalb der Kaserne, welches allerdings nur sehr wenig benutzt wurde.

Atze steuerte indessen auf ein niedriges Gebäude zu, das gleich seitlich hinter dem Eingangstor des weiträumigen parkähnlichen Lazarettgeländes lag.

Sie gelangten in einen Verkaufsraum, wo sämtliche Sachen angeboten wurden, die ein Soldat benötigte. Von Rasierseife bis zum frischen Brötchen gab es alles, ebenso Zigaretten aller Sorten, auch die, die es sonst nur selten gab. Selbstredend wurde Schnaps und Bier angeboten. MHO war die Abkürzung für Militärhandelsorganisation, welche die Soldaten bei möglichst bester Laune halten sollte.

Zurück im Keller nahm Erdmann am Tisch Platz, wobei er den dösenden Horst aufschreckte.

»Na? Kennst du jetzt den Weg?« Erdmann schwante

nichts Gutes.

»Klar, ab morgen kann er alleine Bier holen.«

Jeder aß zum Mittag seine mitgebrachten Brote. Wobei Horst vorging, als handle es sich um ein Drei-Sterne-Menü. Er klappte sein Taschenmesser auf und schnitt die Stullen in mundgerechte Stücke, bevor er sie genüsslich verspeiste. Er schälte den mitgebrachten Apfel gewissenhaft und mit meditativer Andacht. Insgesamt ging von Horst eine selbstsichere Ruhe aus. Horst war ebenfalls so um die Mitte 50. Seine Haare waren struppig und wurden langsam grau. Er war kräftig und hatte Hände, denen keine Arbeit zu viel war. Auf den ersten Blick erschien er knurrig, beim zweiten Hinsehen schimmerte eine Portion Gutmütigkeit durch seine wettergegerbte Fassade. Sein breitkrempiger Hut, den er bei jedem Wetter trug, war mit ihm gealtert.

Erdmann fiel es schwer, sich mit den beiden zu unterhalten, besser gesagt war es ihm unheimlich, sie bei diesem großen Altersunterschied mit Vornamen und mit Du anzusprechen. Bisher war er es gewöhnt, Menschen, die ihm um so viele Jahre voraus waren, mit *Sie* und Herr Sowieso anzusprechen.

Das Du war ausschließlich für gleichaltrige Personen oder wenigstens fast gleichaltrige vorbehalten, weshalb es ihm bei Rudi oder Billy, Jockel oder Bernd längst nicht so komisch vorkam, wenn er sie duzte und mit ihnen sprach, als hätten sie schon viele Jahre gemeinsam Schweine gehütet.

Erdmann begnügte sich vorerst damit, auf die Fragen der beiden zu antworten, und die drehten sich um alles Mögliche. Warum er mit dem Fahrrad fuhr und nicht mit dem Moped. Wie er die Schule abgeschlossen hätte und natürlich, wie er beim Meister gelandet war und immer wieder um den Grund seiner Ausbildung zum Dachdecker. Irgendwie schien das nicht in die Köpfe der beiden hineingehen zu wollen.

Der nächste Tag begann genau wie der vorangegangene. Atze sah auf die Uhr, als Erdmann durch die Tür kam.

»Gut. Noch mal Schwein gehabt, du bist pünktlich.«

Das kann ja heiter werden, dachte Erdmann, der die Ankündigung der Strafzahlung nicht so ernst genommen hatte, wie sie dem Anschein nach gemeint war.

»Setz dich erst einmal hin. Horst kommt heute etwas später«, fuhr Atze fort. »Ihm ist gestern noch eingefallen, dass wir ein Joch in der Stadtscheune haben. Das will er heute Morgen holen. Das kann also noch eine Weile dauern.«

Erdmann setzte sich an seinen Platz an der Stirnseite des Tisches. Atze nahm einen tiefen Schluck von seinem Pils und bevor Erdmann fragen konnte, was eigentlich unter einem Joch zu verstehen war, das Horst mitbringen wollte, rumorte es hinter der Tür.

Herein kam ein kleiner, dürrer Kerl, der die Rente schon fast erreicht haben sollte. Seine wässrigen blauen Augen tasteten suchend den Raum ab.

»Ah. Da ist er«, stellte er fest, als sein Blick auf Atze fiel.

»Du suchst mich? Wohl eher eine Flasche Bier.«

»Das auch, aber es regnet rein ins Bullenkloster. Könnt ihr das reparieren?«

»Mal sehen. Erst mal machen wir die Panzerhalle fertig, dann sehen wir weiter.«

112

»Ja, aber vergesst es nicht.«

»Haben wir schon mal was vergessen?«

»Na ja, war da nicht mal was mit einer Reparatur im Lazarett, auf die ich ein halbes Jahr gewartet habe, weil ihr es …«

»Das haben wir nicht vergessen. Der Alte hat uns nur nichts gesagt, weil wir so viel zu tun hatten.«

»Schon gut. Lasst mich einfach diesmal nicht so lange warten. Diesmal könnt ihr nicht sagen, dass es der Meister euch nicht gesagt hat. Wie sieht es nun aus mit einem Bier zum Frühstück?«

Atze rückte ein Pils aus seinem Vorrat raus. Der Besucher entpuppte sich als ehemaliger Oberst der NVA mit dem Namen L., der die technische Leitung des Objektes innehatte. Er war für sämtliche handwerkliche Tätigkeiten an den Gebäuden der Kaserne und des Lazaretts zuständig, so auch für die Dacharbeiten. Er redete gern und viel und war zu keiner Zeit des Tages dem Bier abgeneigt.

Er blieb öfter im Keller hängen und soff Atzes Bier weg. Wenn er gut gelaunt war, was öfter vorkam, ließ er manchmal Storys aus seiner aktiven Zeit vom Stapel. Zum Beispiel, wie er auf der Militärakademie in Kiew war und die Russen unter den Tisch gesoffen hatte oder wie Armeegeneral Hoffmann in Leningrad bei einem Besuch sturzbetrunken aus dem Auto gefallen war. Geschichten von Manövern waren auch beliebt, wie die Geschichte, als er sich in den Schlamm schmeißen musste, weil die Geschosse der Artillerie dem Unterstand, in dem er und einige deutsche und russische Offiziere dem Spektakel zusahen, bedenklich nahe kamen. Seine mit Abstand liebste Beschäftigung, nach dem Bier, waren allerdings Frauen. Vor allem Frauen in höherem Alter, deren Männer verstorben oder anders abhandengekommen waren.

Die Schilderungen von seinen zahlreichen Abenteuern mit weiblichen Bekanntschaften waren voller bunter Bilder und ließen Casanova wie einen impotenten Windbeutel wirken. Sprüche wie: »Stell dir vor! Bei der lag ich auf dem Bauch wie bei dir ein Streichholz!« oder »Wenn du im dritten Stock angekommen bist, müssen die Weiber im ersten schon wieder nach dir rufen!«, zählten zu den einigermaßen sittlichen.

Dumpfe Schritte im Kellergang und das erneute Knarren der Tür kündigten die Ankunft von Horst an.

»Oh, der Herr L. mal wieder auf der Flucht vor einer langweiligen Sitzung?«

»Ja und? Wie ich sehe, ist hier ja auch noch nicht viel los.«

»Alles wegen des Lehrlings. Wir wollten ihn nicht schon in der ersten Woche verheizen.«

»Ach ja, richtig. Der neue Lehrling. Das ist er wohl?«

»Ja, das ist er und er kann uns nicht sagen, warum er Dachdecker wird und nicht einen auf Doktor macht.«

»Richtig, ihr hattet gesagt, dass seine Eltern Doktoren sind. Ich erinnere mich.«

Erdmann war das Geplänkel nicht geheuer und er zog es vor, sich nicht daran zu beteiligen, was auch niemand zu erwarten schien.

»Wie heißt denn der Junge?« Ein langer, prüfender Blick aus wässrigen blauen Augen glitt über Erdmann.

»Erdmann.«

»Aha. Deine Eltern sind also Doktoren?«

Was das die Leute immer nur interessiert, stöhnte Huro innerlich. Laut antwortete er: »Ja.«

»Und du sitzt hier im Keller bei den beiden alten Zauseln?«

»Ja. Warum nicht?«, war alles, was Erdmann einfiel.

»Warum eigentlich nicht! Stimmt! Na, jedenfalls willkommen in der Kaserne. Und lass dich von den beiden nicht kaputt spielen, die tun nur so. Ich muss los.«

Er hatte schon die Türklinke in der Hand, als er sich noch mal rumdrehte und bemerkte: »Erdmann?! Was'n das für'n Name?« Mit verschmitztem Zwinkern ließ er »Doktor?« im Raum hängen und verschwand.

»Ich habe dir was mitgebracht. Hier ist mein Autoschlüssel. Du gehst zu meinem Auto und holst das Joch aus dem Kofferraum«, wandte sich Horst an Erdmann.

»Das Joch?«

»Das Joch. Ein breiter Knüttel mit zwei Ketten dran! Du wirst schon sehen! Das Auto steht auf dem Parkplatz neben dem Lazarett. Wir treffen uns hinten an der Panzerhalle.«

Erdmann zog los, suchte und fand Horsts Trabant, in dessen Kofferraum ein merkwürdiger Gegenstand lag, den Erdmann an den schwarzen Flecken, die nur von Bitumenkaltanstrich stammen konnten, als den identifizierte, den er holen sollte. Zwei Ketten waren auch dran.

»Ah. Der Doktor hat das Joch gefunden«, kommentierte Atze bei seinem Eintreffen.

»Na, dann kann es ja losgehen!«

Horst und der Doktor stiegen die Leiter hoch, wobei der Doktor das Joch unter den Arm geklemmt mitnehmen musste.

»Du ziehst erst mal zwei Eimer hoch und dann zeige ich dir, wie du sie tragen kannst, ohne in der Mitte durchzubrechen.«

Dem Doktor, wie ihn die beiden ab sofort nannten, war die ganze Sache vollkommen unklar. Wie sollte ihm das Ding beim Tragen der Eimer eine Hilfe sein? Im Gegenteil, es würde die Schinderei noch schwerer machen. Das Teil wog sicher zusätzliche fünf, sechs Kilo.

»Wo hast du die Eimer? Alles klar. Du stellst dich zwischen die Eimer und nimmst das Joch so auf die Schultern und hängst an die Ketten die Eimer und los geht's!«

Horst hatte das hölzerne Brett über beide Schultern gelegt. Sinnigerweise hatte das Joch in der Mitte, da wo Horsts Hals war, eine halbrunde Aussparung. Auf jeder Seite neben den Armen hingen die beiden Ketten herunter. Die Ketten hatten ungefähr die Länge der Arme. Horst bückte sich ein wenig und hakte die Eimer ein. Nachdem er sich aufgerichtet hatte, baumelten die Eimer in der Luft. Die Hände brauchte er nur noch, um die Eimer in der richtigen Position zu halten. Die Last ruhte komplett auf seinen Schultern.

»So, jetzt du!«

Der Doktor tat wie ihm geheißen und nahm die Eimer auf. Schon bei den ersten Schritten stellte sich zu seiner Verblüffung heraus, dass das Joch eine erhebliche Erleichterung beim Tragen der Eimer war.

Etliche Wochen verstrichen mit den Arbeiten am Dach der Panzergarage und der Doktor gewöhnte sich an den Arbeitsrhythmus der beiden. Das Joch war bei der Schlepperei der Eimer eine Erleichterung im wörtlichen Sinn. Die Arme und Schultern schmerzten zwar immer noch, aber erst am Nachmittag.

Den Spitznamen Doktor hatten Horst und Atze ohne weitere Umstände übernommen. Erdmann machte sich keine Gedanken über den neuen Spitznamen. So wie er sich auch über Huro nicht geärgert hatte, sondern einfach auf den neuen Namen hörte, war der zweite Spitzname auch kein Problem. Wobei er es schon merkwürdig fand, mit Doktor angesprochen zu werden, auch wenn es nur im Scherz geschah.

»Der Doktor hat keine Ahnung von Schiefer. Du gehst raus und ich halte dich fest. Der Stift gibt dir den Schiefer raus«, war Horsts Ansage an dem Morgen, als die Reparatur am Dach des Bullenklosters anstand.

»Warum soll ich dich nicht festhalten?«

»Weil du ein dürrer Krepel bist, außer deinem Kessel. Ich bin viel schwerer als du. Wenn ich falle, fliegst du samt Dachfenster hinterher.«

Atze verdrehte die Augen. Das mit dem Gewicht konnte er nicht entkräften. Er war dünn, wenn man vom Bierbauch absah.

»Gut, dann geh ich halt raus. Ist ja nur eine Schieferplatte«, stimmte Atze ohne Begeisterung zu.

»Logisch, und zwar jetzt gleich«, beschied Horst, »bevor die Sonne den Schiefer auf Temperatur bringt.«

Das war es, was Atze am meisten stank: Er konnte sein Bier nicht austrinken. Horst blieb hart und schon kurz nach sieben standen die drei auf dem Dachboden des Bullenklosters.

Atze, der sein zweites Bier nicht hatte austrinken können, schnallte sich mürrisch einen unglaublich breiten Gürtel um den Bauch und öffnete das Dachfenster. Der Doktor hatte seine erste Berührung mit Gurt und Sicherheitsseil und war gespannt, wie Atze mit seinem Bauch aus dem Fenster klettern wollte. Doch Atze schwang sich wider Erwarten hurtig aus dem Fenster. Bevor sich der Doktor wundern konnte, rief Atze schon nach dem Schiefer, den der Doktor ihm rausreichen sollte.

Horst hielt konzentriert mit beiden Händen das mehr als daumendicke Seil fest, dessen Ende an dem breiten Gürtel um Atzes Bauch befestigt war.

Atze schob eine neue Schieferplatte an die Stelle der kaputten Platte und schlug geschickt mit der Spitze des Schieferhammers zwei Löcher hinein, um den Schiefer festzunageln.

Atze machte Anstalten, wieder ins Fenster hineinzuklettern, wobei er das Gleichgewicht verlor und ein Stück über das Dach rutschte. Horst hatte es kommen sehen und parierte den Ruck, der durch das Seil ging, sodass Atze sich fangen konnte. Geschwind war er wieder durch das Fenster auf dem Dachboden.

»Und?! War doch gut, dass ich dich gehalten habe. Und nicht du mich. Sonst würden wir jetzt beide unten liegen.«

»Jaja. Der arme Doktor, der hätte uns zusammenkratzen müssen.«

Damit war der Vorfall erledigt.

Dem Doktor war der Schreck in alle Glieder gefahren. Doch die beiden Alten hatten nur ein müdes Lächeln für ihn übrig.

Eines Tages, Horst war in seinem wohlverdienten Urlaub, war die Dachrinne des Bullenklosters verstopft. Das bedeutete, sie musste gereinigt werden. Eine Arbeit, bei der sich die Gefahren nicht nur auf die Höhe des zweistöckigen Gebäudes beschränkten, sondern auch im Unrat, der die Dachrinne verstopfte und der sehr unangenehme Dinge wie zerbrochene Flaschen und Rasierklingen enthalten konnte. Die Blöcke der Kaserne waren bis unter die Dächer bewohnt, die Dachböden waren zum großen Teil ausgebaut. Die vielen Erker hatten Fenster, durch welche mancher Abfall den Weg ins Freie und somit in die Dachrinne fand. Davor hatte Atze eindringlich gewarnt und auf die Benutzung von Handschuhen bestanden, die er für den Doktor extra beschafft hatte. Die Panzerwerkstatt hatte auch einen zivilen Mitarbeiter, der dort das Kommando führte und den Atze kannte. Die NVA verfügte über unzählige Paar Handschuhe. Meister Gebauer eher nicht oder nicht immer, eher selten.
Als der Doktor das Dachfenster öffnete und den Kopf herausstreckte, schlug über seinem Kopf eine Woge heißer Luft zusammen, sodass es ihm äußerst schwerfiel, nicht sofort dem Impuls zu folgen, sich gleich wieder zurückzuziehen und in den kühlen Keller zu flüchten. Der Schiefer hatte sich gehörig aufgeheizt.
Es gab nur einen einzigen Raum im Dachgeschoss, der nicht ausgebaut war und der den Zutritt zum Dach

ermöglichte. Den hatten sie schon für die Reparatur des einen kaputten Dachschiefers genutzt. In der Bude fand sich ein frei stehender Balken des Dachstuhls. Dort sollte Atze das Seil herumwickeln, um die Reibung als Bremse zu nutzen, wenn er den Doktor am Seil hielt. So hatte Horst das auch gemacht und er hatte, bevor er in den Urlaub ging, dem Doktor eingeschärft, darauf zu achten, dass Atze das auch tat.

»Und seht zu, dass ihr schon frühs rausgeht wegen der Hitze«, hatte er noch hinzugefügt. Doch Atze hatte sich Zeit gelassen, wobei es dem Doktor unter den Nägeln brannte. Was konnte er als Stift tun? Immerhin hatte er akribisch darauf geachtet, dass Atze das Seil um den Pfosten schlang. Die Nacht vorher hatte er nicht gut geschlafen. Träume von zerrissenen Seilen und Atze, der durch die Luft flog, hatten ihn aufgeschreckt.

Sicher, Atze wog einiges mehr als der Doktor, aber würde er ihn halten können? Horst war wohl nicht der Überzeugung und der morgendliche Biergenuss hob das Vertrauen in Atzes Zuverlässigkeit keineswegs.

Mit einem schweren Kloß im Magen schwang sich der Doktor durch ein Fenster auf das Dach. Als er auf dem Schiefer saß, wurden die sprichwörtlich glühenden Kohlen, auf denen er bis dahin metaphorisch gesessen hatte, was die Temperatur betraf, zur Realität. Nicht umsonst hatte er schon früher draußen sein wollen. Atze hatte sich jedoch nicht beeilt, sein Bier auszutrinken, oder sich dazu bereit erklärt, es gar stehen zu lassen. Atze hielt das Seil, an dessen anderem Ende er hing, mit beiden Händen fest. Der Schneefang war nicht weit. Der Doktor rutschte vorsichtig über den heißen Schiefer, bis er hinter dem rostigen Schneefanggitter saß.

Er klammerte sich mit einer Hand an den Schneefang und hoffte, dass er hielt. Mit dem Knie versuchte er immer hinter einer der Schneefangstützen zu bleiben, die zwar rostig, aber immer noch sehr stabil waren. So saß der Doktor relativ sicher und musste sich nicht vollkommen auf Atze verlassen. (Wovor ihn Horst eindringlich gewarnt hatte.) Wenn er sich ein wenig vorbeugte, kam er mit der anderen Hand an die Rinne. Stück für Stück rutschte er an der Traufe entlang und kratzte den Dreck mit der Hand und einer Kelle aus der Rinne. Die Höhe von guten zehn Metern ließ den Puls durchaus höher steigen, als er durch Bewegung und Anstrengung zulegen sollte. Die Angst zu kontrollieren, fiel ihm nicht leicht. Allerdings hatte er sich inzwischen besser im Griff als am Anfang der Lehrzeit. Als er damals das erste Mal auf dem Dach stand, wackelten die Knie beinahe sichtbar, von den Albträumen in der Nacht gar nicht zu reden.

Dann kam er an ein Fallrohr. Bis dahin hatte er es geschafft, den Körperkontakt zum kochend heißen

121

Schiefer kleinflächig und kurzfristig zu halten. Durch die Hosenbeine seiner Cordhose war die Hitze auszuhalten. Das Fallrohr war voller Unrat aus Laub, Ästen und allerlei Müll. Der Doktor grub immer tiefer, ohne den Mist restlos zu erwischen. Dabei bog er sich weit über die Rinne, die Knie wurden heißer und heißer. Er versuchte das Ende eines im Rohr steckenden Astes zu erwischen, um den Stopfen endgültig herauszerren zu können, als Atzes Stimme ihn erreichte: »Halt dich mal fest! Ich will mir mal eine anbrennen!«

Die Info traf den Doktor ausgerechnet in der einzigen Situation, in der er den Rückhalt durch das Seil, das Atze stramm hielt, brauchte. Er hatte gerade den Arm bis zum Ellenbogen im Fallrohr und hing nur noch mit einem Knie im Schneefang. Um nicht zu stürzen, musste er sich vollständig hinter den Schneefang zurückziehen, was in höchster Eile geschah. So weit, so gut, doch hatte das Manöver zur Folge, dass er jetzt großflächig auf dem heißen Schiefer sitzen musste, während Atze rauchte. Die Rettung war, dass er abwechselnd eine Arschbacke anhob. Durch sachtes Hin- und Herwiegen seines Hinterteils konnte er verhindern, dass die Hose Feuer fing und Brandblasen an Oberschenkeln und Sitzfläche entstanden. Noch nie vorher und nie wieder danach hat das Rauchen einer Zigarette so lange gedauert.

Das erste Mal, das Wut über Atzes Verhalten im Doktor rumorte. Doch er ließ dem Gefühl nur wenig Raum, da er sich auf das Wesentliche konzentrieren musste, nämlich oben zu bleiben respektive heil wieder herunterzukommen. Die Erleichterung war groß, als er wieder festen Boden unter den Füßen hatte, wo er seinen

Gefühlen freien Lauf lassen wollte. Doch leider überwog die Erleichterung über die überstandene Aktion, wodurch die Wut weitestgehend neutralisiert wurde. Gut, dass Horst ihn gewarnt hatte und dass er die Warnung auch entsprechend ernst genommen hatte, und er schwor sich, das nächste Mal darauf zu bestehen, dass Horst das Seil hielt.

Waagerecht

Das Bier knochenhart gefroren und die Laune von Horst und Atze war bei dem Wetter auch nicht gerade lustig. Nur gut, dass

die beiden schon mal unterwegs zur Baustelle waren. Im Winter, wenn in der Kaserne nichts zu tun war, kamen auch Atze und Horst in den Genuss anderer Baustellen. Der Winter war schneereich und sehr kalt, besonders tief war die Temperatur in dieser Nacht gesunken.
Die Aufgabe des Doktors bestand vor allem darin, den Bauwagen jeden Morgen zu heizen. Die dünnen Wände des Bauwagens hatten der nächtlichen Kälte wenig entgegenzusetzen. Die eisige Luft kroch auch noch

durch die letzte Ritze und an den Fensterscheiben blühten jeden Morgen bizarre Eisblumen. Die Temperatur im Inneren unterschied sich nach einer Nacht kaum von der draußen. Der Bauwagen war Eigentum der LPG (Landwirtschaftliche Produktionsgenossenschaft) und stand den Mitarbeitern der Firma Gebauer so lange zur Verfügung, wie sie brauchen würden, die Wand des Gemeindehauses mit Faserzementplatten einzudecken. Der Bauwagen befand sich auf dem Gelände der örtlichen LPG am Rand eines kleinen Dorfes unweit der Kreisstadt. Das Gemeindehaus, dessen Wände sie verkleideten, lag in der Mitte der Ortschaft und wurde, außer vom Bürgermeister, auch von der Post und der Gemeindeschwester genutzt. Jeden Morgen fuhr der Doktor mit dem Bus raus in das Dorf. Der Bus zuckelte über die weiße Landschaft und der Doktor sah den Rebhühnern zu, wie sie in kleinen Grüppchen mit tief eingezogenen Köpfen auf den verschneiten Feldern rumstanden und auf der Suche nach Essbarem im Schnee scharrten. Vom Dorfanger, wo der Bus hielt, war es nicht weit bis zum Bauwagen.

Die obligatorische Mark fürs Zuspätkommen entfiel. Atze nutzte denselben Bus, mit dem der Doktor fuhr. Das erste Bier des Tages trank Atze, bevor er das Haus verließ, das zweite öffnete er gewöhnlich, kurz nachdem er im Bauwagen ankam. Um zu vermeiden, dass er das Bier lutschen musste, wickelte er jeden Abend die vom Tage verbliebenen zwei, drei Flaschen Bier sorgfältig in seine Watte ein. Für den täglichen Nachschub sorgte der Doktor, der das nötige Bier in einem kleinen Geschäft der Konsumgenossenschaft, das direkt am Dorfanger lag, einkaufte.

An jenem Morgen hatte es über Nacht kräftig geschneit. Der Schnee lag wie Mauern links und rechts der Straße. Die Straße war dennoch frei, der Schneepflug hatte seinen Dienst längst getan, was die Schneehaufen am Straßenrand noch vergrößerte. Der Doktor fragte sich, was wohl die Rebhühner taten, um den Schneemassen zu entgehen und Futter zu finden. Die überreichliche weiße Pracht ließ ihn auch an den Meister denken und an die Frage, wer den Schnee vor dessen Tür räumen müsste, und er war froh bei dem Gedanken, dass es ihn nicht treffen würde. Allerdings wusste er nicht, was ihn auf dem Hof der LPG erwartete. Den Bauwagen samt den halben Hof freizuschippen, würde wohl mindestens den ganzen Tag dauern und damit die Schinderei beim Meister bei Weitem übertreffen.

Als Atze und der Doktor fröstelnd auf dem Gelände der LPG eintrafen, wurde dem Doktor immer mulmiger. Die Schneeberge waren hier genauso hoch wie am Straßenrand. Doch dann wurde ihm klar, dass dies nur einen Grund haben konnte, und ihm fiel ein Felsen vom Herzen. Der Hof und der Bauwagen waren vom Schnee geräumt. Die LPG verfügte nicht nur über die nötigen Werkzeuge, wie Traktoren mit Schiebeschildern, sondern zu des Doktors Glück auch über das nötige Personal, das die Maschinen richtig einzusetzen wusste und außerdem auch noch früh auf den Beinen war. Der Doktor empfand große Erleichterung und eine tiefe Dankbarkeit gegenüber dem Traktoristen, der rund um den Hof der LPG riesige Haufen von Schnee aufgetürmt hatte.

Merkwürdigerweise war es Horst, der noch nicht da war. Nach Horst konnte man die Uhr stellen. Er war immer pünktlich.

Atze schloss den Bauwagen auf und stellte fest, dass sein Bier gefroren war.

»Mist. Das habe ich mir fast gedacht«, schnaufte er.

Sie schwangen sich in die Arbeitsklamotten, was bei der Kälte sehr schnell vonstattenging.

Ein allzu bekanntes Geräusch, das beim Öffnen einer Bierflasche entstand, ließ den Doktor aufhorchen.

»Was? Was hast du gedacht? Ich habe schon geahnt, dass heute das Bier ein Eisbrocken ist. Gestern Abend, als ich auf dem Sofa saß, ist mir siedend heiß eingefallen, dass ich vergessen hatte, das Bier einzuwickeln. Da hab ich mir gedacht, da nehme ich mir doch mal lieber zwei frische Flaschen mit«, erklärte Atze mit einem Zwinkern auf des Doktors fragenden Blick, während er es sich am Tisch bequem machte. »Und würdest du vielleicht jetzt mal den Ofen anmachen, damit es hier drin endlich warm wird? Und sieh zu, dass du das Bier wieder flüssig bekommst. Ich zünde mir erst mal eine an.«

Der Doktor machte sich am Ofen zu schaffen, während Atze genüsslich rauchte. Holz und Kohlen waren schnell in den Ofen gepackt, die Asche entsorgt. Bevor Atze den letzten Zug von seiner Karo nehmen konnte, knatterte Horsts Trabant auf den Hof.

In einer riesigen Schneewehe war in der Nacht ein Bus zwischen zwei Dörfern, die auf dem Weg lagen, den Horst jeden Tag fuhr, stecken geblieben. Die Fahrgäste waren schon in der Nacht nach Hause gelaufen, aber die

Straße blieb verstopft.

Erst ein Bergepanzer der NVA hatte den Bus am Morgen aus den Schneemassen ziehen können. Das hatte gedauert. Da Horst den Vorteil genoss, in seinem Auto mit Arbeitsklamotten fahren zu können, musste er sich nicht umziehen und so setzte er sich ohne Weiteres an den Tisch zu Atze.

Nachdem auch er sich eine Zigarette zu Gemüte geführt hatte, stellte er fest: »Mensch, hier ist es noch saukalt. Ich würde sagen, der Stift sorgt weiter für den Ofen und wir sehen zu, dass wir auf die Baustelle kommen. Ein bisschen Bewegung tut bei der Kälte gut.«

Damit stand er auf und mummelte sich wie ein Polarforscher ein. Selbst seinen alten Filzhut ersetzte er durch eine Wollmütze. Lustlos tat Atze es ihm nach. Der Doktor machte sich auf die Socken, eine Handvoll Holz unter dem Bauwagen hervorzuholen. Ein bisschen wunderte er sich über die beiden Alten. Sie hatten schon bei besserem Wetter den Bauwagen nicht verlassen. Zudem er es fraglich fand, wie die beiden mit den dicken Klamotten und Handschuhen überhaupt irgendwas bezwecken wollten. Vielleicht konnten sie mit den behandschuhten Händen den Latthammer festhalten, aber Nägel in die Wand zu hauen, schien mehr als fraglich. Die würden in den

Handschuhen verschwinden. Mit blanken Händen würden sie am Daumen und Zeigefinger festfrieren. Da zog der Doktor das Heizen des Bauwagens in jedem Fall vor.

Immer wenn es nötig schien, füllte ein freundlicher LPG-Mitarbeiter den Haufen Holz und Kohlen unter dem Bauwagen auf, sodass das Heizen des kleinen Ofens mehr einem Zeitvertreib als einer Arbeit glich. Der Doktor stellte zwei der gefrorenen Bierflaschen auf den Rand des Ofens. Dorthin, wo das Metall der Ofenplatte nicht zu heiß werden würde, wie er glaubte. Dass die Pilsnerflaschen durch den Frost nicht kaputtgegangen waren, nahm er mit Verwunderung zur Kenntnis. Sein Mineralwasser war nicht nur tiefgefroren, sondern die Flasche war auch zerborsten.

Das Feuer brannte und das Bullern des Ofens vermittelte den Eindruck zukünftiger Wärme und Wohnlichkeit. Doch es würde noch mindestens bis zum Frühstück dauern, bis es angenehm warm sein würde.

Die Zeit nutzte der Doktor, um ein wenig im Bauwagen aufzuräumen und sich mit seinem Werkzeug zu befassen. Diesmal würde er auf jeden Fall vorbereitet sein. Er hatte alles dabei. Hammer, Handsäge, Zollstock, Bleistift, Kreide und eine Schnur. Von den beiden Alten wollte er sich wegen fehlendem Werkzeug keinen Anranzer einhandeln. Die Junggesellen, mit welchen er sonst unterwegs gewesen war, hatten so was nicht ganz so ernst genommen. Zumindest was Schnur und Kreide betraf. Die borgte sich der Doktor meistens aus. Aber wie er Atze und Horst kannte, würden sie das so nicht durchgehen lassen. Sie legten Wert darauf, dass auch der

Lehrling vollständiges Werkzeug besaß. Es hatte ziemlich viel Mühe gekostet, eine Schnur zu besorgen und Kreide aufzutreiben, was der Grund dafür war, dass es der Doktor bisher immer beim Borgen belassen hatte. Tafelkreide aus der Schule hatte sich als Fehlschlag erwiesen, viel zu klein. Die anderen nutzten faustgroße Kreidebrocken, mit welchen sie die Schnur mit Kreide einrieben. Die stammten aus den Wänden von alten Scheunen oder Stallungen. In der Gegend wurden in früheren Zeiten jahrzehntelang Puppen für Kinder hergestellt, deren Köpfe aus Keramik und Porzellan waren. Die Köpfe wurden in Gipsformen gegossen, welche, nachdem sie ihre ursprüngliche Aufgabe erfüllt hatten, als Füllung für Fachwerkwände von Nutzgebäuden wie Scheunen und Ställen wiederverwendet wurden. Für einen Städter wie den Doktor nicht leicht zu erreichen. Die Scheunenbesitzer auf dem Land waren sehr empfindlich, was die Wände ihrer Scheunen betraf. Selbst wenn die Scheunen oder Ställe längst nicht mehr genutzt wurden und sichtbar dem Verfall anheimfielen, hieß das nicht, dass die Wände zur freien Ausgabe freigegeben waren. Wenn es nicht die Besitzer waren, die mit Argusaugen ihr Eigentum beäugten, gab es in den meisten Grundstücken riesige zottelige Hunde, die keinen Spaß verstanden. Beim Abriss solch eines Gebäudes musste man rechtzeitig zur Stelle sein, um einige Kreidestücken zu ergattern, bevor sie samt dem restlichen Schutt entsorgt wurden. Oder aber man genoss das Wohlwollen eines Dorfbewohners, der die Möglichkeit besaß, an das ein oder andere Stück Kreide heranzukommen.

Im Bauwagen wurde es wärmer. Die Eisblumen an den Fensterscheiben schmolzen dahin. Hin und wieder sah der Doktor nach dem Bier. Der Ofen strahlte ordentlich Hitze ab, die Ofenplatte glühte nicht, nur das Ofenrohr zeigte eine leichte Verfärbung ins Orange. Nichts, was dem Doktor Sorgen bereitet hätte. Die beiden auf dem Ofen platzierten Bierflaschen hatte er vorsichtshalber geöffnet, aus ihnen stieg leichter Dunst empor. Das Bier wurde langsam wieder flüssig, aber noch schwamm in den Flaschen ein schmelzender Eisberg aus gefrorenem Bier. Atze und Horst waren pünktlich zum Frühstück zurück und setzten sich zum Essen. Als der Doktor gerade in sein Frühstücksbrot beißen wollte, wurde es laut. »Das kocht ja! Was hast du gemacht? Du Hornochse! Du solltest das Bier nur auftauen, nicht kochen! Du Blödmann!«

Es dauerte eine Weile, bis der Wirbel wortreich und sehr langsam abebbte, wobei Horst, der mit dem Auto fuhr und selten ein Bier trank, sich amüsierte. Der Doktor gratulierte sich im Geiste, dass sich Atze nicht die Lippen verbrannt hatte. Nicht auszudenken, was dann passiert wäre.

Der restliche Tag verging damit, den alten Putz von der Wand zu klopfen. Eine Arbeit, die auch bei den niedrigen Temperaturen warmhielt und die nur die Benutzung des Latthammers verlangte, sodass die drei bei diesen Temperaturen problemlos arbeiten konnten. Unter dem Putz kam Fachwerk zum Vorschein, das mit Ziegeln ausgemauert war. Sie hantierten von einem Holzgerüst aus. Dies ermöglichte es, die Bohlen, welche nur in die Leitern eingelegt wurden, herumzudrehen, sodass der Schnee herunterfiel. Somit konnten sie auf der trockenen Seite der Bohlen hantieren.

Der nächste Tag war ähnlich kalt. Das frühmorgendliche Prozedere wiederholte sich mit dem Unterschied, dass der Doktor peinlich darauf bedacht war, dass Atzes Bier diesmal nur auftaute und nicht zu kochen begann. Außerdem hatte er sich Tee in einer Thermoskanne mitgebracht. Nach dem Frühstück gingen sie zu dritt zur Baustelle und nahmen Faserzementplatten hoch auf das Gerüst. Nachdem der letzte Putz gefallen war, machten sie sich daran, die Wand mit Holzbrettern zu beschlagen. Die Woche ging mit diesen Vorbereitungen dahin und der Doktor zweifelte langsam daran, dass er seine neu erstandene Schnur bald das erste Mal einsetzen könnte. Erst am Anfang der zweiten Woche war es so weit. Die Platten sollten angebracht werden.

Die Platten schnurgerade an die Wand zu bekommen, hatte der Doktor sowohl von den jungen Gesellen als auch in der Schule gelernt. Ein relativ aufwendiges Unterfangen. Im Idealfall hielten zwei Kollegen die Schnur straff, der dritte fuhr mit der Kreide an der Schnur entlang, wobei die Schnur Kreide aufnahm. Sodann musste die Schnur von den beiden Schnurhaltern so stramm wie möglich gespannt werden. Ein einschneidendes Verfahren, was die Finger und Handballen betraf, nicht nur, weil die Gesellen sich einen Spaß daraus machten, so derb wie möglich zu ziehen. Der Doktor hatte etliche Blessuren davongetragen, weil er nicht richtig festgehalten hatte und die Schnur ihm aus der Hand gerissen wurde. Die gespannte Schnur wurde dann von einem der beiden Kollegen von der Wand abgezogen, um beim Zurückschnellen, wenn alles klappte, eine weiße schnurgerade Linie zurückzulassen. Eine Aktion, die bei jeder neuen Reihe Faserzementplatten wiederholt wurde und bei der mindestens die zwei Mitwirkenden ihre Arbeit miteinander abstimmen mussten. So weit so umständlich, aber für ein ordentliches Bild der Faserzementplatten an der Wand unerlässlich.

Endlich konnte der Doktor seine neue Schnur einsetzen. Aufgeregt kramte er sie aus der Tasche, zeichnete Punkte links und rechts mit Bleistift an die Wand und sah sich nach den beiden Altgesellen um. Die stapelten noch Platten auf das Gerüst. Der Doktor wartete hibbelig, bis sie fertig waren, und hielt dann Horst die Schnur hin, der dabei war, Vorbereitungen zu treffen, um die ersten Platten an die Wand zu nageln. Da er keinerlei Notiz vom Doktor nahm, stattdessen in aller Ruhe eine Platte an die Wand nagelte, sah der sich zu einem schüchternen: »Wollen wir schnüren, Horst?«, veranlasst.

»Kannst du nicht gerade glotzen? Du Pfeife!«, wurde der Doktor ohne Vorwarnung angeranzt. Verdattert sah er sich um. Hatte er richtig verstanden? Ein Scherz? Was! Was sollte er tun? Diesmal war es Atze, der belustigt vor sich hin kicherte, während er weitere Plattenstapel auf dem Gerüst verteilte.

Der Doktor wusste beim besten Willen nicht, was er davon halten sollte. Erschrocken und verunsichert tat er erst mal gar nichts. Bis sich Horst zu einer kurz angebundenen Erklärung herabließ, schien sich die Zeit

wie ein Kaugummi in die
Länge zu ziehen.
»Wir haben doch die Bretter
mit der Wasserwaage an die
Wand genagelt«, begann Horst
mit der Erläuterung.
»Ja, klar«, antwortete der
Doktor.
»Also?!«, wollte Horst wissen
und setzte fort: »Also sind die
Bretter waagerecht an der
Wand.«

»Ja, klar, aber die Platten …« Dem Doktor war nicht klar,
wohin die Reise gehen sollte.
»Die Platten werden genauso waagerecht, wenn du sie
parallel zur oberen Kante der Bretter annagelst«, führte
Horst aus.
»Parallel? Wie?«
»Du siehst zu, dass du die Überdeckung einhältst, und
nagelst die Platten ungefähr zwei Zentimeter unterhalb
der Brettkante an. Genau so.«
Horst nagelte drei Platten exakt zwei Zentimeter unter
der Oberkante des Brettes an die Wand. Die drei Platten
waren genau gerade.
Der Doktor sah verblüfft zu.
»Und die Schnur …«, versuchte er noch einzuwenden.
»Die brauchst du nicht, wenn du gerade glotzen kannst.«
Aha. Und das sollte gehen? Wochenlang hatten ihm die
anderen Gesellen eingetrichtert, dass ohne einen
Schnurschlag sauberes Arbeiten völlig unmöglich sei.
Und nun? Wollten die beiden dem Doktor einen Bären

aufbinden?

Fast einen ganzen Tag hatte es gedauert, für Kutte eine technische Zeichnung anzufertigen, die der für seine Gesellenprüfung als Hausaufgabe machen musste. Dafür hatte Kutte bei seinem Nachbarn ein Stück Kreide aus der Scheunenwand extrahiert und dem Doktor zukommen lassen. Dass er eine Schnur besaß, die den Kreidestaub aufnehmen konnte, war quasi ein Wunder. Die Schnur musste fest sein, um nicht beim ersten Zug zu reißen. Sie musste aber auch elastisch sein, damit sie überhaupt funktionierte. Außerdem sollte sie den Kreidestaub halten und schlussendlich musste sie noch lang genug sein. Dass die Schnur auf einen schön glatten Holzstab gewickelt gehörte, verstand sich von selbst. Allein das Herstellen und Glätten dieses Holzes hatte einen weiteren Nachmittag gedauert. Und dann das! Die Schnur sollte gar nicht zum Einsatz kommen? Der Doktor verstand die Welt nicht mehr.

Atze und Horst nagelten gelassen Platte um Platte an die Wand. Und vollkommen waagerecht. Der Doktor machte sich den Spaß, als keiner der beiden hinsah, den Abstand der Platten zu messen. Alle Platten hatten den gleichen Abstand zur oberen Kante des Brettes, an dem sie oben befestigt waren.

Mit einem Schnurschlag könnten die Platten nicht gerader angebracht werden.

Ein paar Tage und einen Stapel kaputter Platten später konnte auch der Doktor einigermaßen »gerade glotzen«. Zur Meisterschaft, wie Atze und Horst, brachte er es nicht und anfreunden konnte er sich mit dieser Methode nie. Sicher, ein- oder zweimal konnte er sich damit retten, wenn die Kreide aufgebraucht war, die letzten zehn, zwölf Platten noch angenagelt werden mussten und er nicht vom Gerüst runterklettern wollte, wenn die Kreide alle war. Aber sonst benutzte er nach wie vor eine Schnur. Er hatte nie wieder jemanden getroffen, der auf diese Weise Platten verarbeitete.

Lügen

Der Doktor war fast jeden Morgen pünktlich in der Kaserne. Atze knöpfte ihm auch für eine Minute Zuspätkommen eine Mark ab. Allerdings konnte er die unvermeidlichen Verluste leicht auffüllen.
Bei seiner Tätigkeit kam es täglich vor, dass er zwischen den verschiedenen Blöcken in der Kaserne hin und her lief oder lustlos und entkräftet hinter Horst und Atze hinterherzockelte auf dem Weg zur jeweiligen Baustelle in der Kaserne oder zurück zum Bullenkloster. Dabei wurde er so sicher wie das Amen in der Kirche von dem einen oder anderen Soldaten angesprochen. Es verging kein einziger Tag, an dem nicht einer oder zwei der Soldaten Vater geworden waren, Geburtstag hatten oder sonst ein dringender Grund vorlag, der unbedingt eine Flasche Schnaps erforderte.
Siebzehn Mark fünfzig kostete eine Flasche Nordhäuser Doppelkorn, den es fast überall zu kaufen gab. Wenn der Doktor aber mit dem Fahrrad in die Stadt fuhr, bekam er meistens Goldbrand Branntwein für vierzehn Mark fünfzig. Die Differenz behielt er zu dem Fünfer ein, den

die Auftraggeber sowieso für ihn locker machten. Die Soldaten kamen nicht so leicht an Schnaps. In der Kaserne war Alkohol verboten. Nur im Casino durfte Alkohol getrunken werden und um dorthin zu gelangen, war eine Ausgangskarte nötig und wer blieb schon im Objekt, wenn er Ausgang hatte? In dem Laden der MHO gab es Bier, das eher für die Armeeangehörigen wie Offiziere, die außerhalb der Kaserne wohnten, gedacht war. Bier und Schnaps durften nicht in die Kaserne mitgenommen werden. Ausgangskarten gab es selten und Urlaub 18 Tage im Jahr.

Den Doktor kostete es nur ein bisschen Angstschweiß, wenn er mit seiner Fracht den KDL passierte. Die diensthabenden Soldaten legten bei der Kontrolle keinen besonderen Ehrgeiz an den Tag. Außer, wenn der OvD womöglich in der Nähe herumschlich und vielleicht auch noch schlecht geschlafen hatte. Dann mussten sie ihre Bemühungen intensivieren, dann wurde es brenzlig. Alles in allem verliefen die Tage in der Kaserne immer gleich und der Doktor befand, dass die Arbeit mit Atze und Horst auch nicht schlechter war als bei den anderen Gesellen. Ein wenig langsamer vielleicht und mit längeren Pausen, da Atze sein Bier immer in Ruhe trank. Ob Erdmann nun Huro gerufen wurde oder auf den Namen Doktor hören musste, Bier im MHO holte oder Kaffee in der BAF, das machte keinen großen Unterschied. Besonders harte Arbeit oder Arbeiten, um Erdmann speziell zu ärgern, gab es nicht. Andererseits erzählten die beiden gern Geschichten aus der Zeit, als der Meister noch ein junger Mann war und sie noch gemeinsam bei seinem Vater, der die Dachdeckerfirma

gegründet hatte, arbeiteten. Das vertrieb nicht nur die
Zeit in den Pausen, sondern war auch sehr unterhaltsam
für jemanden, der über die Neugier von Erdmann
verfügte.

Das Stabsgebäude in der Kaserne war komplett
eingerüstet und die Klempner sprachen sich mit Atze ab.
Die alten Dachrinnen sollten erneuert werden. Die
Dachrinne, 5-teilig, also ziemlich groß, aus rostigem
Stahlblech, war zum
Teil löchrig und konnte
das Wasser kaum noch
halten. Durch
Vogelschiss und Dreck
stand an den Stellen,
die noch einigermaßen
in Schuss waren,
Wasser in der Rinne.
Damit die alte durch
eine neue Dachrinne
ersetzt werden konnte,
musste die erste Reihe
Schiefer entfernt
werden. Diese Arbeit
sollten die Dachdecker
durchführen. Bei der Gelegenheit konnte gleich die alte
Rinne mitentsorgt werden. Den ersten Schritt dazu sollte
der Doktor übernehmen, nämlich die Rinne mit
gezielten Schlägen mit dem Spitzhammer auf der ganzen
Länge durchlöchern, damit das Wasser ablaufen konnte,
bevor die Rinne abmontiert wurde.

Gewissenhaft begann der Doktor auf der langen

Rückseite. Das Stabsgebäude hatte ein riesiges Walmdach, sodass die Rinne rund um das ganze Gebäude verlief. Die Längsseiten hatten eine Länge von guten 40 Metern, die Giebelseiten hatten immerhin noch eine Breite von circa 16 Metern. Hoch war das Ganze gute 12 Meter. Die Arbeit ging leicht von der Hand. Es bereitete dem Doktor ein kindliches Vergnügen, die rostige Rinne zu durchlöchern, woraufhin das Wasser über das Gerüst plätscherte. Entsprechend sorgfältig machte er Loch um Loch in die Dachrinne.

Als er fertig war, ging er auf der Suche nach Atze auf der obersten Gerüstlage um das Gebäude herum. Während er um die Gebäudeecke bog, hörte er Löffel von unten auf dem Hof rufen: »Wo ist denn nun der Kartoffelbunker?«

»Dort! Du stehst direkt davor!«

Auf die Antwort folgten wilde Flüche und das hölzerne Poltern eines schweren Gegenstands, der zu Boden ging. Unverkennbarer Ärger und Wut brachen sich lautstark Bahn. Atze kam kichernd dem Doktor entgegen.

»Löffel sollte die lange Leiter vom Schießstand holen, damit wir den Kartoffelkeller streichen könnten«, entgegnete Atze ihm mit einem Grinsen auf des Doktors Frage nach der Ursache des Lärms.

»Und?!«

»Er wollte wissen, wo er die lange Leiter anstellen soll, da hab ich ihm den Kartoffelkeller gezeigt.«

»Und dann?«

»Dort unten links, das ist der Kartoffelkeller.« Atze zeigte auf ein Betonbauwerk von der Größe eines halben

Fußballfeldes am Rand des Exerzierplatzes, dessen mit Dachpappe beklebtes Dach ungefähr einen Meter über den Exerzierplatz aus dem Boden ragte. Ein Bunker, der fast gänzlich unter der Erde lag, in dem die Notfallrationen für den Ernstfall aufbewahrt wurden. Daneben lag eine fünf Meter lange hölzerne Leiter. Löffel stand auf dem Dach des Kartoffelkellers und stieß immer noch finstere Verwünschungen in Richtung Atze aus.

Löffel – ein Geselle Mitte zwanzig, groß, eigentlich breit, dennoch wirkte er irgendwie schlaksig, glatte Haare mit einer Frisur, die entfernt an einen Helm erinnerte, und immer etwas unruhig – war nicht das erste Mal mit in der Kaserne, aber er hatte, wie es schien, den Kartoffelkeller noch nicht kennengelernt.

Vor Atzes Streichen war niemand sicher. Er versuchte unablässig, allen und jedem einen Bären aufzubinden oder auf andere Weise hinter das Licht zu führen. Des Öfteren hatte er versucht, den Doktor hereinzulegen. Glücklicherweise hatten Rudi und Billy sich schon einige Male in Anwesenheit des Doktors über Atzes spezielle Art von Humor unterhalten. So fiel er nicht darauf herein, als Atze ihn beauftragen wollte, *Staketensamen* zu besorgen. Atze wollte ihm einreden, er bräuchte für den Garten *Staketensamen*, damit er neue Staketen anpflanzen könne, weshalb der Doktor den *Staketensamen* aus der Stadt mitbringen sollte. Den *Staketensamen* würde es nur in einem bestimmten Geschäft zu kaufen geben und er könne ihn nicht selbst dort einholen, weil sein Bus erst nach der Öffnungszeit in die Stadt führe. Der Doktor hingegen würde mit dem Fahrrad noch vor Ladenschluss dort sein können und es wäre doch sicher möglich, dass er ihm diesen Gefallen täte.

Ein anderes Mal wollte Atze den Doktor überzeugen, zur Schlosserei der Kaserne zu gehen, um dort fettiges Fett zu holen, welches er bräuchte. Der Schlosser wüsste schon Bescheid. Oder er versuchte den Doktor zum Tischler zu schicken – in der Kaserne gab es allerhand Handwerker und Atze kannte sie alle –, mit dem Auftrag den *Gehackteshobel* abzuholen, den er mit nach Hause nehmen wolle, um das Gehackte zu hobeln. Niemand wüsste besser als seine Adelheid, Gehacktes zuzubereiten und zu würzen.

Das Verwirrende war, dass Atze lügen konnte, dass sich die Balken bogen, ohne auch nur mit einer einzigen Wimper zu zucken. Er konnte mit einer Ernsthaftigkeit Geschichten vom Stapel lassen, die unheimlich war. Als er eines Tages beim Frühstück erzählte, britische Forscher hätten im Busch von Australien eine neue Vogelart entdeckt, weckte er des Doktors Neugier. Als er fortfuhr, dass der Vogel *Eu-eu-Vogel* heißen würde, nahm der Doktor arglos den Köder. Am Haken hatte er ihn, als er mit ernster Miene erklärte, von dem Vogel wären zuerst nur die Eu-eu-eu-Rufe bekannt gewesen. Die Forscher hätten einige Wochen gebraucht, bis sie den Vogel selbst zu Gesicht bekommen hätten. Da hätte sich herausgestellt, dass der Vogel diese Rufe nur ausstieß, wenn er im Landeanflug war. Der *Eu-eu-Vogel* wäre nach seinem Ruf benannt worden. Gerade als der Doktor versuchte, sich den Vogel vorzustellen, und einige Fragen nach der Größe, dem Aussehen, der Farbe der Federn und Ähnlichem in Gedanken formulierte, ließ Atze seelenruhig die Katze aus dem Sack.

Der Vogel würde eu-eu-eu rufen, weil er so kurze Beine hätte, dass sein Hoden beim Landen immer erst ein paarmal auf dem Boden aufschlug. Während dem Doktor in seiner Einfalt das Bild eines landenden Vogels durch den Kopf ging und er darüber nachdachte, wie es sein konnte, dass …, fing Atze an zu lachen und der Doktor wusste, diesmal hatte es geklappt. Er war Atze schön auf den Leim gekrochen.

Die Freude, die der Doktor über den gelungenen Scherz genoss, dem Löffel zum Opfer gefallen war, währte nicht lange, da er die Leiter am Nachmittag wieder zurück zum Schießstand befördern musste. Allerdings nutzte er dazu eine Schubkarre – im Gegensatz zu Löffel, der sie auf der Schulter die dreihundert Meter vom Schießstand, der sich am hintersten Ende des Geländes befand, bis zum Exerzierplatz getragen hatte.

Als sie auf dem Weg zum Mittag unter dem Gerüst angekommen waren, fragte Atze mit dem Blick nach oben: »Hast du die Rinne trockengelegt?«

»Ja klar«, war sich der Doktor seiner Sache sicher. »Ich hab überall Löcher reingekloppt!«

»Überall?«

»Ja!«

»Ach du Scheiße. Die Klempner wollen heute noch

kommen und anfangen, die neue Dachrinne dranzumachen.«

War das nicht so geplant?, ging es dem Doktor durch den Kopf.

»Ja und? Deswegen hab ich mich ja auch beeilt.«

»Du hast die ganze Rinne durchlöchert?«

»Ja klar! Wie du gesagt hast!«

»Ja schon!« Atze verdrehte die Augen, während er weitersprach: »Die Rinne am Giebel soll dranbleiben, die haben sie schon voriges Jahr neu gemacht. Deshalb solltest du die Rinne hinten am Giebel nicht kaputt kloppen!«

»Woher sollte ich das wissen?«, wandte der Doktor trocken ein. Der Unterschied zwischen Zinkblech und verrostetem verzinktem Blech war schwer zu erkennen. Die Hammerspitze drang durch das eine wie durch das andere; zumal überall Dreck und Wasser in der Rinne gestanden hatte.

Allerdings hätte er bei genauer Betrachtung bemerken müssen, dass kein Rost an der Rinne war.

»Du hast gesagt: die ganze Rinne!«

»Jaja. Ich hab's vergessen. Die Klempner werden sich freuen. So ein Mist!«

Die Bemmen schmeckten nur nach Brot, der Käse schien völlig geschmacklos. Dem Doktor ging so einiges durch den Kopf, während er lustlos auf seinem Mittagessen herumkaute. Ihm wollte nichts Plausibles einfallen, wie er den Klempnern erklären könnte, dass er auch die fast noch ganz neue Rinne gewissenhaft mit Löchern versehen hatte. Irgendwie unangenehm die Vorstellung, zumal er gar nicht gewusst hatte, dass er die Rinne nicht abreißen sollte. Irgendwie ärgerte er sich auch über sich selbst. Er hätte sehen müssen, dass die Rinne ziemlich neu war, trotz des ganzen Drecks. Andererseits hatte Atze auch nichts gesagt, von wegen … Pass auf! Da sind so und so viel Meter Dachrinnen schon fertig. Sieh zu, dass du nur die alte Rinne durchlöcherst … Nichts, gar nichts hatte er gesagt. Da war sich der Doktor sicher und nun musste er den Scheiß ausbaden.

»Wir sollen doch auch die Dachrinnen abreißen?«

»Ja und die Rinneisen«, bestätigte Atze.

»Dann ist es einfach, wir reißen die Dachrinnen ab und weg ist weg. War halt die ganze Rinne kaputt. Was wissen schon die Blechpatscher.«

»Das hast du dir gedacht. Die wissen genau, dass ein ganzes Stück neu war, weil sie es waren, die die Rinne im vorigen Jahr drangemacht haben.«

»Mist!«

»Was hast du gedacht? Zink ist teuer und wird nur auf Freigabe rausgegeben. Die Klempner haben dieses Jahr auch nur die Dachrinne für genau das Stück, das sie einsetzen sollen. Selbst wenn sie es also nicht wüssten, würden sie merken, dass ein ganzes Stück Dachrinne fehlt. Dann denken die noch, wir hätten es geklaut. Das fehlt noch.«

Horst und Löffel beendeten ihre Mittagspause und machten sich auf den Weg zum Kartoffelkeller, dessen Dach sie am Nachmittag fertig streichen wollten, während Huro auf Atze wartete, der noch einen Schluck Bier nahm. Da flog die Tür auf und die Klempner standen mit einem Schritt im Raum. Der plötzliche

Auftritt und die finsteren Gesichter ließen dem Doktor den Magen in die Kniekehlen rutschen.

»Was habt ihr mit der Dachrinne gemacht?!« Dem Doktor blieb beinahe der letzte Bissen im Hals stecken.

»Euer Stift hat doch die Rinne abgerissen! Er hat die gute Rinne am Giebel zerleddert! Schweinerei! Was soll die Scheiße!«, schleuderten sie in den Raum.

Die beiden sahen aus, als würden sie nur sehr wenig Spaß verstehen. Woher wussten die zwei Blödmänner überhaupt, dass der Doktor die Löcher gemacht hatte? Okay, der eine hatte ihn gesehen, als er in der Früh angefangen hatte. Gesagt hatte er aber auch nichts. Gedanken wirbelten durch des Doktors Kopf. Er schwitzte kalt. Gerade als er den Mund öffnete, bedeutete Atze ihm, den Mund zu halten.

»Der Stift hat damit nichts zu tun! Der hat nur die alte Rinne leer gemacht, damit wir sie besser abreißen konnten. Frag die Maurer, die waren  vorhin auf dem Gerüst. Wir kloppen doch keine Löcher in eure Rinne!«

Atze hatte die Situation genau erfasst. Er hatte längst bemerkt, dass der Doktor im Lügen wenig Erfahrung hatte, und als der Doktor sich geschlagen geben wollte und die Wahrheit drohte herauszukommen, hatte er kurzerhand übernommen. Er log so überzeugend und erfolgreich wie ein Pokerspieler, der mit einem einzigen Ass auf der Hand die Partie gewann. Was er den

Klempnern noch alles auftischte, hörte der Doktor nicht
mehr, beziehungsweise vergaß er vor Erleichterung.
Die beiden Klempner zogen irgendwann brummelnd
und unverrichteter Dinge wieder ab. Bis der Doktor
seine Fassung wiederfand, dauerte es noch einen
Moment. Atze lächelte verschmitzt. Der Doktor hätte
alles zugegeben. Eine Verfahrensweise, die er schon zu
Schulzeiten angewandt hatte. Wenn er nicht gelernt hatte
und eine schriftliche Leistungskontrolle anstand, hatte er
es immer vorgezogen, einen halb leeren Zettel
abzugeben, als bei seiner Banknachbarin abzuschreiben.
Es war ihm einfach zu anstrengend, unter der Bank
heimlich im Buch nachzuschlagen. Den Lehrer
auszutricksen, einen Spickzettel zu schreiben oder
dergleichen war mit Mühe verbunden. Also ließ er es
darauf ankommen und bei der nächsten
Leistungskontrolle konnte er die Scharte meistens
wieder auswetzen.
Atze hatte auf diesem Gebiet eine Begabung. Ihm fiel es
nicht schwer, die eine oder andere Story glaubhaft
rauszuhauen. Um sich makellos aus der Affäre zu
ziehen, wäre es für Atze eine seiner leichtesten Übungen
gewesen, den Klempnern einzureden, der Doktor hätte
das Blech der Dachrinne mit voller Absicht zerstört, um
es anschließend im Schrotthandel zu verkaufen.
Immerhin gab es für ein Kilogramm Zinkblech gutes
Geld.
Dass er es nicht getan hatte, erfüllte den Doktor mit
einer gewissen Dankbarkeit. Die Maurer wurden von
den Klempnern befragt und wiesen alle Schuld von sich,
wenn sie überhaupt wussten, worum es ging. Die

Klempner mussten schlecht gelaunt die Löcher einzeln wieder zulöten, ohne jemals den Übeltäter gefunden zu haben.

Dachböcke

In diesem Sommer bestand die Aufgabe der Firma Gebauer darin, das Dach von Block 8 in der Kaserne neu einzudecken.

Die alljährliche Baustelle in der Kaserne war ein besonderer Glücksfall für Meister Gebauer. Das Material war an staatliche Freigaben gebunden. Die gesamte Menge von Baumaterial, die jährlich für Baumaßnahmen in der DDR zur Verfügung stand, war begrenzt, daher wurde eine Liste erstellt und das Material auf Antrag per Dringlichkeit zugeteilt. Im Fall der Kaserne waren es Bitumenschindeln für die Dächer der Mannschaftsblocks. Klar, dass die Nationale Volksarmee (NVA) ganz oben auf dieser Liste zu finden war. Private Bauherren, zum Beispiel Einfamilienhausbauer, fanden sich eher im unteren Teil der Liste wieder.

Das wusste auch Meister Gebauer und so kam es, dass in der offiziellen Version die Dachflächen, welche die Firma Gebauer in der Kaserne mit Schindeln eindecken sollte, in diesem Jahr, im folgenden und auch im vorherigen Jahr mindestens doppelt so groß waren wie in Wirklichkeit. Zumindest, was die Materialbestellung und deren Freigabe durch die entsprechenden Ämter betraf.

Den Überschuss an Schindeln verkaufte der Meister Gebauer mit einem kleinen Aufschlag an private Bauherren. Wie er es machte, dass die Materialfreigaben mit dem Bedarf der Dachflächen und den Rechnungen, die er der NVA stellte, übereinstimmten und keiner die Diskrepanz entdeckte, ging für immer im Dunkeln der Geschichte unter. Fest stand nur: Einem Antrag auf Materialfreigabe für die NVA wurde immer wohlwollend stattgegeben.

Die Mannschaftsblocks, große dreistöckige Gebäude mit vielen Stuben, langen Fluren und steilen Dächern, die mit Schiefer eingedeckt waren, wurden Gebäude für Gebäude saniert. Den alten Schiefer durch neuen zu ersetzen, war sogar für die NVA nicht möglich. Zu teuer. Der Schiefer, der im Thüringer Wald gefördert wurde, musste Devisen bringen und wurde zu diesem Zweck zum größten Teil in den anderen Teil Deutschlands verkauft. Also rissen Atze, Horst und der Doktor den Schiefer ab und deckten die Dächer mit Bitumenschindeln ein, die als billige Alternative für eben diesen Zweck erfunden und hergestellt wurden.

Sie rissen den alten Schiefer nicht einfach wild vom Dach, sondern gingen beim Abbruch der Schieferplatten vorsichtig vor. Auf dem Gerüst sortierten sie den Schiefer dann sorgfältig und warfen nur den Teil weg, der nicht mehr zu gebrauchen war. Der gebrauchsfähige Schiefer wurde mit dem Aufzug heruntergelassen, grob sortiert und weiterverkauft. Für diesen zusätzlichen Aufwand entschädigte sie der Meister mit einem kleinen finanziellen Zubrot, das er pro Zentner Schiefer zahlte.

»Hast du das nicht gehört? Das hat geklungen wie ein

feuchter Sack«, wurde der Doktor von Atze belehrt.
Sie saßen zusammen mit Horst auf den Bohlen der
Dachböcke auf halber Höhe der Dachfläche.
Aus einem unerfindlichen Grund fühlte sich der Doktor
immer an Ziegen erinnert, wenn es um die Dachböcke
ging, sei es drum; möglicherweise deshalb, weil Ziegen
in steilem Gelände nicht ins Straucheln kamen und auch
in einer Felswand mit einer
Steigung, die eher einer
Wand als einem Berghang
glich, noch gelassen das
spärliche Gras aus den
wenigen Felsritzen zupfen
konnten. Vielleicht war es
aber auch nur der Name,
der die Erinnerung an eine
Ziege lebendig werden
ließ.

Jedenfalls ermöglichten es
Dachböcke, es den Ziegen
gleichzutun und sich in der
Schräge fast bis zur Senkrechten zu bewegen.
Es handelte sich um dreieckige, aus Holz oder Metall
bestehende Konstruktionen, die sich der Dachneigung
anpassen ließen, die, mit dicken Stricken an Dachhaken
gebunden, auf die Dachfläche gehängt wurden.
Unterseitig waren Bürsten oder weiche Rollen befestigt,
welche die Last auf der Dachfläche verteilten, sodass die
Eindeckung aus Schiefer oder ähnlich brüchigem
Material nicht zerdrückt wurde. Auf die obere
waagerechte Seite der Dreiecke wurden Bohlen gelegt,

wodurch ein hängendes Gerüst entstand, von dem aus auf der Dachfläche gearbeitet werden konnte.

»Ich habe es gehört«, antwortete der Doktor und ließ die Schieferplatte über das Dach nach unten rutschen, die überschlug sich, stellte sich senkrecht und rollte Richtung Gerüst, um dort mit Schwung über die Bohle zu springen, welche sie aufgebaut hatten, um die abgebrochenen Schieferplatten aufzufangen und zu sammeln. Mit Gepolter donnerte die Schieferplatte nach unten, von einer Gerüstetage zur anderen.

Der Doktor verlor jegliche Farbe im Gesicht.

»Was hab ich dir gesagt?«, fauchte Atze. »Du sollst den Schiefer langsam rutschen lassen!«

»Die abgerissenen Schiefer hinter der Bohle …«, setzte der Doktor zaghaft an.

»Verdammt Glück gehabt! Die Maler sind heute nicht da«, fiel Horst ihm ins Wort.

»Das kannst du laut sagen. Der Schieferhaufen rutscht gleich über die Bohle. Am besten, wir gehen erst mal runter auf das Gerüst und sortieren den Haufen weg«, lenkte Atze ein.

Das hätte tatsächlich dumm ausgehen können, wenn die Maler oder sonst wer unten auf dem Gerüst hantiert hätten … Nicht auszudenken. Der Doktor wischte sich den Schweiß von der Stirn. Schwein gehabt!

Sie machten sich daran, den Haufen abgebrochenen Schiefer zu sortieren, der sich hinter der Bohle an der Traufe zu einem wilden Berg aufgetürmt hatte. Die Schieferplatten drohten die senkrecht hinter den Schneefang aufgestellte Bohle vollständig unter sich zu begraben, wodurch die letzten Schiefer bedenklich weit über den oberen Rand ragten und nur noch mit viel Glück, bei Erhalt des Gleichgewichts, vom Absturz über das Gerüst in den Hof abgehalten wurden.

Atze kramte geräuschvoll eine Schieferplatte hervor.

»Also noch mal: Hier, der Schiefer ist noch einigermaßen ganz, du nimmst ihn in die Hand. So! Guck her! Dann klopfst du ihn ganz leicht mit dem Hammer ab und horchst auf den Ton. Klingt er wie ein alter, nasser Sack, so wie dieser hier und der Schiefer, mit dem du partout jemanden erschlagen wolltest, dann schmeißt du ihn weg.« Atze ließ das Schieferstück in hohem Bogen über die Brustwehr des Gerüsts auf einen großen Schutthaufen im Hof fliegen.

Während er sich den nächsten Schiefer aus dem Haufen fischte, konnte er sich eine kleine Prahlerei nicht verkneifen.

»Hast du gesehen? So wirft man, ohne die gesamte Menschheit zu gefährden.«

Der nächste Ton, den Atzes Hammerspitze dem Schiefer entlockte, war ein klares C. »Und wenn er klingt wie eine Glocke, so wie dieser, dann stellst du ihn hier hin.«

»Alles klar«, bestätigte der Doktor und fischte ein Schieferstück aus dem Haufen, das er noch für einigermaßen verwendungsfähig hielt, und klopfte es zaghaft ab. Der Schiefer klang dumpf.

»Nicht so lasch. So hörst du nix«, kommentierte Horst von der Seite.

Der Doktor kloppte stärker, der Schiefer klang immer noch dumpf.

»Der ist kaputt. Schwerhörig? Schwachmat!« Horst schüttelte verständnislos den Kopf.

Der Doktor ließ den Schiefer auf den Schutthaufen fliegen und traf den Schuttberg im Hof nur knapp. Gar nicht so einfach mit den flachen Dingern, stellte er für sich fest. Gut, dass es keiner der beiden gesehen hatte. Die Lästerei hätte gerade noch gefehlt.

Also noch mal, der nächste Schiefer.

Der erste Schlag entlockte dem Schiefer ein schüchternes *Pong*.

»Was hab ich dir gesagt?«, kommentierte Atze, der den Vorgang verfolgt hatte.

Unter dem nächsten Schlag zerbrach der Schiefer.

»Das war wieder zu viel! Mit Gefühl. So!«, griff Horst ins Geschehen ein und entlockte dem Schiefer, den er in der Hand hielt, einen sauberen glockenhellen Klang. »So hört sich guter Schiefer an.«

Beim nächsten Versuch folgte der Doktor konzentriert allen Anweisungen. Schieferplatte in die linke Hand, mit der Hammerspitze zwei-, dreimal sachte anklopfen, auf den Ton hören. Der Klang schien nicht übel.

»Schön! Aber wir sammeln nur die ganzen Schieferplatten«, stellte Atze klar. Dummerweise hatte der Doktor nur ein Bruchstück erwischt, was Atze mit einer gewissen Vorfreude beobachtet hatte.

Der nächste Versuch verlief besser. Diesmal klang der Schiefer glockenklar.

Nach einer Stunde hatten sie den ganzen Haufen durchsortiert.

»Na, immerhin hast du es jetzt fast schon raus«, stellte Atze fest. Horst brummte zustimmend.

»Und du kennst jetzt den wichtigsten Handgriff beim Umgang mit Schiefer«, fuhr Atze fort. »Wenn du mal neuen Schiefer verarbeitest, wirst du es sehen. Jeder einzelne Schiefer muss, bevor er auf das Dach genagelt wird, sorgfältig abgeklopft werden, nur so kannst du verhindern, Schieferplatten mit Haarrissen, die du nicht sehen, aber hören kannst, auf das Dach zu nageln. Das muss dir in Fleisch und Blut übergehen.«

Jaja, dachte der Doktor, *und wenn ich, wie es aussieht, nie neuen Schiefer verarbeite, werde ich es wieder vergessen.* Dass er sich sehr viel schneller an Atzes Worte erinnern würde, als er zu hoffen wagte, ahnte er nicht.

War der Teil der Dachfläche fertig eingedeckt oder in diesem Fall abgedeckt, der vom Dachbockgerüst aus zu erreichen war, musste die ganze Konstruktion hochgezogen oder eben heruntergelassen werden, um an die nächsten anderthalb bis zwei Meter der Dachfläche heranzukommen.

Dazu musste das Seil des Dachbocks vom Dachhaken gelöst und der Dachbock in der gewünschten Position erneut festgeknotet werden. Je nachdem, wie steil das Dach und wie hoch beziehungsweise wie lang die Sparren der jeweiligen Dachfläche waren, eine mehr oder weniger akrobatische Unternehmung.

Die Länge der Sparren in der Kaserne betrugen gut zwölf Meter und die Dachneigung etwa fünfundvierzig Grad. Die Dachhaken befanden sich oben, einen halben Meter unter dem First. Das bedeutete, mithilfe des Seils bis zu zehn Meter nach oben zum First zu laufen.

Mit den Füßen gegen das Dach und den Händen am Seil auf dem rauen Untergrund von Dachpappe eine immer noch sportliche Übung, aber nicht schwer, ungefähr wie einen steilen Berg hochzuwandern.

Die Dachpappe unter dem Schiefer musste allerdings nicht unbedingt mit Schiefersplitt versehen sein. Ebenso gut konnte auch Bitumenpappe zum Einsatz kommen, die nicht beschiefert war. So weit, so gut.

Die Dachpappe ohne Schiefersplitt war leichter und besser zu handhaben. Wahrscheinlich auch besser zu bekommen, abgesehen vom günstigeren Preis. Die Dachpappe, die in der Kaserne von der Firma Gebauer in den Einsatz gebracht wurde, stammte aus russischer Produktion und war nicht besandet, dafür hatte sie eine feine Schicht Talkumpulver auf der Oberfläche, damit sie beim Transport nicht zusammenpappte. Das machte die Dachfläche spiegelglatt.

Stehen war, egal ob gerade, krumm oder sonst wie, schräg auf dem Dach völlig unmöglich und das zum First Laufen am Seil gestaltete sich mehr als ein Rutschen und Hochhangeln. Es sah ziemlich unvorteilhaft aus, wenn die Füße wegrutschten. Für das Fortkommen mussten oft Ellenbogen und Knie eingesetzt werden, die zu allem Überfluss blau werden konnten. Nach mehreren Durchgängen war das Talkum durch die Hosenbeine verteilt oder weggewischt, die Oberfläche wurde rauer, das Aufentern an den Seilen wurde leichter und der Gang aufrechter.

Oben angekommen hieß es, sich auf den First setzen, mit einer Arschbacke auf demselben halten, runter zum Dachhaken bücken, das Seil lösen, einigermaßen aufrichten, mit dem einen Fuß in den Dachhaken gestützt, den Dachbock samt aufliegenden Bohlen nach oben ziehen oder nach unten rutschen lassen, dabei ständig gegen die Schwerkraft ankämpfen, die ausdauernd Mann und Material nach unten zerrte, wobei dem Fuß im Dachhaken eine besonders stützende Rolle zukam. Nachdem die Böcke zwei Meter nach oben gehievt oder abgelassen waren, den Fuß wieder aus dem Haken nehmen, dabei das Seil weiterhin immer fest in einer Hand halten, um die angestrebte Position der Böcke zu halten, wieder zum Dachhaken bücken und mit der anderen Hand das Seil erneut befestigen. Anschließend runter zu den Dachböcken, die nun gut zwei Meter höher oder tiefer auf der Dachfläche hingen, und die nächsten zwei Meter Dachfläche eindecken oder abbrechen. Waren diese fertiggestellt, wiederholte sich das ganze Prozedere, manchmal mehrmals am Tag, so lange, bis oben der First oder eben unten die Traufe erreicht war.

Jeder hatte seine eigene Technik entwickelt, das alles zu bewerkstelligen, und auch der Doktor erarbeitete sich eine funktionierende Methode, wobei er anfangs mehr auf dem Dach und dem First lag, als saß. Was nicht unerheblich zur Belustigung seiner Kollegen beitrug.

»Der Doktor hängt mal wieder wie ein nasses Handtuch über dem First«, stichelte Atze.

»Ja, er ist unterwegs wie eine schwangere Filzlaus.« Horst lachte. »Aber Vorsicht, jetzt kommt der Knoten!«

Stimmt, dachte der Doktor, der mühsam das Seil festhielt. Den Knoten um den Dachhaken knüpfen, dabei die Böcke auf der beabsichtigten Höhe halten und dabei oben bleiben. Arbeit an mehr als zwei Fronten vom Feinsten.

»Oh, guck mal einer an. Den Knoten hat er gefressen. Dabei hab ich ihm den nur einmal gezeigt.« Horst war mit sich vollauf zufrieden.

»Guck trotzdem noch mal hin. Ich hab keine Lust, den Flugschein zu machen«, bremste Atze Horsts Begeisterung für die Knotenkünste des Doktors. »Du weißt, gestern hat er die Böcke falsch zusammengesteckt und wir wären beinahe abgeschmiert.«

War ja klar, das vergisst er nicht. Aber dass ich die Knoten kann, will er nicht wissen, dachte der Doktor. Andererseits verstand er die Bedenken, schließlich hingen alle am selben Seil. Eine Reise über das Dach würde zwar nicht auf dem Hof, sondern eher auf dem Gerüst enden, aber das wäre auch nicht angenehm.

Horst tat wie ihm geheißen. »Alles klar! Der Knoten sitzt.«

Das Bockgerüst hing wieder fest und sie kletterten alle drei auf die Bohlen und begannen wieder, den alten Schiefer zu lösen. Dem Doktor ging derweil seine Zeit in der AG ›Junge Brandschutzhelfer‹ durch den Kopf. Dort hatte er nicht nur den doppelten Ankerstich gelernt, der zum Befestigen der Dachböcke diente, sondern auch noch andere nützliche Sachen, wie das Zufrieren von Regenpfützen mit der Hilfe von CO_2-Feuerlöschern und dergleichen mehr.

Die Arbeitsgemeinschaft ›Junge Brandschutzhelfer‹ hatte er in den letzten Jahren seiner

Schulzeit besucht. Sie wurde vom Patenbetrieb angeboten. Der volkseigene Betrieb Gummiwerke, die zum Gummikombinat Thüringen gehörten, verfügte, ob seiner brandgefährdeten Produkte, über Gummischläuche, Dichtungen, Gummiringe etc. und einer damit verbundenen feuergefährlichen Produktion über eine eigene Freiwillige Feuerwehr, deren Mitglieder aus den Werktätigen des Betriebes bestanden. Die beiden Oberbrandmeister, zwei Männer um die 60, welche die Betriebsfeuerwehr anführten, waren hauptberufliche Feuerwehrmänner und hatten ausschließlich mit den Belangen der Brandbekämpfung und vor allem mit vorbeugendem Brandschutz in den Gummiwerken zu tun. Da sie zu gesellschaftlichen Tätigkeiten in der Freizeit angehalten waren, um nicht zu sagen verpflichtet, organisierten sie für die Schule, welche der Doktor zehn Jahre beehrte, einmal in der Woche am Nachmittag die Arbeitsgemeinschaft ›Junge Brandschutzhelfer‹. Daran nahm der Doktor gern mit einigen seiner Schulkameraden teil. Er lernte Knoten, Schläuche ausrollen, Feuerlöscher zu bedienen, wie der Brand von Chemikalien oder Öl gelöscht wurde, wie man ein Holzfeuer ausmachte und nicht zuletzt, wie man ein Feuer entfachte und unterhielt. Tätigkeiten, die ihm in der Ausbildung zum Dachdecker öfter Pluspunkte eingetragen hatten, abgesehen von den positiven Erinnerungen, die er hin und wieder genoss. Schon war es wieder Zeit, die Böcke umzuhängen und von oben vom First her neu anzufangen.

Die Seile der drei Böcke mussten erst mal gelöst werden. »Das macht der Doktor«, teilte Horst in Richtung Atze mit. Zum Doktor gewandt sagte er: »Du gehst hoch zum First und machst die Seile ab. Wir nehmen hier unten die Bohlen runter. Du hängst oben die Böcke um. Alles klar?«

Dumme Frage. Genau wie heute Morgen, dachte der Doktor und schwang sich hoch zum First.

Die drei Seile waren schnell gelöst und jeweils einen Haken weiter wieder festgemacht.

»Ja und? Was machst du hier unten?«, wollte Atze wissen.

Der Doktor war schon wieder auf dem Gerüst und wollte die Bohlen wieder auf die Dachböcke bugsieren.

»Das machen wir. Du tobst hoch und ziehst die Böcke ganz hoch. Selbst du solltest schon bemerkt haben, das wir von oben anfangen«, grantelte Atze.

»War ja klar«, brummte der Doktor außer Hörweite, während er sich am Seil wieder Richtung First begab.

»Das hätten die Säcke auch gleich sagen können. Lassen mich erst runterklettern …«

Der Doktor brachte sich wieder in Position, halb sitzend, halb liegend auf dem First und zog die Böcke der Reihe samt Bohlen hoch, wobei er dachte: *War nicht die Rede, wir hängen die Böcke um? Neulich haben sie mir noch geholfen. Jetzt, wo sie wissen, dass ich es kann …*

Das hast du davon, dass du den Knoten kannst, hörte der Doktor eine leise gehässige Stimme in seinen hintersten Gehirnwindungen flüstern. Nachdem er schnaufend die drei Böcke gute zwei Meter unterhalb vom First festgebunden hatte, war es Horst, der als Nächster oben ankam. Er kontrollierte die Knoten, bevor er Atze das Zeichen zum Nachkommen gab.

Der Doktor fand das anhaltende Misstrauen überflüssig und nicht lustig. Eins wusste er genau: Dass die Knoten ganz sicher richtig gebunden waren, das hatte Horst selber festgestellt. Es müssten schon die mehr als daumendicken Hanfseile reißen, wenn sie runterdonnern sollten – oder lieber nicht.

Klebrig

Der Doktor stand neben Löffel auf dem flachen, fast fertig mit Dachpappe eingedeckten Dach des Kesselhauses der LPG-Gemüseproduktion und sah zu, wie sich das Auto des Meisters näherte. Es war Donnerstag und der Meister kam, um den wöchentlichen Abschlag des Lohns zu bringen. Die LPG hatte neue Gewächshäuser gebaut, wofür das Kesselhaus gebraucht worden war. Die Wege waren noch nicht befestigt und das Gelände mit einem provisorischen Zaun gesichert.
Da die Maurer irgendwo anders gebraucht wurden, hatten sie, als sie zwei Stunden zuvor fortgefahren waren, das Tor zum Gelände geschlossen. Dabei handelte es sich nicht um ein richtiges Tor. Vielmehr hatten sie vier Meter Maschendrahtzaun zwischen zwei schon einbetonierten Torpfeilern gehängt. Meister Gebauer war von der Straße auf den Feldweg eingebogen, wobei er gehörig Staub aufwirbelte. Er war in seinem frisch lackierten Polski Fiat unterwegs. Ohne merklich langsamer zu werden, fuhr er auf die Einfahrt des frisch erschlossenen LPG-Geländes zu. Bevor die

beiden Zuschauer auch nur *Halt* denken konnten, war er unter dem Zaun durchgefahren, der sich elastisch der Kontur des Autos anpassend nach oben klappte.

Der Doktor und Löffel wechselten einen erschrockenen Blick und machten sich verdutzt auf den Weg nach unten. Der Meister, der inzwischen aus dem Auto geklettert war, kam ihnen entgegen und sah irritiert drein.

»Ich hab den Draht nicht gesehen, hrrm, hrrm …«, und mit leichtem Vorwurf in der Stimme fuhr er fort: »Letzte Woche war der noch nicht da!«

»Ja, die Maurer wollen nicht, dass wir geklaut werden«, entgegnete Löffel flapsig. Dabei war der Zaun nicht völlig unbegründet. Erst am Vortag war ein 30-Liter-Eimer Bitumenkaltanstrich abhandengekommen.

»Hrrm, hrrm. Gestern erst habe ich das Auto aus der Werkstatt geholt«, knurrte der Meister kleinlaut, eher für sich als zu den beiden.

Der Polski Fiat, neu lackiert, der Motor und das Getriebe überholt, war kein billiges Auto und verkörperte so etwas wie ein Fahrzeug der oberen Mittelklasse. Bei genauem Hinsehen waren auf dem frischen Lack des Fiats in gleichmäßigen Abständen feine Kratzer zu sehen.

Während Löffel und der Doktor die Lohntüten einsteckten, erinnerte Löffel den Meister an die fehlende Heißklebemasse, die sie noch zum Fertigstellen des Bitumendaches brauchten.

Löffel hatte sich durch seine Herkunft aus einem Dorf im Thüringer Wald den merkwürdigen, aber einprägsamen Spitznamen eingefangen. Dort sollten die Löffelschnitzer wohnen, so behaupteten es jedenfalls die Bewohner der umliegenden Dörfer. Wie weit der Umstand, dass Löffel ein wenig vorlaut daherkam und gern im Stile eines Barons von Münchhausen flunkerte, auf die Namensgebung einen Einfluss hatte, ließ sich nicht rekonstruieren.

»Hrrm …, ja, die Klebemasse«, brummelte der Meister immer noch in Gedanken an den Lackschaden. »Die holt ihr in der Teerverwertung. Meldet euch direkt bei Arno.«

»Das können wir machen. Aber mit der Schwalbe bekommen wir höchstens eine Granate gefahren, wenn der Doktor sie auf dem Gepäckträger festhält«, wandte Löffel spitz ein.

»Hrrm. Ach ja! Ihr habt ja keinen Transporter«, gestand der Meister ein. »Der blaue ist beim Autoschlosser und den grauen hat Mücke. Ich bringe euch selber ein paar Granaten her. Hrrm, hrrm …«

Damit setzte sich der Meister ins Auto und wollte verschwinden.

»Halt! Der Doktor macht erst mal das Tor richtig auf«, hinderte Löffel den Meister am sofortigen Aufbruch. Leise, dass es nur der Doktor hören konnte, fuhr er fort: »Ich glaube, der Fiat hat genug Kratzer abbekommen. Für heute.«

»Hrrm …« Der Meister wartete mit finsterer Miene ab, bis der Maschendraht zusammengewickelt war, um dann umso schneller loszufahren, wobei er Staub aufwirbelte wie eine wild gewordene Büffelherde.

»Hast du gehört, Doktor? Er bringt uns ein paar Granaten her. Ich frage mich nur wie? Mit dem Fiat?«, überlegte Löffel laut.

Der VW T2 war schon länger in der Firma, aber noch wenig genutzt worden, wenn, dann fuhr ihn der Meister meistens selbst. Die Bitumenheißklebemasse wurde in alten Blechfässern oder Papprollen verkauft, die in ihrem vorherigen Leben Karbid enthielten, das für den Karbidentwickler gebraucht wurde, um vor Ort auf Baustellen Acetylen zum Schweißen zu erzeugen. In die Blechfässer passten achtzig Kilo, in die Papprollen sechzig Kilo Heißbitumen und beide wurden aus unbekannten Gründen Granaten genannt.

Noch am Nachmittag des gleichen Donnerstages kam der Meister mit dem VW T2 um die Ecke – mit etlichen Bitumengranaten in Papphüllen auf der Ladefläche. Er fuhr behutsam an das provisorische Tor heran, um sich vom Zustand der Maschendrahtrollen zu überzeugen. Die lagen immer noch zusammengerollt neben den Zaunpfeilern und konnten dem Lack des VW-Transporters nicht gefährlich werden. Sehr langsam und vorsichtig steuerte der Meister den Transporter durch die Toreinfahrt.

Der Doktor und Löffel luden für ihre Baustelle drei Pappgranaten ab.

Am nächsten Tag verarbeiteten sie die Bitumenklebemasse.

»Sag mal, Huro, wird bei dir die Masse fest?« Löffel war, was die Ansprache von Erdmann betraf, flexibel und wechselte in irritierender Weise zwischen Huro und Doktor hin und her.

»Ich glaub schon. Wie immer. Ich habe bis jetzt nicht direkt darauf geachtet.« Huro war sich nicht sicher.

»Probier mal dort hinten, wo du schon fertig bist«, ließ

Löffel nicht locker.

»Komisch, die Klebemasse ist noch ziemlich weich. Nicht mehr ganz flüssig, aber viel zu weich«, stellte Huro fest, wobei er sich für den merkwürdigen Zustand zu interessieren begann.

»Aha. Kann sein, dass sie etwas länger braucht. Normalerweise sollte … Mal sehen, wie das weitergeht. Wir sollten das mal im Auge behalten«, ließ Löffel den Doktor an seinen Gedanken teilhaben.

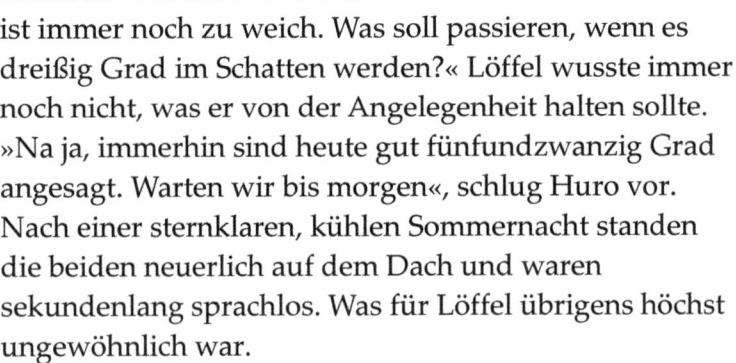

Der Feierabend rückte näher und die Klebemasse, die sie schon vor Stunden verarbeitet hatten, ließ sich immer noch wie Knetmasse verformen.

»Hier stimmt was nicht! So warm ist es nicht. Die Masse ist immer noch zu weich. Was soll passieren, wenn es dreißig Grad im Schatten werden?« Löffel wusste immer noch nicht, was er von der Angelegenheit halten sollte.

»Na ja, immerhin sind heute gut fünfundzwanzig Grad angesagt. Warten wir bis morgen«, schlug Huro vor.

Nach einer sternklaren, kühlen Sommernacht standen die beiden neuerlich auf dem Dach und waren sekundenlang sprachlos. Was für Löffel übrigens höchst ungewöhnlich war.

»Also das ist nicht gut«, stellte er fest. »Nix ist fest.

Immer noch alles weich wie ein Kuhfladen. Wenn die Sonne richtig loslegt, schwimmt hier alles weg.«
»Was machen wir da?«, wollte der Doktor wissen.
»Nichts. Was können wir denn machen? Der Alte wird schon wissen, was das für ein Zeug ist. Er hat es ja schließlich selbst geholt. Was soll's. Regen wir uns nicht auf und räumen die Baustelle«, konstatierte Löffel.
So geschah es. Sie suchten das Werkzeug zusammen und machten sich auf den Weg zur nächsten Baustelle.

Der Montagmorgen kam und Huro war, wie immer, knapp unterwegs, wenn er nicht mit dem Fahrrad fuhr. Um dennoch pünktlich beim Meister aufzuschlagen, schwang er sich in die Straßenbahn, wo er auf Thomas traf, der vom Bahnhof kommend, schon in der Elektrischen saß. Thomas hatte die Lehre in der Firma Gebauer ein Jahr vor Huro begonnen. Er war nicht groß, aber klein auch nicht. Mit seinen freundlichen hellblauen Augen und seinen kurzen blonden Haaren erinnerte er unwillkürlich an einen berühmten Schauspieler. Seine gelegentliche Freizeitbeschäftigung, Gewichte zu heben, war ihm nicht auf den ersten Blick anzusehen. Zu seinem Ärger hatte er kurze Finger. Es war nicht so, dass ihn das an irgendetwas hinderte, er fand sie einfach nur zu kurz. Thomas stammte aus einer kleinen Nachbarstadt bei Erdmanns Heimatstadt. Nach kurzer Zeit verband Huro mit Thomas nicht nur die Arbeit, eher etwas, das einer Freundschaft nahekam. Erdmann verdankte Thomas nicht nur Tipps, wie er schwere Gewichte heben konnte, ohne sich den Rücken zu ramponieren, und eine verfeinerte Technik beim

Fassaufstellen, sondern auch einige bemerkenswerte Erinnerungen an das Nachtleben seiner Heimatstadt. Manchmal, nach Feierabend, wenn noch Zeit blieb, bis Thomas' letzter Zug fuhr und manches Mal auch darüber hinaus, tranken Huro und Thomas ein oder zwei Bier in verschiedenen Wirtshäusern der Stadt. Thomas liebte es, sich in Kneipen rumzutreiben, in welchen beim Eintritt eines Fremden die Messer in den Hosentaschen aufklappten und möglicherweise das ein oder andere Glas durch die Gaststube flog.

Dank seiner unerschütterlichen, freundlichen Bestimmtheit und seinem untrüglichen Gefühl, wann es besser war, das Lokal zu verlassen, ist auch der raueste Rowdy niemals den beiden wirklich feindselig begegnet. Sie stiegen an der Straßenbahnhaltestelle aus, die dem Meister am nächsten lag. Gleichzeitig sahen sie, wie sich Karlos Wartburg mit moderater Geschwindigkeit näherte. Das Auto passierte die beiden, ohne dass Karlo sie bemerkt hätte. Wenige Augenblicke später musste der Wartburg bei roter Ampel an der Kreuzung stehen bleiben. Huro und Thomas waren in diesem Moment nur einige Schritte vom Auto entfernt. Wie auf ein geheimes Zeichen trat Huro links und Thomas rechts neben das Auto. Gleichzeitig rissen sie die hinteren Türen von Karlos neuem roten Wartburg auf und saßen im nächsten Augenblick mit einem fröhlichen »Guten Morgen!« im Fond.

Karlo schnappte nach Luft. »Was soll das?! Seid ihr noch ganz dicht?«, war er erschrocken über die Überraschung. »Habt ihr uns aufgelauert? Ich krieg noch einen Herzinfarkt«, polterte Heinz vom Beifahrersitz, nicht minder schockiert. »Das Stückchen bis zum Alten hättet ihr Jahrmarktskrepel auch laufen können.«

»Mensch! Da musst du erst mal draufkommen! Da schwingen die Knalltüten sich an der Kreuzung einfach ins Auto.« Karlo fand seine Fassung langsam wieder.

»Es ist grün«, warf Thomas leicht amüsiert ein.

»Jetzt noch die große Klappe!«, schnaufte Heinz schon nicht mehr so ruppig. »Was hab ich dir neulich gesagt? Karlo? Gar nicht gut, wenn du die Türen hinten immer offen lässt. Jetzt weißt du warum.«

»Wir sind hier nicht in Chicago, Heinz. Das ist G., eine winzige Stadt am Rande der Ostzone! Du guckst zu viel Westfernsehen. Die amerikanischen Krimis sind nicht gut für dich«, wiegelte Karlo ab.

»Stell dir doch mal vor, das wären nicht die beiden Hafthähne gewesen, sondern Banditen mit der Pistole in der Hand …« Heinz hielt an seinen Gedanken fest.

»Heinz, du glotzt definitiv zu viel Kojak und hast mehr Fantasie, als gut für dich ist.« schloss Karlo die Disskusion.

Huro und Thomas waren sehr zufrieden mit dem Effekt ihrer Aktion und grinsten, für die beiden vorn unsichtbar, in sich hinein. Ein spontaner Einfall. Dass er so perfekt geklappt hatte, verblüffte und erfreute niemanden mehr als die beiden selbst.

Heinz war zehn Jahre jünger als Karlo, machte aber den Eindruck, älter zu sein. Er bildete mit Karlo ein unzertrennliches Gespann, wo Karlo war, war auch Heinz. Rauchte Karlo eine Zigarette, tat dies Heinz ebenso. Versuchte Karlo, auf Anraten seines Arztes, das Rauchen einzustellen, tat dies auch Heinz. Hatte Karlo

Hunger, aß auch Heinz etwas. War es Karlo kalt, zog auch Heinz eine dicke Jacke über. Diese skurrile Marotte hatte ihm den Spitznamen Fiffi eingebracht.

Huro war sich nie wirklich sicher, ob Heinz bezüglich dessen vollständig im Bild war. Eigentlich war von Fiffi nur in Abwesenheit von Heinz die Rede, direkt angesprochen wurde er sonst immer mit Heinz. Er war ein guter Dachdecker, freundlich und hilfsbereit. Seine Frau arbeitete in der chemischen Reinigung. Dort wurde gegen Entgelt Kleidung gewaschen und es wurden Flecken entfernt, welche mit Mitteln der Hausfrau nicht zu beseitigen waren. Hosen, die von Bitumenklebemasse wortwörtlich standen, sahen nach einer Behandlung aus wie neu. Heinz nahm auf Bitten solche Hosen mit und gab sie, gegen einen kleinen Obolus, sauber dem Besitzer wieder zurück. Es erschien wie ein Wunder, dass die Hosen gereinigt werden konnten, ohne dabei selbst aufgelöst zu werden.

Inzwischen angekommen parkten sie vor dem Grundstück des Meisters und stiegen aus. Auf dem Weg zum Aufenthaltsraum im Keller schien irgendwas nicht richtig, etwas war anders als sonst. Definitiv lag etwas in der Luft.

Karlo stieg die Treppe zum Meister ins Büro als Erster hoch.

Die anderen folgten ihm unschlüssig. Sie fanden den Meister sitzend in seinem altehrwürdigen Sessel hinter seinem riesigen schwarzen Eichenschreibtisch vor. Seine Miene war unbeschreiblich verärgert und enttäuscht.

Auf Karlos Frage, was los sei, bedeutete er den vier wortlos, ihm zu folgen. Er führte sie in die Garage, wo sie ein Desaster vorfanden, auf das sie nicht im Traum vorbereitet waren. Der fast neue VW-Transporter T2 hellblau war von der Ladefläche abwärts schwarz wie die Nacht, besser gesagt wie Bitumen. Drei Pappgranaten waren umgefallen und ihr Inhalt auf der Ladefläche breit gelaufen. Gut zehn Zentimeter Heißbitumenklebemasse bedeckte die Ladefläche. Zwischen Bordwand und Ladefläche war ein Spalt, der im Normalfall nicht zu sehen war und Regenwasser ableiten sollte. Dort war die Masse durchgeflossen. Vor den hinteren Rädern hingen Vorhänge aus zäher Bitumenmasse. Wo die Rücklichter anfingen und die Stoßstange aufhörte, konnte nur noch vermutet werden. Nur das Fahrerhaus war weitestgehend verschont geblieben.

»Chef, was ist denn hier passiert?!« Karlo fand als Erster die Sprache wieder.

»Das schöne Auto!« Heinz schlug die Hände über dem Kopf zusammen.

Thomas und Huro tauschten einen erstaunten Blick und hielten sich mit Bemerkungen zurück.

»Als ich heute Morgen hier reinkam, sah es so aus. Ich weiß nicht, wie es passiert ist. Die Pappgranaten sind umgefallen und ausgelaufen. Ich wollte die drei Granaten heute auf die Baustelle zu Mücke bringen. Freitag haben sie noch auf der Ladefläche gestanden. Ich hab doch nicht gedacht, dass die Dinger umfallen. Wenn ich das gewusst hätte … Hrrm … Hrrm …« Die Stimme des Meisters klang ungewohnt leise und verzweifelt.

»Gut, dass es ihm selber passiert ist. Stell dir vor, Kutte oder Karlo hätten die Karre in die Garage gestellt. Weißt

du, was hier los wäre?«, wehte es leise aus Thomas'
Richtung zu Huro herüber.

»Ja. Die Bude würde jetzt wackeln. Der Alte würde sich
nicht einkriegen«, brummelte Huro ebenso leise zurück.
Karlo und Heinz umrundeten das Auto, um das Malheur
im Ganzen zu sehen.

»Aber wie konnte denn der Mist so weich werden?«,
überlegte Karlo laut. »Die Klebemasse wird doch nicht
einfach so weich. Nicht mal, wenn die Sonne
vierundzwanzig Stunden scheint.«

»Stimmt. Das kann doch gar nicht sein. Das Zeug klebt
immer noch! Dabei müsste die Masse hart sein. Was ist
denn das nur für
ein Zeug?« Heinz
drückte die
Finger in die
Klebemasse, die
nachgab, als wäre
es Kaugummi.

»Hrrm, hrrm ...«
Der Meister, der
wie versteinert
dagestanden
hatte, räusperte sich lange und anhaltend, wobei er über
die aufgeworfene Frage nachzudenken schien.

»Wie soll das je wieder sauber werden?«, warf Löffel ein,
der unbemerkt zu ihnen gestoßen war.

»Gute Frage«, stimmte Karlo zu.

»Ist das derselbe Mist, den wir am Donnerstag
bekommen haben?«, wollte Löffel wissen.

»Hrrm, hrrmm. Die Granaten habe ich in der

Teerverwertung geholt bei Arno. Der Bitumen kann doch nicht schlecht sein?«, stellte der Meister unsicher in den Raum.

Huro und Thomas hörten sich die denkwürdigen Erklärungen nicht mehr mit an. Die beiden zogen es vor sich als Erste in den Aufenthaltsraum im Keller zurück zu ziehen. Beiden war eine gewisse Gleichgültigkeit gegenüber Fahrzeugen eigen. In ihren Augen handelte es sich um praktische Fortbewegungs- und Transportmittel, deren Aussehen zweitrangig war, wenn sie denn funktionierten.

»Irgendwas stimmt mit der Klebemasse nicht. Der Alte hat uns die Soße vorige Woche gebracht. Wir haben die letzten Bahnen damit verklebt, aber der Mist wird nicht hart, so wie es sich gehört«, dachte Huro laut.

»Hm. Wo hat der Alte denn den Dreck her?«, wollte Thomas wissen.

»Er hatte zu uns was von der Teerverwertung gesagt. Da wollte er uns hinschicken, aber die Transporter waren beide nicht gangbar. Der eine kaputt, den anderen hat Mücke. Du weißt, wie das mit Mücke ist. Er rückt die Karre nicht raus, wenn er sie einmal hat.« Huro konnte sich einen leicht genervten Unterton nicht verkneifen.

»Schon klar, aber er braucht sie auch. Er will eben einfach nicht immer um die Fahrerei betteln müssen.« Thomas sah die Sache entspannter.

»Ja, schon klar«, gab Huro zu. »Aber was machen dann die anderen? Letztens haben wir mit der Schwalbe zwei Dachfenster zum Glaser gefahren. Schönen Dank kann ich nur sagen. Und Jockel ist gefahren. Ich hatte Mühe, mit den beiden Dingern unter den Armen auf dem Sitz

169

hocken zu bleiben.«

»Das kann ich mir vorstellen!« Thomas lachte. »Jockel hat mich mal mit seiner MZ zum Bahnhof gefahren. Als wir das erste Mal abgebogen sind, haben sich die Fußrasten hinten bei mir hochgeklappt, so tief haben wir in der Kurve gelegen. Ich kann dir sagen! So schnell war ich noch nie am Bahnhof. Aber wie war das noch mal mit der Bitumenmasse?«

»Der Alte hat den T2 rausgeholt und ist selber in die Teerverwertung gefahren. Als wir das letzte Mal Klebemasse und Anstrich geholt haben, waren wir bei der hübschen Bürodame, die mit den braunen Augen, und …«

»Ich weiß, wen du meinst«, störte Thomas Huros genüssliche Erinnerung. »Ja, die sieht nicht nur nett aus. Die ist es auch. Ich hab sie erst beim zigsten Mal kennengelernt. Karlo ist immer selber aus dem Auto gestiegen, um den Lieferschein zu holen, die anderen auch. Ich habe mich gewundert. Als ich dann das erste Mal mit im Büro war, wurde mir alles klar.«

»Ja, genau die. Da war ich schneller.« Der Doktor war stolz auf sich. »Ich bin gleich beim zweiten Mal mit rein gelatscht. Es kam mir verdächtig vor, wie eifrig sich Rudi freiwillig um den Papierkram gekümmert hat. Na, jedenfalls sollten wir uns dieses Mal nicht an sie wenden, sondern wir sollten uns gleich bei Arno hinten im Lager melden. Komisch.«

»Aha. Da liegt vielleicht der Hase im Pfeffer«, vermutete Thomas. »Das ist bestimmt ein hübsches kleines Geschäft, das der Alte mit Arno ausgeheckt hat. Ist womöglich ein ganz kleines bisschen in die Hose gegangen.«

»Kannst du laut sagen!«, stimmte Löffel zu, der zu ihnen stieß und die letzten Worte mitbekommen hatte. »Das ist bestimmt ein linkes Ding, was der Alte angeleiert hat. Aber manchmal folgt die Strafe auf dem Fuß.«

»Jetzt werd nicht noch tiefsinnig. Überlege lieber mal, wie der schwarze Mist wieder runterkommt von dem schönen neuen Auto.« Auch Karlo kam, gefolgt von Heinz, aus der Garage. »Der Alte will von den Russen ein Fass Benzin besorgen«, fuhr er fort. »Damit könnte dann der Scheißdreck abgewaschen werden.«

»Quatsch. Will er die Bude niederbrennen?«, rief Löffel.

»Wohl eher sprengen.« Karlos Augen blitzten belustigt und alarmiert. »Als ich ihm gesagt habe, dass das nicht geht, hat er gemeint, wir könnten doch den Karren vorn hochbocken und mit dem Flächentrockner den Bitumen schmelzen, dann würde alles runterlaufen.«

»Ich glaub es nicht!«, fuhr Löffel hoch. »Tausend Grad und eine Flamme, mit der du in den Krieg ziehen könntest. Bestimmt sehr gut für das Auto. Andererseits sieht es ihm ähnlich. Er bringt sich noch mal um Kopf und Kragen.« Keiner konnte wirklich an sich halten und doch sollte der Alte nichts von ihrer Heiterkeit mitbekommen. Vom Büro aus hörte sich das hoffentlich nur wie Husten und Prusten an, ging es durch Huros Kopf. *Wer den Schaden hat, braucht sich nicht um den Spott sorgen*, dachte er und konnte sich der aufkommenden guten Laune auch nicht entziehen.

Letzten Endes traf es die neuen Lehrlinge, die einige Wochen später im Herbst ihre Lehre begannen. Die Reihe um, wenn sie Zeit hatten, mussten sie tagelang mit einem Spachtel bewaffnet die schwarze Pracht abkratzen und die verbleibenden dünnen Restschichten mit Waschbenzin und einem Lappen abreiben. Nach unzähligen Stunden konnte sich das Ergebnis überraschenderweise sehen lassen. Der unvoreingenommene Betrachter hätte nichts mehr von dem Malheur erahnen können.

Schule

Erdmann genoss es, durch die altehrwürdigen Gänge zu laufen, während hinter den Türen seine Altersgenossen, die sich für zwei weitere Jahre Schule entschieden hatten, statt eine Lehre zu beginnen, versuchten, dem Unterricht zu folgen. Eine nur zu bekannte Atmosphäre, heraufbeschworen durch die gedämpften Stimmen der Lehrer, die versuchten, die Aufmerksamkeit der Schüler für den Schulstoff aufrechtzuerhalten, durch lange Reihen von Schulranzen, die in den Fluren auf ihre Besitzer warteten, dem unverwechselbaren Stimmengewirr ihrer Besitzer, die sich auf dem Schulhof den Blicken der Lehrer zu entziehen suchten, und gefestigt durch die

erinnerungswürdigen Gerüche der Schulküche.
Erdmann hatte in einem ganz ähnlichen Schulgebäude
zehn Jahre damit verbracht, sich auf das Leben
vorzubereiten, wie es die Lehrer immer so schön
formulierten. Es war eine schöne Zeit gewesen, doch
noch hatte er die Schule nicht lange genug hinter sich
gelassen, um das erkennen zu können. Zu frisch die
Erinnerung an einzelne Lehrer, zu stark die Abneigung
gegen den Direktor seiner Schule, der ihn zeitweise von
der Schule verwiesen hatte.
All das kam Erdmann hin und wieder in den Sinn, wenn
er durch die breiten Gänge und großartigen
Treppenhäuser der größten Schule seiner Heimatstadt
ging. Ein wirklich schönes Gebäude, im Jugendstil
errichtet und bis ins kleinste Detail durchdacht. Leider
war von der fantastischen Einrichtung nicht mehr viel
übrig. Im Keller hatte es Aquarien gegeben, auf dem
Dach war eine Sternwarte installiert gewesen und ein
Treppenhaus hatte das Aufhängen eines foucaultschen
Pendels ermöglicht. Jeder der hellen Räume verfügte
über eine ausgeklügelte Lüftung.
Wenig von alledem war noch übrig und es war die
Aufgabe, das Übrige zu sichern und wenn möglich
wiederherzustellen.
Die Baustelle zog sich zwei Jahre über verschiedene
Bauabschnitte. Erdmann arbeitete gern dort. Leider hatte
ihn bisher nie ein Lehrer für einen Schüler gehalten und
versucht, ihm Manieren beizubringen, gar zu gern hätte
er dem Lehrer Bescheid gegeben, was das diesen wohl
anginge.
Erdmann kam vom Meister, wo er den wöchentlichen

Abschlag abgeholt hatte. Sonst kam der Chef immer auf die Baustelle, um das Geld zu bringen und um festzustellen, was so auf der Baustelle los war. Die Schule war nicht weit vom Firmensitz entfernt. Wenn etwas fehlte, war es der Doktor, der es holen durfte, solange es sich um Werkzeug oder ähnlich tragbare Sachen handelte. Bei einer solchen Gelegenheit hatte der Meister herausbekommen, dass er dem Doktor auch das Geld mitgeben konnte und sich so den Weg und die vier Treppen hoch zu seinen Leuten in der Schule sparen konnte.

»Ah, haste alles vom Alten bekommen? Hat ganz schön gedauert. Heinz hat schon gedacht, dass du auf und davon bist mit unserem schwer verdienten Geld.« Mit diesen Worten empfing Karlo den Doktor.

»Mit den paar Kröten? Wie weit wäre ich da gekommen?« Huro grinste.

»Bis in die nächste Kneipe hätte es bestimmt gereicht.« Karlo lachte. »Hat der Alte sonst noch was gesagt? Gestern war doch Bauberatung?«

»Nee, aber er hat mir was für dich mitgegeben.« Der Doktor zog einen gefalteten Zettel aus der Hosentasche.

»Zeig mal her.«

Der Doktor drückte Karlo den Zettel in die Hand. Karlo begann zu lesen, während sich der Doktor setzte und sich seinem Frühstück widmete. »Doktor, pass auf deine Bemmen auf. Bei mir ist eine Maus in die Tasche gestiegen und hat sich an meinem Brot fett gefressen. Ich habe meinen Beutel heute früh, als wir gekommen sind, hier hingehängt.« Heinz zeigte empört, dass er seinen Frühstücksbeutel an die Stuhllehne gehangen hatte. »Ich

frage mich, wie das Mistvieh da hineingekommen ist.«
»Am Stuhlbein hoch und am Beutel runter«, schlug der
Doktor kauend vor.
»Ja klar, Schlaumeier. Guck dir die Stuhlbeine an! Glatte
runde Rohre. Wie soll denn da … Das geht doch gar
nicht …« Heinz verdrehte die Augen.
»Alles klar!« Das Papier flog mit einem Klatschen auf
den Tisch. »Der Alte hat sich, wie es scheint, nicht
getraut, mir von dem genialen Plan selber zu erzählen.
Lieber hat er dem Doktor das Protokoll mitgegeben! Der
feige Sack, das sieht ihm ähnlich. Statt er
mal seinen Genossen Feuer gibt und fragt,
ob die noch alle Tassen im Schrank haben«,
unterbrach Karlo aufgebracht Heinz'
Ausführungen. »Der kennt die doch alle.
Nicht umsonst ist er in der richtigen Partei.
Nicht umsonst bekommt er immer die
besten Aufträge. Die Bagage von der Stadt
und vom Denkmalamt, alles Genossen,
alles die gleiche Bande.« Karlo musste Luft
holen. »Und wisst ihr was?! Zurecht hat er
es nicht gesagt. Ich hätte ihm den Mist um
die Ohren gefleddert. Stellt euch vor: Wir
sollen in den Schlachthof und von
Kuhschwänzen die Haare rupfen. Was für
ein Schwachsinn!«
Heinz und der Doktor sahen Karlo verständnislos an.
Selten, dass er so aus der Haut fuhr.
»Was'n los?«, fragte Heinz, während der Doktor den
Zettel vom Tisch fischte.
»Lies es selber. So ein Blödsinn! Da fehlen einem glatt

die Worte. So ein Scheißdreck! Das kann sich nur einer ausgedacht haben, der die Hose … Ach was, der eine Vollmacke hat. Keine Ahnung, wie man sich so was auch nur ausdenken kann.« Karlo bekam sich gar nicht wieder ein.

Die Ziegel auf dem riesigen Dach waren sehr stark profilierte Fittichziegel aus lokaler historischer Produktion, die nicht sehr stark verwittert waren und es verdienten, nicht abgerissen zu werden. Daher war es die Aufgabe, die Dacheindeckung zu überarbeiten und teilweise mit Ziegeln auszubessern, die beim Abbruch anderer Gebäude geborgen werden konnten. Zum Schluss mussten diese Ziegel auf der Innenseite mit Mörtel verbunden werden. Ein übereifriger Beamter des Amtes für Denkmalpflege, der für die Schule zuständig war – mit einem Diplom der Bauuniversität in Weimar über dem Schreibtisch –, hatte eine Entdeckung gemacht. Offenbar waren dem Mörtel für eben diesen Mörtel-Innenverstrich in früheren Zeiten Tierhaare beigemengt worden, was seine Elastizität und überhaupt alle Eigenschaften verbessert hätte. Das brachte ihn auf die aberwitzige Idee, dass dieses alte, geniale Wissen für die Sanierung des Daches in unsere Zeit zu adaptieren sei. Auch für die praktische Durchführung hatte er schon einen entsprechenden Plan ausbaldowert. Der sah folgendermaßen aus: Die Dachdecker sollten sich in den Schlachthof begeben, dort die Schwänze der geschlachteten Rinder organisieren, da diese über lange Haare verfügten, dann sollten sie die Enden der Schwänze in heißes Wasser tunken und auf diese Weise die Haare am Ende der Schwänze ablösen. Wenn dann genug Haare zusammengekommen waren, sollte der Mörtel damit vermischt werden, um so die Eigenschaften des Mörtels auf ein noch nie da gewesenes Niveau zu heben. Es würde ein Material in einer Güte entstehen, von dem bis dahin niemand auch nur zu träumen gewagt hätte.

»Aha. Das ist ja mal eine tolle Idee. Wir sollen uns also in den Schlachthof hocken und das Fell von den Kuhschwänzen zerren und dann mit dem Mörtel mischen. Aber sonst geht's noch«, konstatierte Heinz, nachdem er das Papier gelesen hatte.

»Keine Angst. Nur weil der Alte und seine Kumpane von der Kreisschulleitung sich von einem dahergelaufenen Architektenkasper, der im Denkmalamt Karriere machen will, Schwachsinn auftischen lassen, gehen wir noch lange nicht los und machen dabei mit«, verkündete Karlo mit entschlossener Miene, zog sich die Jacke über und machte Anstalten aufzubrechen.

»Wo willst du hin? Zum Alten?«, wollte der Doktor wissen.

»Wohin sonst! Der hat doch wohl nicht alle Latten am Zaun …«

»Kannst du dir sparen. Als ich fort bin, ist er mit den restlichen Lohntüten in die Kaserne gefahren und dann will er noch zu Löffel und Co. Hab gehört, wie er seiner Frau Bescheid gesagt hat.«

»Auch gut! Dann gehen wir morgen früh hoch zu ihm. Der denkt auch, dass ich die Hose mit der Kneifzange anziehe!«

Am nächsten Morgen beim Meister Gebauer war Karlo

ruhig und bestimmt.

»Wenn der Herr Architekt Haare in den Mörtel will, gern. Dann geht er aber selber in den Schlachthof und kümmert sich persönlich drum. Außerdem wäre es schön, wenn der feine Herr endlich an die Taubenscheiße denken würde. Die muss geräumt werden, sonst spielt sich mit oder ohne Haare nix ab. Wenn wir den Innenverstrich machen sollen, muss die Scheiße weg. Dreißig Zentimeter liegt die Sauerei hoch auf den Balken und auf dem Dachboden sieht es nicht besser aus. Wissen Sie denn, wie es da abgeht bei dem Wetter? Der ganze Boden bewegt sich.«

Meister Gebauer hockte hinter seinem Schreibtisch und nahm Karlos Botschaft mit unbewegtem Gesicht zur Kenntnis. Heinz und der Doktor standen hinter Karlo und sagten nichts.

Insgeheim war Erdmann froh, dass Karlo derartig hart durchgriff. Sonst beharrte er nicht so kategorisch auf seiner Meinung. Doch diesmal war es ihm ernst. Das musste auch der Meister zur Kenntnis nehmen.

»Hrrmm, hrrmm.« Der Meister räusperte sich ein wenig theatralisch, setzte zu einer Antwort an, überlegte es sich auf halbem Weg, stand auf und bot Karlo eine Zigarette an. Heinz war schnell genug, auch eine zu erhaschen.

Der Doktor zog sich in den Keller zurück.

Von dort hörte er noch das tiefe Brummeln des Meisters und Karlos sonore Stimme. Verstehen konnte er die Unterhaltung nicht, welche die beiden führten. Als die Zigaretten geraucht waren, tauchten Karlo und Heinz im Keller auf.

»Lasst uns gehen. Mal sehen, ob er es verstanden hat«,

schloss Karlo die Aktion und sie machten sich auf den Weg zur Baustelle.

Danach war von Kuhschwänzen tatsächlich nie wieder die Rede.

Die Tauben waren über viele Jahre, wenn nicht Jahrzehnte, durch kaputte Fenster und fehlende Ziegel und dergleichen Öffnungen auf dem Dachboden zugange. Sie erleichterten sich nicht nur auf dem Dachboden, sondern liebten und vermehrten sich auch dort. Die jungen Tauben wurden aufgezogen, nicht in einem weichen Nest, sie lebten und wurden groß oben auf einer dicken Schicht, bestehend aus den eigenen Exkrementen und verendeten Artgenossen, die wiederum einer ungeheuren Anzahl von kleinen und kleinsten Lebewesen einen angenehmen Wohnraum boten. Stellenweise entwickelte dieser Untergrund ein beachtlich agiles Eigenleben.

Nachdem alle Handwerker, die Dachdecker voran, sich weigerten, die Taubensauerei zu entfernen, wurden die Hausmeister der Volksbildung, also aller Schulen, Kindergärten und Kinderkrippen der Stadt, dazu verdonnert, den Mist zu beseitigen. Sie schafften schwitzend unter den Schutzanzügen in tagelanger Arbeit viele, viele Kubikmeter fort, bevor Karlo und seine Kollegen wieder den Dachboden betraten.

Um die Zeit der Aufräumarbeiten zu nutzen, arbeiteten Heinz und Karlo samt dem Doktor erst einmal draußen auf dem Gerüst. Sie deckten die schier endlosen Traufen, die Wandanschlüsse und die Kehlen des Daches auf und die Klempner der Firma Lupe montierten viele Meter neue Zinkdachrinnen, falzten und verlegten die unzähligen Meter Wandanschlussbleche und Schornsteineinfassungen und bastelten sehr kreativ Einfassungen von runden und ovalen Erkerfenstern aus Zinkblechprofilen zusammen. Heinz, Karlo und der Doktor deckten danach die Bleche mit Ziegeln wieder ein und ersetzten kaputte Ziegel.

Lothar ein langjähriger Mitarbeiter der Firma Lupe, fiel dem Doktor schon an seinem ersten Tag auf der Baustelle auf. Die Firmen Lupe und Gebauer wickelten seit vielen Jahren manche Baustelle gemeinsam ab, so kam es das die Mitarbeiter beider Betriebe sich seit langem kannten und sehr kollegial, fast schon wie Kollegen des gleichen Unternehmens miteinander umgingen. Lothar war ein ausgezeichneter Klempner, der über ein fantastisches handwerkliches Können und eine unheimliche Geduld verfügte. Er allein, die anderen trauten sich nicht daran, fasste einige runde Dachgaubenfenster mit Zinkblech ein. Die Einfassung bestand nicht einfach aus glattem Blech, sie war fein profiliert und musste aus vielen einzelnen Teilen zusammengesetzt werden, wozu er unzählige Male Maß nahm. Immer wieder musste er runter vom Gerüst und mit dem angefangenen Werkstück in die Werkstatt laufen, die sich gegenüber vom Schulhof befand. Nachdem er ein weiteres Stück angefügt hatte, kam er samt Werkstück wieder zurück auf das Gerüst, prüfte, ob das neue Stück an der richtigen Stelle saß und nahm sich das nächste vor. Es dauerte Tage, bis er eins der Fenster fertig eingefasst hatte.

Lothar war Mitte 30 und sah mit seinen dunkelblonden Locken, die sein freundliches Gesicht einrahmten, welches immer ein wenig rot war, recht verwegen aus. Er hatte vor einigen Jahren einen schweren Unfall mit einem Motorrad gehabt. Das hatte ihm nicht nur zu einer metallenen Platte in der Schädeldecke und zu einem langen Krankenhausaufenthalt verholfen, sondern ihn auch für einige Zeit zum Invalidenrentner gemacht. Das bedeutete nicht nur, dass er nicht arbeiten konnte, sondern auch, dass er in den westlichen Teil Deutschlands fahren durfte. Offensichtlich hatte der sozialistische Staat keine Angst, einen arbeitsuntauglichen Bürger an den fauligen, kapitalistischen Westen zu verlieren.

Er erzählte gern und sehr bildhaft über seine Ausflüge in die westliche Glitzerwelt, welche er in verschiedener Hinsicht genoss.

Als großer Fan von Rockmusik besuchte er Konzerte und Plattenläden, wo er manche Scheibe erstand. Außerdem besichtigte er ausgiebig die Rotlichtviertel in Hamburg oder wo auch immer. Seine Berichte erfreuten sich jedes Mal einer aufmerksamen und interessierten Zuhörerschaft, obwohl er auf unnachahmliche Weise langsam und gesetzt sprach, was das Hinhören streckenweise etwas mühsam machte.

Wenn er erzählte, zog das oft auch die anderen Handwerker an, denn er untermalte die Geschichten gern mit Gesten. Mit möglichst weit fächerförmig ausgebreiteten Fingern an seinen großen Händen, die er sich dicht links und rechts an seine Brust hielt, den Oberkörper leicht hin und her drehend, schwärmte er ein ums andere Mal verträumt: »Die Einflugschneise. Die Frau hatte eine Einflugschneise!«

»Warst du mal in einem Beate Uhse-Laden?«, wollte ein Maurer wissen.

»Klar doch. Das war Sahne. Aber ich fürchte, fast alles, was du dort kaufen kannst, fällt unter Schmutz- und Schundliteratur. Das darf ich euch eigentlich gar nicht erzählen«, zierte sich Lothar künstlich.

»Gab es viele Hefte mit nackten Weibern? So von großen Blonden mit großen Brüsten und kleinen Schwarzen mit du weißt schon?«, wollte ein Maler wissen.

»Das war eine Sahne.« Lothars Ausdruck höchster Verzückung.

»Hast du welche gekauft?«, kam ein Maurer hinzu.

»Ja.« Lothar genoss die Aufmerksamkeit.

»Und hast du sie mitgebracht?«, bohrte der Maurer weiter.

»Warum nicht?« Lothar schmunzelte.

»Wegen der Grenzkontrollen und so. Oder bist nicht kontrolliert worden?« Der Maler war besorgt.

»Na klar. Ich hab mir halt was einfallen lassen. Die Genossen Zöllner haben nur eins gefunden, das hab ich obendrauf gelegt.« Lothar fand seinen Trick genial.

»Obendrauf?«, fragte der Chor der Zuhörer.

»Na klar doch! Damit habe ich die Herren abgelenkt. Die haben sich gedacht, wir haben was gefunden! Mensch sind wir gut! Und haben nicht weitergesucht. In dem anderen Koffer hatte ich noch viel mehr, da haben sie nur den Deckel aufgemacht und gut war es.« Lothar bildete sich was auf seine Ablenkung ein. Die, wie es schien, ja auch sehr gut gewirkt hatte. Was ein paar Bilder von nackter Weiblichkeit so alles bewirken konnten.

»Tja, da haben die Staatsorgane ja ganz schön gepennt. Denn wenn Leute wie du, also subversive Elemente, hochgefährliches Material in den Arbeiter- und Bauernstaat einschmuggeln, gefährden sie die sozialistische Moral. Da sind die staatlichen Organe eigentlich angehalten, sich besonders anzustrengen und die Einfuhr staatsgefährdender Bilder und Filme zu verhindern«, deklamierte Huro gewichtig.

»Gut aufgepasst im Staatsbürgerkundeunterricht.« Einer von Lothars Kollegen lachte.

»Keine Schmeicheleien vor dem Mittagessen. Ich hatte nur eine Vier in der mündlichen Prüfung«, ließ Huro sich nicht loben.

»Bringst du mal eins von den Heften mit?«, ließ der Maler nicht locker.

»Wer sagt mir denn, dass nicht einer von euch bei der Stasi petzt?« Lothar blickte prüfend in die Runde.

»Willst du uns beleidigen?«, erwiderte ein Maurer aufgebracht.

»Schön. Warum nicht. Aber ich weiß was Besseres. Ich habe einen Film, den könnte ich mitbringen.« Lothar war dann doch recht schnell bereit, für ein wenig Unterhaltung zu sorgen.

»Und wie können wir den angucken?«, sprach der

Maurer aus, was die anderen dachten. Lange Gesichter.
»Wir brauchen nur einen Projektor für Super-8-Filme
und eine Leinwand.« Lothar war nicht von seinem Plan
abzubringen.

»Klar, ganz einfach! Und wo bekommen wir den Kram
her?«, fragte Kutte zweifelnd.

Nach einigen Tagen Überlegung und mit ein wenig
Organisation wurde das Vorführproblem gelöst. Der
Unterrichtsraum, den Huro und die Kollegen zur
Verfügung gestellt bekommen hatten, um ihr Frühstück
und Mittag zu essen, wo sie sich umzogen und das
Werkzeug lagerten, wurde kurzerhand zum Kino
umgenutzt. Karlo sorgte für ein passendes
Filmvorführgerät, eine Leinwand wurde aus
Schulbeständen organisiert und die Verdunklungsrollos
in diesem Raum waren die ersten im ganzen Gebäude,
die repariert wurden und wieder funktionierten. Die
Veranstaltung war ein voller Publikumserfolg, alle
Handwerker sollen anwesend gewesen sein. Nur
Erdmann schmorte in der Berufsschule. Für ihn blieben
nur die Geschichten, welche ihm die Teilnehmer dieses
sommerlichen Höhepunkts bereitwillig und sehr
anschaulich erzählten.

Sand

Die Arbeiten am Dach der größten Schule der Stadt
hatten nun schon einige Wochen gedauert und würden
planmäßig auch noch mindestens ein weiteres Jahr

benötigen. Das hatte verschiedene Gründe. Geld und Material, in diesem Fall Zinkblech, spielten eine Rolle. Das Blech konnte nicht in einem Jahr zur Verfügung gestellt werden. Die Lieferung wurde auf zwei Jahre aufgeteilt.

Andererseits war das Dach riesengroß, hatte viele verschiedene Dachflächen, von den zahlreichen Walmflächen ganz abgesehen. Hinzu kamen viele Erker unterschiedlicher Formen und Größen, weshalb derart reichlich zu tun war, dass es auch unter Aufbietung aller Kräfte nicht möglich gewesen wäre, die Baustelle in einem einzigen Sommer abzuwickeln.

Es war eine angenehme Baustelle. Wo Erdmann hinsah, waren Mädchen zu bewundern. Die Arbeit war nicht schwer und ging mit den Dachklempnern der Firma Lupe Hand in Hand vonstatten. Erdmann und seine Kollegen öffneten für die Spengler das Dach und schlossen es wieder, wenn die Kehlbleche und Dachrinnen fertig verlegt waren.

Die Klempner sorgten allerdings für gewisse Gefahren und Unwägbarkeiten, die besondere Aufmerksamkeit derer erforderten, die sich mit ihnen das Gerüst teilten. Die Klempner hantierten mit hochkonzentrierter Salzsäure, die sie beim Löten einsetzten. Es kam vor, dass das Gefäß, ein kleines Glas, umfiel und die Säure sich zum Beispiel durch die fertige Dachrinne auf den Weg zum tiefsten Punkt machte. War die Dachrinne noch nicht geschlossen, tropfte die Säure bis auf den Boden, wobei sie an vielen Gerüstetagen und den dort beschäftigten Handwerkern vorbeikam.

Erdmann war Zeuge einer dieser unangenehmen

Vorfälle. Ein kleiner Schwall Säure kam zwischen den Händen eines riesigen Maurers runter, der gerade dabei war, an der Fassade zu arbeiten. Sein Glück und das des Klempners, dass er nichts abbekam. Mit einigen groben Verwünschungen war der Fall erledigt.

Schon aus diesem einen Grund war es nicht ratsam, auf der Gerüstetage unter den Flaschnern zu arbeiten, aber auch, weil es noch eine weitere Gefahr gab, die sie bewusst oder unbewusst erzeugten.

»Sag mal, Doktor, was hast du da auf dem Hut für merkwürdige Flecken?«, wollte Karlo wissen.

»Vogelscheiße?!«

»Na, das sieht irgendwie komisch aus. Guck es dir selber an.«

Der Doktor nahm den Hut ab und untersuchte ihn eingehend.

»Komisch, also Vogelmist ist es nicht. Sieht eher aus wie Lötzinn!«

»Hast du in der Nähe von Lothar gearbeitet?«

»Eigentlich nicht. Oder doch. Nein, ich bin nur an Lothar vorbeigekommen. Oder war es der andere? Ich weiß nicht mehr. Ich bin … ja, ich bin eine Gerüstetage unter Lothar über das Gerüst gelaufen.«

»Ich wusste, dass die Kerle gefährlich sind, aber dass sie gutes Lötzinn einfach so in die Gegend tropfen lassen, ist neu«, stellte Karlo fest.

»Okay. Das heißt wohl, lieber einen gesunden Abstand halten«, schloss der Doktor aus dem Vorfall.

»Zumindest, wenn du siehst, dass sie mit dem Lötkolben hantieren, ist es wohl besser, ihnen aus dem Weg zu gehen.«

Tatsächlich wurde der Doktor am gleichen Nachmittag erneut getroffen. Diesmal war die Entfernung relativ groß. Zwei Gerüstetagen über ihm lötete Lothar ein Kehlblech zusammen.

Die Lötzinntropfen waren nach den ersten Metern schon wieder fest, sodass dem Doktor nur zwei warme Kugeln auf den Handrücken fielen und etliche weitere erstarrte Tropfen in die schon fertige Dachrinne wie Steinchen rasselten. Rudi und Billy kamen am nächsten Tag zu Besuch auf die Baustelle. Sie  arbeiteten inzwischen bei einer anderen Firma, was sie nicht hinderte, ab und zu auf eine Stippvisite vorbeizukommen. Sie machten zusammen mit Kutte, Karlo, Heinz und Huro Frühstück und tauschten Geschichten über ihre derzeitigen Baustellen aus. Billy stand als Erster auf, um schon mal vorzugehen, er hatte irgendwas in der Stadt zu erledigen.

»Ja, hau bloß ab. Ich gehe dann eben den Kollegen noch ein ganzes bisschen auf den Sack«, verkündete Rudi.

»Das könnte dir so passen. Du bleibst schön hier und wartest, bis Billy wieder da ist. Wir können keinen Werkspion gebrauchen«, schränkte Karlo Rudis Tatendrang lachend ein.

»Ach was, Werkspion. Ich will nur die Aussicht

genießen. Die muss doch super sein«, wehrte Rudi sich.
»Gut. Stimmt, die ist wirklich einmalig, gerade heute bei
dem Wetter. Eigentlich müssten wir dafür Eintritt
nehmen«, gab Karlo zu verstehen.
»Schön. Das nächste Mal in der BAV geht eine Runde
Kaffee auf mich«, sagte Rudi bereitwillig zu.
»Gut, dann ist ein Rundgang auf dem Gerüst genehmigt.
Aber denk nicht, dass ich den Kaffee vergesse. Heinz, du
hast das auch gehört«, konstatierte Karlo.
»Aber sicher«, bestätigte Heinz kräftig.
Also schwang sich Rudi auf das Gerüst. Heinz und Karlo
machten sich an einer Kehle auf der Rückseite der Bude
zu schaffen. Kutte nahm sich seine Säge vor und der
Doktor verkrümelte sich in Richtung Schulhof zum
Bauwagen der Maurer, um von ihnen einen
Schraubenschlüssel für das Gerüst zu borgen.
Rudi genoss bei schönstem Sonnenschein die einmalige
Aussicht auf die ihm zu Füßen liegende Innenstadt, bis
ihn eine vertraute Stimme aus seinen Betrachtungen riss.
»Rudi! Was ist! Können wir los?«, rief Billy aus der Tiefe
des weit unter Rudi liegenden Schulhofes.
Um jemanden oben auf dem Gerüst auf sich
aufmerksam zu machen, war schon eine gute Stimme
gefragt. Das Gerüst war gut zwanzig bis
fünfundzwanzig Meter hoch und Rudi spazierte auf der
vorletzten Etage herum. Nicht schön war an der Höhe,
dass die Mädchen leider nicht mehr richtig zu erkennen
waren und mancher langhaariger Bursche nicht von
einem Mädchen zu unterscheiden war.
»Ich bin schon unterwegs«, antwortete Rudi. Wobei er
sich langsam auf den Weg zum nächsten Leitergang

machte, um herunterzuklettern. Zwei Gerüstetagen tiefer, Rudi war kurz vor dem offenen Erkerfenster, welches als Ausstieg auf das Gerüst diente, hörte er Billy schreien: »Vorsicht! Deckung!« Rudi sah sich um, nahm die restlichen Sprossen der Gerüstleiter mit einem Satz und sprang noch mit der gleichen Bewegung vom Gerüst direkt durch das Erkerfenster. Mit schneeweißem Gesicht und schreckgeweiteten Augen landete er direkt vor Huros Füßen im Flur. Huro war gerade mit dem Schraubenschlüssel in der Hand auf dem Weg zum Fenster, um auf das Gerüst zu klettern.

»Was is'n los?«

»Die Flasche. Die Flasche von Lothar …!« Rudi sah aus, als wäre er dem Sensenmann persönlich begegnet. Jegliche Farbe war aus seinem Gesicht gewichen, selbst die Lippen waren grau, die Augen wie Scheunentore aufgerissen. Er versuchte sich fieberhaft ein wenig zu sammeln.

»Welche Flasche?«, fragte Huro nach.

»Die Flasche ist abgestürzt«, stotterte Rudi.

»Welche Flasche denn?!« Huro wurde lauter.

»Die Flasche ist runtergefallen!« Rudi war so leise, dass er kaum noch zu verstehen war.

»Was denn nur für eine Flasche? Die Gasflasche?!«, brüllte Huro Rudi an.

»Die Gasflasche, Mensch! Vom Klempner! Ist vom Gerüst geflogen! Umgefallen, ein Stück gerollt und dann runter …«, reagierte Rudi endlich laut und unmissverständlich.

Mit einem Schlag wurde Huro die Tragweite dessen klar, was Rudi zu sagen versuchte. Eine

Propangasflasche mit fünf Liter explosivem Inhalt, die vom Gerüst fällt, war nicht lustig.

»Die Gasflasche von Lothar ist runtergefallen?«, wiederholte Huro mit leerem Kopf, einfach um etwas zu sagen.

»Ganz genau!« Rudi hatte sich langsam wieder im Griff.

»Von oben? Von ganz oben?« Huro hatte noch kurz vor dem Frühstück mit Lothar gesprochen, da war der auf der höchsten Gerüstetage damit beschäftigt, die Dachrinne an die Traufe des Hauptdaches anzubauen. Jetzt wurden auch Huros Knie weich.

»Ja! Verdammt! Huro!« wurde Rudi noch lauter.

»Ach du Scheiße!« Huros Gehirn wurde von Schreckensvisionen überschwemmt. In Sekundenbruchteilen zogen Katastrophen, Explosionen, durch die Luft fliegende Menschen und Materialien durch sein überhitztes Hirn. Dann blitzte er auf, der Gedanke, der das Bilderkarussell bremste.

Es hat nicht geknallt! Es hat nicht geknallt! Der Wirbel in seinem Kopf verlor an Geschwindigkeit. Während er vorsichtig näher an das Fenster herantrat, atmete er tief durch und seine Gedanken begannen sich zu ordnen.

Huro warf einen Blick runter in den Hof.

Über einem Haufen aus feinem Sand unten im Hof sah er zwei, mit Arbeitsschuhen bekleidete Beine hoch in die Luft ragen. Mit weichen Knien kletterte Huro auf das Gerüst, um festzustellen, was passiert war und zu wem die Füße gehörten, die über dem Sandhaufen zu sehen waren. Möglicherweise musste Hilfe geleistet, geholt oder beides getan werden.

Die fünf Kilo fassende Propangasflasche lag unversehrt

in einem kleinen Krater in einem weiteren Sandhaufen, der dicht unter dem Gerüst lag. Die Klempner nutzten Propangasflaschen dieser Art für ihre Lötkolben. Wo ein Klempner lötete, war so eine Flasche nicht weit.

Rudi folgte Huro und zeigte auf Lothar, der wie angefroren auf dem Gerüst stand und mit der Hand auf die herabgefallene Flasche zeigte.

»Das hätte schiefgehen können!« Mit diesen Worten kommentierte Lothar das Geschehen tonlos. Sein Gesichtsausdruck schwer zu beschreiben – ungläubig, erschrocken traf es noch am besten.

»Wie ist das passiert?!«, fragte Karlo, der von der Rückseite herumgekommen war. Er sah ebenso erschrocken aus wie Heinz, der hinter Karlo hervorkam.

»Was war das eben für ein Geschrei?«

»Das hätte schiefgehen können«, wiederholte Lothar mit seiner einmalig ruhigen Art, die sonst immer beruhigend wirkte, in diesem Fall aber Schauer über die Rücken der Zuhörer jagte.

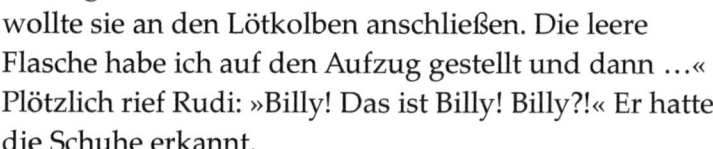

»Meine Gasflasche ist runtergefallen. Ich wollte sie an den Lötkolben anschließen. Die leere Flasche habe ich auf den Aufzug gestellt und dann …«

Plötzlich rief Rudi: »Billy! Das ist Billy! Billy?!« Er hatte die Schuhe erkannt.

Die Beine hinter dem Sandhaufen wackelten und

verschwanden. Für einen Augenblick war nichts als Sand zu sehen, dann waren gedämpfte Flüche zu hören, die immer lauter wurden, bis Billys Hut hinter dem Sand auftauchte.

»Nichts passiert!«

Die wohlbekannte Stimme signalisierte mehr Ärger als Schmerz oder dergleichen und die Spucke kehrte wieder in Huros Mund zurück.

Auch Rudi fand seine Fassung endgültig wieder. Sein Gesicht war auf gutem Weg die gewohnt rosige Farbe neuerlich anzunehmen. Kutte, der seine Gestellsäge im Frühstücksraum gespannt und geschärft hatte, kam mit verstört wirkendem Gesichtsausdruck auf das Gerüst geklettert und wollte wissen, was los war. Lothar stand noch an der Stelle auf dem Gerüst, von der aus ihm die Gasflasche abhandengekommen war.

»Lothars Gasflasche hat den Abflug gemacht. Ist aber nichts passiert«, erklärte Huro die Lage.

»Was? Er hat die Gasflasche fallen lassen?«

»Ja. Und die ist unten auf dem Sandhaufen gelandet. Nichts passiert«, bestätigte Huro.

»Ist das dein Ernst, Huro?«

»Ja doch. Es stimmt. Warum soll er sich so was ausdenken?«, griff Rudi ungeduldig ein.

»Mann, o Mann, da haben wir aber Schwein gehabt!«, befand Kutte erleichtert.

»Das kannst du laut sagen«, stimmten Heinz und Karlo gleichzeitig zu.

»Ich hab doch gestern erst gesagt: Bindet die scheiß Gasflaschen an!«, fuhr Kutte Lothar an, dessen Blick irgendwie ins Leere ging. »Hast du wenigstens die neue

Flasche festgemacht?«

»Jaaa. Ja!«, antwortete Lothar mehr abwesend als im Bild.

Inzwischen klopfte Billy den Sand aus seinen Sachen. Um der möglichen Explosion der Gasflasche zu entkommen, hatte er sich mit einem Sprung hinter den Sandhaufen gerettet, als er die Flasche fallen sah.

»Wir haben riesengroßen Schwein gehabt, dass nichts passiert ist! Die Flasche war voll«, stellte Karlo noch einmal erleichtert fest.

»Das hätte einen schönen Rumms geben können«, stimmte Heinz zu. Lothar löste sich vom Gerüst und sah Karlo, Heinz, Rudi, Huro und Kutte der Reihe nach mit einem langen Blick an.

»Ich geh runter und hole die Gasflasche«, teilte er noch etwas abwesend mit, doch schien er sich langsam wieder im Hier und Jetzt zu bewegen.

Der Sandhaufen, der die Gasflasche hatte weich landen lassen und ein Unglück verhindert hatte, war an diesem Morgen geliefert worden, weil der Sand, hinter dem Billy Deckung gesucht hatte, nicht für den Putz geeignet war, was sich einige Tage zuvor herausgestellt hatte. Zufälligerweise hatten die Maurer den rettenden Sand ziemlich weit unter das Gerüst kippen lassen.

Alles in allem eine Aneinanderreihung von wirklich glücklichen Zufällen.

Welchem Unglück alle tatsächlich entgangen waren, zeigte die Explosion einer ebenso großen Gasflasche eine Woche später auf einer Baustelle in der Innenstadt. Ein Dachklempner war mit den Kollegen zum Frühstück gegangen und hatte vergessen, seinen Lötkolben auszumachen. Das niemand verletzt wurde oder zu Tode gekommen war, war nur dem Umstand zu verdanken, dass sich die Explosion auf dem Dach ereignete, während die auf der Baustelle tätigen Dachdecker und Klempner samt den Maurern gerade beim Frühstück in der BAV saßen. So sind »nur« einige hundert Glasscheiben in einem Radius von zweihundert Metern kaputtgegangen.

Sturm

Kein Wölkchen am Himmel und die Sonne brannte nun schon seit Tagen erbarmungslos auf die Köpfe von Huro, Löffel und Thomas herunter.
Die Folgen waren verheerend, die Zunge klebte am Gaumen, der Schweiß lief größtenteils nicht mehr. Die Haut war an vielen Stellen überzogen von einer feinen Schicht Salz, die der verdunstende Schweiß zurückließ. Der einzige Schatten auf dem gut 5000 m² großen Hallendach des VEB Waggonbaus erzeugte ein lang gestrecktes Oberlicht. Viel blieb vom Schatten nicht, da die Sonne den Zenit fast erreicht hatte.
In diesem schmalen Streifen Schatten hatten sich Löffel und Thomas niedergelassen.
»Sag mal, wie viel Grad sind es denn heute schon wieder?«, wollte Löffel wissen.
»Ich kann's dir nicht sagen.« Thomas drehte ein Thermometer in den Händen. »Das Scheißding zeigt nur bis fünfzig Grad an.«

Das Gartenthermometer, das irgendeiner mitgebracht hatte, hatte auf der Dachfläche in der Sonne gelegen und stieß an die Grenze seiner Kapazität.

Die Oberfläche des Daches war so heiß, dass es schon bei kurzer Berührung zu Brandblasen kommen konnte. Die Luft hatte eine Temperatur an die vierzig Grad Celsius.

Die drei hatten die Aufgabe, das flach geneigte riesige Hallendach von mindestens fünf Lagen Teerpappe zu befreien. Das Dach bestand aus einer hölzernen Unterkonstruktion, welche eine Brettschalung trug, auf die wiederum die Teerpappe genagelt war. Die Halle war Anfang des 20. Jahrhunderts gebaut worden. Die Balken und die Bretter waren in einem guten Zustand, dank der vielen Lagen Bitumendachpappe. Immer wenn das Dach undicht geworden war, war eine neue Lage hinzugekommen.

Das machte das Dach im Laufe der Zeit derart schwer, dass es nun nicht mehr möglich war, die mal wieder fällig gewordene Reparatur mit einer weiteren Lage zu bewerkstelligen.

Die alten Lagen mussten runter.

Die Abstände zwischen den Pausen, welche die drei machten, wurden immer kürzer. Sie tranken ununterbrochen Mineralwasser, das fast augenblicklich als Schweiß auf der Haut erschien, um im nächsten

Moment zu verdunsten. Die Klamotten standen, Schweiß und Staub waren eine unheilige Verbindung eingegangen. Hemd und Hose klebten an den wenigen Körperstellen, an denen der Schweiß, trotz der Hitze, nicht sofort verdampfte. An eine lockere Unterhaltung während der Arbeit, wie sie in kühleren Zeiten bisweilen geführt wurde, war nicht zu denken.

Längst waren sie dazu übergegangen, sich möglichst aus dem Weg zu gehen. Ab dem Mittag sagte keiner mehr ein überflüssiges Wort. Jeder noch so kleine Grund reichte aus, um aus der Haut zu fahren. Es war eine Arbeit, die Leute machen sollten, die Vater und Mutter umgebracht oder sonst ein schweres Verbrechen auf dem Kerbholz hatten.

»Scheißhitze. Leg das Ding in den Schatten, bevor es platzt«, schnaufte Löffel schweißtriefend.

Thomas legte das Thermometer in den schmalen Streifen neben dem Oberlicht, der nicht der Sonne ausgesetzt war, wobei er bemerkte: »Heute sind immerhin die ersten Wolken der Woche am Himmel.«

»Ein Glück, ich habe schon gedacht, dass ich die mir nur eingebildet habe«, antwortete Löffel und fuhr müde fort: »Wäre kein Wunder bei der Sauhitze. Da wird dir das Gehirn weichgekocht.«

»Wenn vorhanden!«, ließ Huro hören, der ebenfalls versuchte, ein wenig Schatten abzubekommen.

»Wenn vorhanden«, wiederholte Thomas lustlos.

»Huro, holst du Mineralwasser vom Kiosk?«, fragte Löffel in einem Ton, der einer Aufforderung gleichkam.

Huro erhob sich mühsam und machte sich auf den Weg. Die beiden anderen blieben im Schatten und warteten schweigend auf die Erfrischung, bis ein scharfer Pfiff sie zum Aufstehen zwang.

»Das ist Huro. Sieh mal nach, was los ist.«

Thomas ging zur Leiter, um festzustellen, wo der Nachschub an Mineralwasser blieb.

»Der Kiosk hat zu«, ließ Huro von unten wissen.

»Hast du gehört, Löffel? Das Kabuff ist zu. So ein Scheißdreck! Was sollen wir denn saufen? In einer halben Stunde bin ich verdurstet. Mein Mund ist jetzt schon staubtrocken.«

»Wir fahren in die BAV.«

Die Aussicht auf mittelkühle Räume und Mineralwasser ohne Ende ließ Thomas und Löffel die Hitze vorübergehend vergessen und ihre Lethargie fiel von ihnen ab. Flink wie die Eichhörnchen kletterten sie die Stahlleiter runter. Huro hatte es sich schon auf der Ladefläche des grauen UAZ bequem gemacht. Während der Fahrt beobachtete er die Wolken, die immer dichter zu werden schienen. Noch waren es einzelne Wolken, aber am Horizont zeichneten sich immer dunkler werdende Wolkengebirge ab. Es schien sich etwas Größeres zusammenzubrauen. Sofort fiel Huro Atze ein, der gesagt hätte: »Jungs, da kommt 'ne Wand!« Was sein wiederkehrender Ausruf war, wenn Regenwolken auftauchten. Woraufhin er immer sofort verschwand, um schon mal ein Pilsener aufzumachen. Wie es schien, war erfrischender Regen im Anmarsch, auf den die ganze Stadt schon lange gewartet hatte. Das Mittagessen in der BAV geriet mehr zum Mittagtrinken. Währenddessen verdunkelte sich der Himmel, weshalb die Lichter in der BAV angeschmissen wurden.

»Sag mal. Was ist denn da draußen los?«, konnte Thomas angesichts der aufgezogenen, beängstigenden Finsternis gerade noch fragen, bevor ein ausgewachsener Gewitterguss mit dem dazugehörigen Getöse herunterging. Die Hagelkörner, die auf dem Wellblechdach der BAV landeten, waren gut und gerne so groß wie Kirschen und machten einen Lärm, der jegliche Unterhaltung unmöglich machte. Das Unwetter endete so schnell, wie es begonnen hatte. Der Regen war vorbei und die Hagelkörner, die überall herumlagen, begannen sich in Wasser zu verwandeln. Die zum Teil durch Eiskörner verstopften Gullys konnten die Wassermassen nicht vollständig fassen, wodurch die Straßen immer noch unter Wasser standen, als sie die BAV verließen.

»Immerhin ist die Temperatur jetzt sehr viel angenehmer. Das war ja mal ein Regenguss. Da bekommt doch der Spruch ›Es schüttet wie aus Badewannen‹ eine ganz neue Bedeutung«, stellte Löffel fest.

»Nicht gleich Badewannen. Es hat geschüttet wie aus Eimern«, widersprach Thomas.

»Aber ihr denkt jetzt nicht, dass ich mich hinten auf die Ladefläche setze«, unterbrach Huro den tiefsinnigen Disput über die richtige Bezeichnung des Unwetters. Auf der Ladefläche des UAZ lag eine zwanzig Zentimeter hohe Schicht Hagelkörner, die dabei war, aufzutauen.

»So, warum denn nicht? Bis wir da sind, ist die Ladefläche frei.« Die Antwort von Löffel kam prompt.

»Na, dann setz du dich doch hinten drauf«, gab Huro zurück.

»Gern und wer fährt?«, antwortete Löffel mit einem schrägen Lächeln.

»Mist.« Huro wollte sich auf die Ladefläche schwingen, wobei ihm verschiedene Möglichkeiten durch den Kopf gingen, wie er es Löffel heimzahlen könnte.

»Schon gut! Du kannst auf dem Deckel vom Motor sitzen. Bis zur Baustelle wird es schon gehen. Die Bullen haben andere Sorgen«, lenkte Löffel lachend ein. »War nur ein kleiner Witz.«

Vorn im Fahrerhaus des UAZ, zwischen dem Fahrer und dem Beifahrersitz, gab es eine Motorhaube, die hin und wieder, gegen jegliche Verordnung, als dritter Sitz genutzt wurde.

Schöner Witz, ging es Huro durch den Kopf. *Ein ganz kleiner Witz. Aber mir wird schon auch mal ein kleiner Witz einfallen. Ein wirklich ganz kleiner …*

Der Weg zur Baustelle war nicht lang. Kurz bevor sie den VEB Waggonbau erreichten, mussten sie einen Bahnübergang überqueren, dessen Schranken immer, wenn sie dort ankamen und sie passieren wollten, geschlossen waren – so auch dieses Mal.

Während dieses erzwungenen Halts sahen die drei sich um und staunten über das Bild, das sich ihnen bot. Papierkörbe waren umgeworfen worden, der Inhalt über die Straße verteilt. Auf dem Bahnsteig des kleinen Bahnhofs neben der Straße waren große Blumenkübel umgefallen, die Pflanzen zerfetzt, in den letzten Böen des Windes tänzelten zwei, drei herrenlose, völlig zerfledderte Regenschirme. Die Straßenbahnhaltestelle hatte einen Knick im Dach. Ein riesiger Ast war darauf gefallen, der inzwischen daneben lag. Bäume, deren Kronen zerzaust aussahen, als wären sie in einen Mähdrescher geraten.

»Komisch. Was is'n hier passiert?«, fragte Huro laut in die Runde.

»Bis hierher war die Straße nur nass und voller Eis, das auftaut«, stellte Thomas fest.

»Stimmt, umgeworfener Müll ist mir bis jetzt auch nicht aufgefallen«, sagte Löffel.

»Mir auch nicht. Hier hat wohl ein bisschen Wind geweht«, bestätigte Thomas den Eindruck.

»Bisschen?! Wohl eher ein ausgewachsener Sturm«, widersprach Löffel.

»Geht das schon wieder los?!«, rief Huro auf seiner Motorhaube genervt. Er wollte, so schnell es ging, runter von dem Ding. Die Volkspolizisten waren nicht dafür bekannt, ein Auge zuzudrücken, wenn es um missbräuchliche Benutzung der Motorhaube ging.

Als die Schranken sich hoben, fuhren sie mit gemischten Gefühlen die letzten zweihundert Meter bis zum Werkstor. Als sie in den VEB Waggonbau einbogen, fanden sie den Kiosk, der auf einer Art kleinem Hof gestanden hatte und an dem Huro vor einer Stunde noch versucht hatte, Limonade zu kaufen, zerlegt in seine Einzelteile vor. Das Wellblechdach, fünf mal sechs Meter, fand sich, wie von der Hand eines Riesen zusammengeknüllt, verkeilt in einer Gasse zwischen zwei Werkhallen. Die Holzwände des Kiosks waren nach allen vier Seiten aufgeklappt wie die Blütenblätter einer überdimensionalen Blume. Die Fenster allesamt

200

zerschlagen, leere und volle Limonadenkästen, Flaschen, Zigarettenschachteln, ein Stuhl, ein Tisch, dem die Beine abhandengekommen waren, Papierzettel und Tüten mit Süßigkeiten in allen Farben in alle Richtungen verteilt. Die Tür steckte, wie ein surreales Kunstwerk, bis zur Klinke in einem der großen Fenster einer gegenüberliegenden Werkhalle. Überall waren Arbeiter damit beschäftigt, die Ordnung wieder ein wenig herzustellen und die Trümmer zusammenzukehren.

Je näher sie der Werkhalle, deren Dach sie bearbeiteten, kamen, desto langsamer fuhr Löffel. Angekommen und wieder oben auf dem Dach verschlug es allen dreien die Sprache. Die Hälfte des Daches war nur noch die blanke Holzschalung. Die gesamte neu verlegte Dachpappe hatte sich aus dem Staub gemacht. Einige wenige Fetzen hingen in den Bäumen einige Meter außerhalb des Betriebsgeländes. Die alte Pappe war, wie um sie zu verhöhnen, liegen geblieben und glänzte regennass in der Sonne, welche dabei war, die letzten Wolken zu vertreiben. Das Herz sank ihnen in die Kniekehle. Viele, viele Liter Wasser mussten in die Halle gelaufen sein.

»Scheiße! Was war denn hier nur los?« Löffel fand seine Stimme wieder.

»Wind …«

»Quatsch kein Blech, Huro. Das war ein ausgewachsener Sturm …«

»Das war eine Windhose. Ich hab so was schon mal gesehen«, setzte Thomas fort.

»Wo?«, wollte Löffel wissen.

»Im Fernsehen«, antwortete Thomas, der wie hypnotisiert auf die blanken Bretter des Daches starrte.

»Kann sein, kann nicht sein. Viel wichtiger ist doch: Wo das ganze Wasser hin ist …«, stellte Löffel klar.

»Wasser?!«, fragte Thomas nach.

»Wasser! In die Bude muss ein ganzer Teich reingelaufen sein!«, war Löffel sicher.

»Na und?« Huro fand nichts an Regenwassermassen im Gebäude.

»Na und? Biste irre, Huro? Da stehen teure Maschinen drin. Wenn die was abbekommen haben, dann …«, erwiderte Löffel ungehalten.

»Dann sind sie kaputt«, setzte Huro nonchalant fort.

»Schön, dass Huro wenigstens lachen kann! Wenn die neuen Maschinen im Arsch sind, können wir uns eine Pfeife anbrennen.« Löffel stöhnte, wobei er sich an den Kopf griff.

»Ach was, die sind doch nicht neu. Oder?!« Thomas erwachte aus seiner Schockstarre.

»Wenn ich das richtig verstanden habe, sind die sogar frisch vom Klassenfeind geliefert worden. Ich fürchte, da reichen unsere Löhne nicht. Die paar Piepen, die Huro heimschleppt, schon gar nicht! Wir können nur hoffen, dass es nicht so schlimm gekommen ist, wie es aussieht!« Löffels düstere Prognose legte sich über die Stimmung der drei und betretenes Schweigen machte sich breit.

Plötzlich platzte Löffel mit »Alles nicht so schlimm!« heraus. Dabei sah er so zufrieden aus, als hätte er herausgefunden, wie er aus Blei Gold machen konnte.

»Geht uns alles nix an!«, stellte er fest.

»Wieso nicht?« Thomas stand auf der Leitung.

»Wer hat die neue Pappe auf das Dach genagelt?«

»Die Betriebshandwerker!« Thomas war sich sicher.

»Genau! Habt ihr ein Brett vorm Kopf?«

»Nöö!«, antworteten Huro und Thomas wie aus einem Mund.

»Gut! Also das Nageleisen muss ich nicht holen? Noch mal: Die Betriebshandwerker haben doch die neue Pappe festgenagelt. Oder nicht?«

»Ja sicher. Aber was hat das damit zu tun, dass der Bunker abgesoffen ist?«, wollte Huro wissen.

»Nix. Aber wenn dann die Pappe fortfliegt, ist wer schuld?!«

»Nun sag es schon! Du gehst mir auf den Sack mit deinen beknackten Ratespielen, Löffel«, schimpfte Thomas.

»Die Betriebshandwerker!«, antwortete Löffel triumphierend.

»Ach so! Ja klar. Die Betriebssäcke haben die Pappe nicht ordentlich festgemacht. Der Mist hat den Abflug gemacht …« Jetzt fiel es Thomas auf.

»Und wir haben nichts damit zu tun«, vollendete Huro.

»Ganz genau so ist es! Wurde aber auch Zeit.« Löffel war zufrieden.

Das Dach mit der ersten Lage neuer Russendachpappe zu schließen, hatten die Betriebshandwerker übernommen, somit lag auch die Verantwortung für mögliche Wassereinbrüche bei Regenwetter bei ihnen. Eine nicht unübliche Vorgehensweise von Arbeitsteilung. Wenn es den Handwerkern, in diesem Fall den Dachdeckern, an Personal mangelte, wurden Betriebshandwerker als Hilfe zur Verfügung gestellt. Meister Gebauer hatte dieses Angebot des VEB

Waggonbaus gern angenommen. In diesem besonderen Fall war auch noch Eile geboten, da die Partei Druck gemacht hatte. Die neue Produktionsstraße für den Wartburg musste noch in diesem Sommer fertig werden. Da die Maschinen der Halle im Zuge der Umbauten erneuert wurden und die meisten noch nicht an Ort und Stelle montiert waren, war der Schaden relativ klein. Nur einen Schaltkasten hatte es getroffen. Er war voll Wasser gelaufen. Allerdings hatte es dessen Wiederherstellung in sich, da sie eine fünfstellige Summe kostete. Wie sich herausstellte, hatten die Betriebshandwerker tatsächlich an Pappnägeln gespart. Allerdings hätten mehr Pappnägel wohl auch nicht verhindern können, dass die Dachpappe heruntergerissen worden wäre. Offensichtlich hatte sich eine Windhose ausgetobt, die nicht in andere Teile der Stadt vorgedrungen war.

Wenige Tage nach dem Wettermalheur – die Temperaturen hatten sich wieder, wie es sich für einen anständigen Sommertag gehörte, auf ein Niveau um die fünfundzwanzig Grad Celsius eingepegelt – war Huro mit einer Schubkarre voller alter, abgebrochener Dachpappe Richtung Traufe unterwegs.
Der Schutt musste runter in den Container.
Plötzlich knackte es unüberhörbar laut unter ihm.
Instinktiv ließ er seine Last los und machte einen schnellen Schritt zurück.
»Die Schalung!«, stellte er erschrocken fest.
»Scheiße, Huro! Die Schalung ist eingebrochen.« Löffel war erleichtert und verschreckt zugleich.

Thomas kam, um zu sehen, was los war.

»Was soll das? Ist doch noch nicht Feierabend.«

»So gut scheint die Schalung doch nicht. Ein scheißaltes Brett ist eingebrochen«, stellte Huro mit weichen Knien fest.

»Sei froh, dass nur ein Brett zerflogen ist! Außerdem hast du es mit der Ladung übertrieben! Zwei, drei Platten weniger und es wäre nix passiert«, befand Thomas.

»Es wäre jedenfalls nur eine kurze Flugstunde geworden! Zehn Meter und unten ist Betonboden. Den hättest du nicht durchschlagen«, rechnete Löffel vor.

»Und wir hätten ihn aufkehren müssen«, stimmte Thomas flapsig zu.

Huro genoss den Zuspruch der Kollegen. Mit vereinten Kräften hoben sie die Schubkarre aus dem Loch, nachdem sie einen großen Teil der Ladung abgeladen und auf sicherem Terrain verstaut hatten.

Die alte Dachpappe musste beim Abbruch in möglichst handliche Stücke zerlegt werden. Bevor die Dachpappe mit Spaten von der Schalung, auf die sie mit kurzen Nägeln genagelt war, abgehebelt werden konnte, musste die Pappe in transportfähige Stücke zerhackt werden, was Huro, abwechselnd mit den Kollegen, mit einer Axt bewerkstelligte. Eine äußerst unbeliebte Arbeit, weil sie extrem in die Arme ging.

Die Axt durchdrang kaum zwei, drei Schichten der alten Dachpappe und prallte bei jedem Schlag zurück, wobei der ganze Körper die entstehenden Vibrationen abfing – ein Gefühl, das bis in die Fußspitzen vordrang. Je mehr Schichten, umso öfter musste die Axt geschwungen werden. Je kleiner die Stücke, desto leichter und besser

205

ließen sie sich fortbewegen. Je größer die Stücke, umso unhandlicher und schwerer das Ganze, aber weniger Arbeit mit der Axt.

»Okay, Huro. Du kehrst erst mal die Dachfläche ab. Und wir sehen mal, ob wir noch mehr von den morschen Brettern finden. Und sieh zu, dass du immer auf den Sparren bleibst mit deinen Quadratlatschen.«

»Darauf kannst du wetten, Löffel!«

Für heute ist es genug, dachte Huro. Laut sagte er: »Ein Glück, dass die Schalung geschrumpft ist. So kann ich immerhin die Nagelköpfe sehen. Dort muss schließlich der verdammte Sparren sein. Manchmal kann ich gar durch die Fugen den Sparren erkennen.«

»Da weißt du ja, wo du hintreten kannst, ohne durchzukrachen«, bestätigte Löffel mürrisch.

Das Gefühl der Sicherheit auf dem Dach war verloren. Auch Löffel und Thomas behielten die Sparren sorgsam im Auge und vermieden es, zwischen den Balken auf die Bretter zu treten.

Es verging eine halbe Stunde, als das leichte Vibrieren der stählernen Leiter, die auf das Dach führte, Besuch ankündigte. Ein junger Herr, nicht viel älter als Löffel und gekleidet in feinen Faden, kam auf das Dach. Lächelnd marschierte er zielstrebig auf Löffel zu. Das kleine, ovale Abzeichen am Kragen seiner schmucken Anzugjacke wies ihn als Mitglied der SED aus. Löffel, aufmerksam geworden auf die unerwartete Visite, ging zwei Schritte auf den Mann zu, wobei er die Hand ausstreckte. Gerade hatte der Fremde Löffel erreicht und seinerseits die Hand ausgestreckt, knackte es vernehmlich und der Genosse versank mit einem Bein im Dach.

Löffel griff beherzt zu und konnte den kreidebleichen Mann stabilisieren. Vorsichtig entstieg dieser der Falle, wobei Löffel ihn ruhig und sachlich anwies, wohin er treten sollte, um sicheren Stand zu finden.

Der Herr schnappte hörbar nach Luft und arbeitete minutenlang daran, sich einzukriegen.

»Es tut mir leid, Herr … Die Bretter sind zum Teil etwas morsch. Wenn Sie auf den Sparren bleiben, kann aber nichts passieren.«

»Mein Name ist Herr F.«, antwortete der Besucher atemlos. »Ich habe es gemerkt.« Langsam kam wieder etwas Farbe in sein Gesicht. »Könnten Sie für eine Stunde Ihre Arbeit unterbrechen? Wenn Sie hier oben arbeiten, rieselt eine Menge Dreck durch die Ritzen!«

»Ja, selbstverständlich. Das ist kein Problem. Was machen Sie denn dort unten?«

»Heute bereiten wir die Einweihung der neuen Taktstraße vor. Hier sollen die neuen Wartburgs montiert werden. Morgen soll der erste Wartburg produziert werden. Dazu wird es eine Ansprache vom

Genossen L. vom Rat des Bezirkes geben. Da muss alles funktionieren. Deshalb machen wir heute einen Probelauf.«

»Gut, also, das heißt, morgen können wir auch nichts machen?«, wollte Löffel wissen.

»Wollten Sie am Samstag arbeiten?«

»Ach ja, morgen ist Samstag. Das habe ich ganz vergessen.«

»Gut! Also, Sie wissen Bescheid, in einer Stunde können Sie weitermachen. Wie komme ich wieder sicher runter?«

»Treten Sie hier hin und hier und dort. Thomas, zeig dem Herrn mal, wie er heil runterkommt.«

Thomas tat wie ihm geheißen und führte eine Art Ballett auf, indem er sich nur auf den Sparren bewegte.

Der Genosse F. tat es ihm sorgfältig nach, erreichte wohlbehalten die Leiter und verschwand.

»Ihr habt es gehört. Wir machen eine Pause. Die Genossen werden sonst schmutzig«, verkündete Löffel süffisant.

»Oh, das geht natürlich nicht. Andererseits wäre es das erste Mal, dass sie sich an der Arbeit schmutzig machen würden«, bestätigte Huro.

»Huro! Das kannst du so nicht sagen.«

»Dann sag ich es«, entfuhr es Thomas.

»Soso! Dann werde ich dem Genossen Meister Gebauer mitteilen müssen, dass du über seine Genossen gelästert hast.« Löffel lachte.

»Was heißt gelästert? Er hat nur die Wahrheit gesagt«, bestätigte Thomas mit Nachdruck.

»Das ist es doch. Die Wahrheit will keiner wissen«,

beruhigte Löffel.

»Ich schon. Die haben in ihrem Leben noch nicht einen Handschlag gemacht und wollen andere anleiten.«

Thomas ließ sich nicht beirren.

»Logo, nach dem Motto: Wo ist das Klavier? Ich trag die Noten.« Huro konnte sich nicht verkneifen, zuzustimmen. »Hier! Guckt sie euch an, unsere Genossen und Helden der Arbeit.«

Huro zeigte auf ein Astloch. Unter ihnen waren drei oder vier Arbeiter, die Blut und Wasser schwitzten, während sie die Funktionstüchtigkeit der Maschinen unter Beweis stellten, umstanden von fünfzehn bis zwanzig Menschen in Nadelstreifen und feinem Zwirn, die mit wichtigen Mienen diese Bemühungen verfolgten.

Schindeln

Bitumenschindeln auf das Dach zu nageln, war eine Arbeit, die leicht von der Hand ging, und vor allem eine Tätigkeit, die Huro schon öfter erfolgreich ausgeführt hatte.

Warum der beknackte Klempner neben ihm auf dem Gerüst so enervierend lachte, erschloss sich Huro nicht. Bernd und Jockel hatten sich aus dem Staub gemacht. Das hieß, der Meister Gebauer hatte sie irgendwo anders hingeschickt. Um die Kundschaft zu beruhigen, wie Huro annahm. Er war erst ein Dreivierteljahr dabei, aber er hatte schon mitbekommen, dass es viel zu viel zu tun gab und der Meister seine Leute hin und her jonglierte,

um die ein oder anderen ungeduldigen Kunden zu
beruhigen.

Die drei hatten eigentlich die Aufgabe, das Dach des
städtischen Hallenbades zu sanieren. In Ermangelung
eines Besseren wurden auf einigen Mansardenflächen
Bitumenschindeln genagelt. Der Denkmalschutz hatte
zähneknirschend zugestimmt. Bei der Wahl
zwischen ›erhalten mit unpassendem Material‹
oder ›verfallen während der Wartezeit auf passenderes
Material‹ hatten sie mithin für die Erhaltung gestimmt.
Das Gebäude stammte aus der Zeit des Jugendstils und
war sinnreich angelegt.

Es gab dort ein kleines Schwimmbecken, in dem alle
Schüler der Stadt und der Umgebung das Schwimmen
erlernten. Huro hatte natürlich auch dazugehört. Es
hatte ihm Spaß gemacht, dort zu schwimmen. Noch
mehr allerdings ließ er sich als kleiner Junge von dem
riesigen Rohr beeindrucken, welches zwecks
Haartrocknung an verschiedenen dafür vorgesehenen
Stellen einen unglaublich warmen und starken
Luftstrom ausspie. Diese Abzweige waren sinnigerweise
drehbar montiert. Standen sie senkrecht nach oben, kam
keine Luft raus, wurden sie jedoch nach unten gedreht,
kam aus ihnen der Atem der Sahara. Die im Zuge der
Sanierung installierten elektrischen Heizlüfter hatten
längst nicht den Charme dieser Konstruktion und schon
lange nicht die Effektivität – vom Spaß ganz zu
schweigen, den es machte, nebeneinander mit wehenden
Haaren zu stehen.

Außerdem verfügte das Stadtbad über eine römische
Sauna und über eine ganze Reihe Badewannen, die in

einzelnen Kabinen standen. Dass diese Badewannen gemietet werden konnten, um darin in aller Ruhe ein Bad zu nehmen, hatte Huro, erst nachdem er die Schule hinter sich gelassen hatte, herausgefunden. Woher sollte er wissen, dass es Anfang des letzten Jahrhunderts längst nicht in jeder Wohnung ein eigenes Bad gegeben hatte.

Für ihn und seine Kollegen war im Heizhaus ein Plätzchen freigemacht worden, wo sie gemeinsam mit den beiden Heizern ihre Frühstücksstullen aßen und Mittagspause machten.

Das Heizhaus stand einige Meter hinter dem Stadtbad. Es stammte aus der Zeit, als das Hallenbad erbaut wurde, und verfügte über einen hohen, aus unzähligen Backsteinen gemauerten Schornstein. Huro hatte noch nie so einen großen Ofen gesehen, der von oben mit Kohlen bestückt werden musste. Einer der Heizer füllte in regelmäßigen Abständen einen riesenhaften zweirädrigen, eisernen Karren mit Kohlen und Koks, fuhr das Ding auf einer Art Schiene über die Luke des Ofens, die der zweite Heizer öffnete. Dann wurde eine sinnreiche Klappe am Boden des Eisenkarrens geöffnet und die Kohlen kullerten durch den offenen Schlund in die Glut. Wenn die Heizer nicht mit dem Ofen oder mit dem Schippen von gewaltigen Bergen Kohlen, die alle paar Tage neu geliefert wurden und die ins Trockene mussten, beschäftigt waren, kümmerten sie sich um ein unglaublich großes Aquarium, das sie sich in den Keller gebaut hatten. Hinter riesigen Scheiben tummelten sich unzählige Fische in den buntesten Farben.

Huro fand es sehr angenehm und interessant bei den

Heizern seine Zeit zu vertrödeln, während er den Erinnerungen an seine ersten Schwimmstunden nachhing, den Fischen beim Schwimmen zu zusah oder die Heizer beobachtete wie sie im Schweiß ihres Angesichts den riesen Schlund des Ofens unermüdliche mit Kohlen fütterten, doch er musste sich losreißen die Arbeiten machte sich nicht von allein. Bernd und Jockel würden auch nicht besonders erheitert sein, wenn er nicht das ihm aufgetragene Pensum schaffte.

Die Sanierung des Daches hieß, dass die kaputten Ziegeln ausgetauscht und vor allem die Zinkeinfassungen und Dachrinnen erneuert wurden. Die gesamte Fläche mit neuen Ziegeln umzudecken, kam aus Gründen des Denkmalschutzes nicht infrage. Bernd, Jockel und Huro hatten die Aufgabe, die Dacharbeiten vorzunehmen, und eine Klempnerfirma kümmerte sich um die Dachrinnen, Wandwinkel und sonstigen Einfassungen aus Zinkblech.
In dem Dach gab es viele Gauben und Erker, deren Wände und Dächer mit Bitumenschindeln eingedeckt wurden.
Bevor sie im Auftrag des Meisters losgezogen waren, hatten Jockel und Bernd Huro angewiesen, das Dach einer dieser Gauben, ein rundes Exemplar, mit Schindeln einzudecken. Schließlich sollte er inzwischen wissen, wie es ging. Der Klempner ging ganz in der Nähe dieser Gaube seiner Arbeit nach. Huro war bis dahin gut mit seinen Schindeln vorangekommen. In das in der BAV organisierte Pappmesser hatte er einen Haken schleifen lassen, es funktionierte hervorragend.

Nun war Huro mit den Schindeln oben am Gaubenfirst angekommen und er machte weiter, ohne die Arbeit zu unterbrechen. Der Klempner hatte das gesehen und nachdem er kurz gestutzt hatte, war er in das Lachen ausgebrochen, das Huro inzwischen ganz schön auf die Nerven ging. Vor allem, weil er den Grund für die außergewöhnlich gute Laune des Klempners nicht kannte. Er zermarterte sich das Hirn und kam doch nicht darauf, warum der Kerl so lachen musste. Der Klempner, der die Ratlosigkeit auf Huros Gesicht ablas, ließ sich zu einer Äußerung herab.

Lachend bemerkte er:

»Guck mal genau hin, was du da machst!«

Natürlich sah Huro immer genau hin, was er tat. Es war für seine Finger viel zu gefährlich, es nicht zu tun, wenn er mit Hammer und Nägeln arbeitete.

Was meinte der Klempner bloß?

»Du nagelst die Schindeln falsch herum!«

»Wieso?« Huro kapierte nichts.

»Wie hast du angefangen? Von unten nach oben?«

»Na ja, logisch.«

»Logisch! Warum?«

»Na ja?« Huro war immer noch begriffsstutzig.

»Warum nagelst du die Schindeln nicht von oben nach unten? Damit das Wasser nicht drunterlaufen kann,

213

richtig?«

»Ja, ja«, stotterte Huro.

»Und warum tust du's jetzt?«

»Mach ich doch gar nicht«, stritt Huro ab. Woher sollte der Klempner wissen, wie es gemacht werden musste?

»Na, dann ist es ja gut.« Der Klempner lachte unverhohlen laut auf und machte mit seiner Arbeit weiter.

Huro sah sich noch mal sein Machwerk an. Trotz alledem war sich Huro doch nicht so ganz sicher. Vielleicht hatte der Klempner ja doch schon mal gesehen … Könnte ja sein. Bernd und Jockel hatten ihm genau gezeigt, wie es mit den Bitumenschindeln ging und er hatte es schnell verstanden – eine Schindel über der anderen festnageln und dann die nächste. Da konnte doch gar nichts schiefgehen, oder …?

Verunsichert ging Huro die fertige Fläche Schindel für Schindel durch. Da fiel der Groschen.

Er hatte die Schindeln einfach weiter eingedeckt, sozusagen Dach hoch und Dach runter über die gerundete Dachfläche abwärts. Die Schindeln lagen auf der ersten Seite richtig, eine über der anderen. Über der Rundung hinweg lagen sie dann verkehrt, die eine unter der anderen, sodass der Regen darunterlaufen würde. Er hätte einfach auf der zweiten Seite neu anfangen müssen, eine Schindel über die andere zu nageln. In der Mitte der Rundung, ganz oben auf dem Gaubendach, hätte er einen First ausbilden müssen, der beide Seiten überdeckt.

Das haben die Blödmänner mir aber so gar nicht gesagt, fuhr es Huro durch den Kopf. Dann begann er mit dem

Abriss der fehlgeleiteten Schindeln, wobei er inständig hoffte, dass Jockel und Bernd noch nicht so bald zurückkommen würden.

Bis Jockels »Was machst du denn da?«, den letzten Funken von Huros Hoffnung verlöschen ließ, sein Missgeschick geheim halten zu können.

»Ich reiße die Schindeln wieder ab«, antwortete er kleinlaut.

»Warum das denn?«

»Ich habe zwei, drei Stück zu viel …«

»Ach, ich sehe schon. Du hast die Schindeln falsch herum eingedeckt. Bernd, guck dir das an! Du hast dem Stift nicht richtig erklärt, wie er die Schindeln nageln soll!«

Der lachte nur. *Ein Glück, dass der Klempner wenigstens schon weg ist*, dachte Huro und war sich nicht darüber klar, dass er das heitere Frühstücksthema für den nächsten Tag in der BAV geliefert hatte.

Dispatcher

Der Doktor, Karlo und Heinz hatten eine neue Baustelle begonnen. In den technischen Werkstätten ging es wieder einmal darum, die Flachdächer zu streichen. Sie hatten vom technischen Leiter des Betriebes einen Kellerraum zugewiesen bekommen, in dem sie sich umziehen konnten und ihr Werkzeug lagerten.

In sozialistischen Betrieben gab es einen sehr interessanten Beruf: Technischer Leiter. So, wie der

Dispatcher den Ablauf der Produktion am Laufen halten musste, war der Technische Leiter verantwortlich für alles, was die Gebäude im Betrieb anging. Dachreparaturen, Erneuerung der Fenster, alles, was mit der Erhaltung der Gebäude zu tun haben könnte und ganz vereinzelt auch mal mit dem Neubau der ein oder anderen Produktionsstätte. Diese verantwortungsvolle Position konnte sehr einflussreich sein, je nachdem, was der Betrieb herstellte. Meister Gebauer hatte zu dem Technischen Leiter der technischen Werkstätten in G. gute Verbindungen.

Dieser Mensch hörte auf den Namen Krawallo.

Vermutlich nicht sein richtiger Name. Da Karlo mit ihm in einer engen Beziehung stand, die sich auf den Austausch von kleinen und größeren Gefallen erstreckte, deren Inhalt Huro allerdings verborgen blieb, hatte Huro schon von ihm gehört.

Der Meister hatte extra für die Dächer von Krawallo einige Kannen – die Behälter fassten dreißig Liter und sahen wie Milchkannen aus – mit einem neuen Bitumenanstrich frei gelenkt, der Aluminiumpigmente enthielt.

Das Dach sollte silbern schimmern und somit die Sonneneinstrahlung reflektieren, um die Hitze zu reduzieren. Schöner neuer und teurer Stoff.

»Was is'n das für ein Mist?! Ich denk, das ist silbern?«, raunzte Karlo, nachdem er den ersten halben Eimer auf der Dachpappe verstrichen hatte. »Das Mistzeug ist doch braun! Oder bin ich farbenblind?«

»Sieht aus wie Babyscheiße«, pflichtete ihm Heinz bei.

»Na! Mal sehen …«

Karlo machte lustlos weiter. Er hatte mit einem gewissen Enthusiasmus angefangen, der recht schnell verflogen war.

»Von wegen neuer Anstrich, silbern und so …«, murmelte er ganz und gar nicht begeistert.

»Neumodischer Kram«, befand Heinz.

Karlo verteilte den Bitumenanstrich mit einem, in den technischen Werkstätten gebastelten Werkzeug auf dem Dach. Er schob die flüssige Masse über die Oberfläche. Das funktionierte wie bei einem Scheibenwischer. Dafür nutzte er ein elastisches Stück Gummi, eingespannt in eine Metallschienenkonstruktion, einen Meter breit, versehen mit einem hölzernen Stiel.

Heinz goss die zweite Hälfte Anstrich aus dem Eimer aus und Karlo setzte seine Arbeit fort. Schnell war der Anstrich verteilt und sah immer noch eher hellbraun als silbrig aus.

»Hm. Das wird nicht silbern?! Was hat dir der Alte heute früh gesagt wegen dem Anstrich?«, wollte Karlo von Heinz wissen.

»Der war nicht da. Ich habe nur Hanna getroffen und die hat gesagt: Fragen Sie meinen Mann.«

Hanna war die Frau des Meisters. Eine Frau in den Sechzigern, deren Jugendlichkeit längst verblasst und einer würdevollen Schönheit gewichen war. Sie machte die Lohnabrechnungen, kümmerte sich um die Steuern und all die Sachen, die im Büro getan werden mussten, um den Laden am Laufen zu halten. Sie genoss den absoluten Respekt aller Firmenmitglieder, den des Meisters eingeschlossen.

»Doktor! Steht irgendwas auf den Töpfen drauf?«

Sie hatten den großen Vorteil, dass die benötigten Kannen mit dem Anstrich schon auf dem Dach standen. Das hatte Krawallo mithilfe eines im Betrieb vorhandenen Autokrans arrangiert. Auf den Etiketten der Kannen war nur ein Hinweis zu finden, dass der Inhalt nicht dem Grundwasser zuträglich sei und dass er sehr schnell anbrennen konnte, weshalb in der Nähe nicht geraucht werden sollte.

Sicherheitshalber las der Doktor ein zweites Mal den ganzen Sermon.

»Hier steht nichts wegen der Farbe. Nur das Übliche halt: Nicht rauchen, nicht zum Trinken und so weiter und so fort.«

»Hm. Teuer das Zeug, aber für eine anständige Beschreibung hat es nicht gereicht«, konstatierte Karlo.

»Schöne Scheiße! Wie wird denn der Mist nun silbern?«, schloss sich Heinz an.

Heinz hatte es übernommen, den Rand der noch nicht gestrichenen Fläche mit der Teerbürste anzustreichen. Die Ränder wurden besser mit dem Besen gestrichen. Dazu nutzte er eine Teerbürste – eine Bürste mit Besenstiel, deren Borsten aus Pflanzenfasern bestanden, die bei der Berührung mit heißem Teer nicht wegschmolzen wie Eis in der Sonne. Damit wurde auch der kalte Anstrich verarbeitet.

Karlo schob unverdrossen mit dem etwa einen Meter breiten Schieber die Farbe breit. Der Anstrich verteilte sich genauso gut wie beim Streichen mit der Bürste, aber es ging viel schneller vonstatten. Heinz, der nur einen schmalen Streifen am Rand mit der Bürste strich, war zügig vorwärtsgekommen. Karlo folgte ihm und schob große Flächen zu.

»Ich traue dem neumodischen Zeug nicht über den Weg«, stellte Karlo fest und unterbrach seine Arbeit. »Kostet ein Haufen Geld und soll besser sein als der alte schwarze Mist. Das glaubt doch kein Mensch.«

»Stimmt schon, Karlo, vielleicht ist das Zeug aber auch besser. Ich kann mir vorstellen, wenn es wirklich silbern wird, dann wird das Dach im Sommer nicht so heiß und die Dachpappe hält länger«, gab Heinz zu bedenken.

»Doktor, was sagst du dazu?«, wollte Karlo wissen.

»Ich habe keine Ahnung. Wenn die Farbe wirklich heller wird, warum soll es nicht länger halten?«

Karlo gab eine Zigarette aus.

»Andererseits kann es auch nur ein schöner Werbegag sein. Ein bisschen Alu rein und den Preis verdoppelt. Sieht besser aus und hilft nix. In zwei Jahren stehen wir wieder hier und streichen das Dach«, orakelte der Doktor mit der Zigarette in der Hand.

»Dafür müssten wir aber erst mal die Farbe rauskitzeln. Bis jetzt ist von der schönen neuen Silberfarbe nicht viel zu sehen«, wandte Karlo ein.

»Na, dann wollen wir mal …«, schlug Heinz vor und warf den Rest seines Glimmstängels weg.

»Nicht ganz so schnell. Lass uns erst mal in Ruhe fertig rauchen«, bremste Karlo. Er machte genüsslich noch einige Züge, bevor auch er die Kippe wegwarf.

»Doktor, mach die nächste Kanne auf!«

Der Doktor öffnete die nächste Kanne und versorgte seine Kollegen mit frischem Anstrich.

»Sag mal, Doktor, umgerührt hast du aber in dem Topf?«, fragte Karlo vorsichtshalber nach.

»Klar, ich hab den alten Besenstiel extra mit hochgenommen. Hast du nicht gesehen, wie ich vorhin umgerührt habe?«

»Schon gut, ich dachte nur …«

Eine Weile arbeiteten sie ohne weitere Unterbrechung, bis Karlo Heinz mit den Worten bremste: »Hör auf mit der Pinselei! Ich komme gar nicht nach. Heinz! Was ist! Wir müssen erst mal sehen, wie wir den Mist silbern bekommen.«

»Ja, ja. Ich weiß. Lass mich die paar Pinselstriche noch fertig machen.«

Heinz pinselte unbeirrt und sorgfältig die Farbe auf das Dach. Der Besen fuhr hin und her. Heinz wurde langsamer, wobei er sich immer tiefer über seine Arbeit beugte.

»Was ist denn nun los? Willst du die Soße saufen oder was machst du da?«, sagte Karlo unwirsch.

»Warte doch …«, brummte Heinz und machte weiter.

»Karlo, hier! Hier, es wird silbern!«, rief Heinz aufgeregt. Tatsächlich schien die Farbe durch das Hin- und Herstreichen heller zu werden.

»Na ja, ich weiß ja nicht.« Karlo nahm den gestrichenen Dachrand unter die Lupe.

»Heller?«

»Ja, doch. Guck, hier ist es schon ein bisschen silbern!«

»Mach mal dort drüben weiter.« Karlo war nicht so leicht zu überzeugen.

Tatsächlich, dort wo Heinz mit dem Besen hin- und herschrubbte, wurde der Kaltanstrich langsam silbern. Karlo trat einen Schritt zurück und bückte sich ein wenig. »Tatsache, da ist was dran«, brummte er in seinen

nicht vorhandenen Bart. Während er sich aufrichtete, platzte er heraus: »So eine Scheiße! Das Zeug muss mit dem Besen gestrichen werden! Wir müssen ja nur noch neunhundertfünfzig Quadratmeter streichen.«
Daraufhin brannte er sich eine Zigarette an.
Die ganze Fläche mit dem Besen zu streichen, würde mindestens doppelt so lange dauern als mit dem Schieber.
»Doktor, hol noch zwei Besen und einen Eimer aus dem Keller!«
Vor der Kellertür angelangt, hörte Erdmann verwundert einen leisen vielstimmigen Gesang von Grillen.
Nachdem er die Tür geöffnet hatte, war es schlagartig still, was ihn verwirrte. Im Keller war es stockfinster. Kein noch so kleines Fenster erhellte den Raum. Erdmann tastete sich durch die Dunkelheit sehr vorsichtig zum Lichtschalter, der aus unerfindlichen Gründen nicht gleich neben der Eingangstür angebracht war. Bei jedem Schritt ging eine merkwürdig raschelnde Welle durch den Raum. Er drehte den Schalter, es wurde abrupt hell. Der Boden bewegte sich. Unzählige Heimchen flohen in höchster Panik in die verbleibende schattige Schwärze unter Kisten und Kästen, Tischen und Stühlen.
Das wilde Treiben verstörte Erdmann. Er schnappte sich die Besen samt Eimer und sah zu, dass er wieder Land gewann. Die Heimchen waren ihm unheimlich. Ihre schiere Anzahl und überhaupt ihr Aussehen, luden nicht auf den ersten Blick zur Freundschaft ein. Bis zu diesem Moment wusste er nicht einmal, dass solche merkwürdigen Kreaturen in direkter Nachbarschaft

lebten.

Kaum war er aus der Tür, traf er auf Krawallo – ein untersetzter Kerl unbestimmbaren Alters, mit einem grauen, wirren Lockenkopf und unvermeidlicher Zigarre zwischen den Lippen.

»Was ist denn mit dir los? Du siehst komisch aus. Hast du einen Geist gesehen?«

»Ich hab im Keller Eimer und Besen geholt. Was is'n da los?«

»Was ist wo los?«, fragte Krawallo mit schalkhaften Augen.

»Na, im Keller, die …« Erdmann wusste nicht, wie er es sagen sollte.

»Ach so! Du meinst die Heimchen. Die wohnen dort. Kannste nichts machen. Dort ist es warm und kuschelig. Glaub mir. Ich hab schon alles versucht. Die kommen immer wieder.« Krawallo lachte jovial. »Du brauchst keine Angst haben, die fressen dich nicht. Nicht einmal deine Frühstücksstullen. Die sind völlig harmlos.«

Erdmann setzte seinen Weg fort. *Komische Tiere, dass die einfach so …*, gingen ihm die Bewohner der Dunkelheit nicht aus dem Kopf.

»Was sind denn das für merkwürdige Viecher im Keller? Habt ihr die gesehen?«

Karlo warf Heinz einen fragenden Blick zu.

»Weißt du, von was der Doktor redet?«

»Ich habe keine Ahnung, was er meint. Im Keller ist mir nix aufgefallen.«

»Nicht mal früh am Morgen, wenn du das Licht anmachst?« Der Doktor ließ sich nicht beirren.

»Nee, nur die Heimchen rascheln im Dunkeln, die haben

es nicht gern, wenn es hell wird. Da hauen sie immer ab«, antwortete Heinz lakonisch.

»Meinst du die Heimchen?«, wollte Karlo wissen.

»Ja. Die Heimchen, die im Keller rumhopsen. Als ich das Licht angemacht habe, kam es mir so vor, als würde sich der Fußboden bewegen. Dabei waren es Massen von den … Wie heißen die Dinger gleich?«

Heinz und Karlo begannen zu kichern.

»Heinz ist auch erschrocken, als er sie zum ersten Mal gesehen hat. Weißt du noch, als du das Licht angemacht hast? Ich habe mich kaputtgelacht. Du hast die Tasche fallen …«

»Ich weiß, ich habe vor Schreck meine Tasche fallen lassen. Die Brotbüchse hat eine Delle abbekommen. Haha, wie lustig.« Heinz war kein bisschen amüsiert über das Aufkommen von Karlos Erinnerungen.

»Mir ist das Viehzeug schon ein bisschen unheimlich«, gestand der Doktor.

»Du bist doch sonst nicht so ängstlich, Doktor? Die sind völlig ungefährlich. Nur ein wenig laut, aber wenn du das Licht anmachst, hauen sie ab.« Karlo lachte. »Die Heimchen sind immer dort. Wir haben uns inzwischen daran gewöhnt. Sie gehen einem nur mit ihrem Gefiedel auf den Sack. Krawallo hat schon mehr als einmal versucht, sie mit Gift auszurotten, aber sie waren nach einiger Zeit immer wieder da. Beim letzten Mal hat es einer seiner Leute mit dem Giftsprühen ziemlich übertrieben. Als der erste Kollege nach der Giftaktion in den Keller wollte, ist er umgekippt und musste zwei Tage im Krankenhaus behandelt werden. Die Heimchen waren nach einer Woche Ruhe wieder da. Da hat er es aufgegeben.«

»Oha«, nahm der Doktor die Geschichte verwundert zur Kenntnis und beließ es dabei.

Karlo fuhr fort: »Er sagt, leben und leben lassen. Das gilt auch für Nervensägen wie die Heimchen im Keller.«

»Jedenfalls besser, als sich selbst und andere zu vergiften beim sinnlosen Versuch, den Viechern den Garaus zu machen«, fügte Heinz hinzu.

Das Streichen der Dachflächen dauerte noch einige Tage und zum Schluss schimmerten die Dächer sehr schön silbern.

Der Doktor bekam die Gelegenheit, sich an die unheimliche Gesellschaft im Keller zu gewöhnen. Zu seiner Verwunderung begegnete er keinem einzigen Menschen. Auch nicht einem Mitarbeiter der technischen Werkstätten, der ernsthaft an der Anwesenheit der Heimchen Anstoß genommen hätte. Selbst dann nicht, wenn die Heimchen nicht zu überhören waren. Sie mussten auch noch in anderen Gebäuden unterwegs sein, denn der Gesang der Heimchen war fast überall zu hören.

Blind

»Ihr fahrt erst mal zu Frau O. und gebt ihr das.« Olli
bekam vom Meister ein hübsch verpacktes Päckchen
überreicht, das in seiner Größe auffällig einer
Pralinenschachtel glich. »Von dort nehmt ihr drei Pakete
Pappnägel mit und fahrt in die GMF. In der GMF meldet
ihr euch bei Herrn B.«
Zum Erstaunen von Huro waren die anderen schon alle
auf die Baustellen verteilt. Es war gegen Ende des
zweiten Lehrjahres und der Sommer ging mit großen
Schritten in den Herbst über. Es war wie üblich sehr viel
zu tun, so kam es, dass nur noch er und sein
Lehrlingskollege Olli übrig waren. So wurde die
Baustelle in der GMF für die beiden zur ersten
gemeinsamen selbstverantworteten Lehrlingsbaustelle.
Olli hatte im selben Jahr wie Huro die Lehre begonnen.
Er stammte aus einem kleinen Dorf ganz in der Nähe der
Stadt. Er war um einiges kräftiger als Huro, aber nicht
dick. Er hatte dunkelbraune Augen und ebenso dunkle
Haare. Im Unterschied zu Huro verfügte er über den
Führerschein für ein Moped und konnte deshalb die
Schwalbe fahren. Den Führerschein hatte er in der
Schule gemacht. Die Schulen auf den Dörfern boten den
Schülern die Möglichkeit, mit fünfzehn Jahren die
Fahrerlaubnis für Traktoren zu machen, damit sie in den
Ferien in der Landwirtschaft mithelfen konnten. Die
Fahrerlaubnis für Traktoren schloss die Fahrerlaubnis
für Mopeds ein.

In der Stadt war es ungleich schwerer, mit sechzehn – im Allgemeinen galt eine Untergrenze von sechzehn Jahren – an einen Führerschein für ein Moped zu kommen. Da gab es nur zwei Möglichkeiten. Erstens: zum weiteren oder besser noch dem näheren Bekanntenkreis eines Fahrlehrers zu gehören. Oder zweitens: Mitglied der GST zu werden. Natürlich gab es auch den regulären Weg, an eine Fahrerlaubnis zu kommen, nur waren die Wartelisten lang und so dauerte dieser mehrere Jahre.

Die Gesellschaft für Sport und Technik (GST) führte kostengünstige Lehrgänge zum Erwerb der Fahreignung durch. In der GST gab es verschiedene Sportrichtungen, die der interessierte Jugendliche betreiben konnte. Das ging vom Judo über Kleinkaliberschießen und Langlauf bis zum Segelfliegen. Da in der Gegend um G. Segelfliegen nicht erlaubt war, zu nahe an der bundesdeutschen Grenze, war Huro kein Mitglied der GST. Er hatte sich ausschließlich Segelfliegen in den Kopf gesetzt, wie sein Vater es in seinem Alter getan hatte. Für die anderen Sportarten interessierte er sich nicht und einen Fahrlehrer kannte keiner seiner Freunde oder Verwandten.

Um die Fahrerlaubnis beneidete Huro Olli ein wenig, aber er war mit Fahrrad, Bus und dem Zug immer gut und kostengünstig unterwegs. Wohingegen ein Moped eine Menge Geld kostete. Bei einem Lehrlingslohn von 120 bis 150 Mark im Monat eine Angelegenheit, die eine sehr penible Finanzplanung erforderte. Ein Motorroller Simson KR Schwalbe war etwas billiger als eine Simson S50, dafür hob die S50 das Ansehen des Besitzers höher als die Schwalbe, wobei das Benzin für beide Modelle nicht sonderlich billig war. Olli verfügte über eine eigene Simson S50, nutzte für den Weg zur Arbeit aber gern die vom Meister zur Verfügung gestellte Schwalbe. Die Simson S50 blieb herausgeputzt in der Garage, bis sie für die Fahrten von und zur Disco oder für die nachmittägliche Fahrt zum Badesee in den Einsatz kam. Schließlich war sie ein unschätzbares Requisit, um die Aufmerksamkeit des weiblichen Teils der Menschheit auf den Fahrer zu lenken, und es funktionierte ähnlich gut, wie ein kurzer Rock die Blicke des männlichen Publikums trefflich auf die Trägerin zog.

Zunächst fuhren sie mit der Schwalbe zu Frau O. Das hieß, in die Baustoffversorgung. Das machten sie gern, da sie dort, wie alle Mitarbeiter der Firma Gebauer, wohlbekannt und gern gesehen waren. Schon öfter hatten sie eine Pralinenschachtel im Auftrag des Meisters übergeben, die meistens durch ein Kuvert mit monetären Grüßen vom Meister aufgewertet wurde. Das Wohlwollen von Frau O., einer eloquenten, sympathischen Frau in der Mitte des Lebens, unangefochtene Herrscherin über alle möglichen Baustoffe, erstreckte sich nicht nur auf den Meister, es färbte auch auf die Mitarbeiter der Firma Gebauer ab. Wenn nötig und möglich, griff sie ihnen gern unter die Arme, wenn Not am passenden Material war – egal ob es um einige doppelt gebrannte Backsteine für den Schornsteinkopf ging oder um einen Sack Zement für die heimische Gartenlaube.
Sie übergaben die Pralinenschachtel und nahmen dafür

die drei Pakete Nägel in Empfang. Mit den Nägeln ging die Fahrt weiter in Richtung GMF.

Die drei großen Pakete Pappnägel im Rucksack auf Huros Rücken zogen ihn jedes Mal, wenn Olli einen neuen Gang einlegte, mit einem sanften Ruck nach hinten. Gut, dass der Weg nicht weit war. Zu zweit auf der Schwalbe mit einem Rucksack auf dem Buckel war die Fahrt möglich, aber nicht mehr bequem.

In der GMF, einem metallverarbeitenden Betrieb in G., wurden Möbel aus Blech produziert. Daneben standen Panzerschränke auf dem Programm, vollkommen brand-, spreng- und einbruchsicher – wie die bekannten Eisenmöbel von ›Franz Jäger Berlin‹. Außerdem wurde dort, so pfiffen es die Spatzen von den Dächern, in einer kleinen, geheimen Produktion das metallene Innenleben der Gummiknüppel hergestellt, mit denen die Polizei der kapitalistischen Hälfte Deutschlands die Demonstranten, die für ihre Belange, wie für Umweltschutz oder gegen Atomraketen, auf die Straße gingen, erbarmungslos vermöbelte.

Die Bilder von zusammengeschlagenen Bürgern bei den verschiedenen Demonstrationen wurden bei jeder sich bietenden Gelegenheit den Einwohnern der DDR unter die Nase gerieben, als Beispiel dafür, wie ein kapitalistischer Staat mit seinen Einwohnern umging. Dass der sozialistische Staat an der Produktion und dem Verkauf eben jener Gummiknüppel verdiente, das wäre eine Information gewesen, die ein Teil der Bevölkerung verunsichert hätte, weshalb vorsichtshalber von diesem Umstand kein Wort in die Öffentlichkeit dringen durfte.

Die erste Arbeit in Eigenverantwortung ließ das
Selbstbewusstsein der beiden Lehrlinge wachsen. Huros
und Ollis Schultern wurden buchstäblich ein wenig
breiter. Sie fuhren auf das Betriebsgelände, stiegen wie
die Cowboys von ihrem Gefährt und begaben sich auf
die Suche nach dem genannten Herrn B.

Alsbald fanden die beiden sich in einem Büro wieder,
das anders war als alle Geschäftsräume, die sie bis dahin
betreten hatten. Auf den ersten Blick schien es irgendwie
ungewöhnlich. Es stand nichts als ein Telefon auf dem
Tisch, um den einige Stühle standen, wie das in jedem
anderen Kontor auch gewesen wäre. An den Wänden
hingen keine Bilder, nicht einmal das unvermeidliche
Erich-Bild. Kein Stück Papier, keine Stifte, nicht einmal
ein Blumentopf oder eine Vase fanden sich auf dem
Schreibtisch. Schon komisch. Mindestens das Bild vom
Staatsratsvorsitzenden durfte eigentlich in keiner
öffentlichen Räumlichkeit fehlen.

»Guck mal das Telefon an. Die merkwürdigen Tasten, so
ein Ding hab ich …« Olli verstummte, da ein Mann
hereinkam.

Das Alter des Mannes war schwer einzuschätzen. Er
hatte dunkles, dichtes Haar und seine Augen waren
durch eine sehr dunkle Brille verdeckt. Er sprach mit
angenehm ruhiger Stimme.

»Guten Tag. Seid ihr die Dachdecker?«

Olli und Huro drückten die ihnen dargebotene Hand
und erwiderten den Gruß.

»Ja, wir sind die Dachdecker. Ich bin Erdmann.«

»Und ich bin Olli.«

»Gut. Euer Meister hat Wort gehalten und mir zwei

229

Leute geschickt. Ihr wisst, welches Dach ihr machen sollt?«

»Nicht ganz genau. Wir sollten uns bei Ihnen melden. Alles andere würden Sie dann schon regeln, hat der Chef gesagt.«

»Gut, dann zeige ich euch erst mal, worum es geht. Das heißt, um welches Dach es sich handelt. Folgt mir einfach.«

Herr B. machte Anstalten, den Raum zu verlassen, und die beiden gingen hinter ihm her. Kaum hatten sie das Gebäude verlassen, das Büro lag zu ebener Erde, wurden sie aufgefordert, sich einfach herumzudrehen.

»Das hier ist es. Es ist die erste Halle, die saniert werden muss. Mir tropft es hin und wieder auf den Schreibtisch und in den Kaffee, das muss doch nicht sein«, witzelte Herr B.

Die Halle war ein dreieinhalb Meter hoher Backsteinbau. Typische Industriearchitektur des ausgehenden 19. Jahrhunderts. Die Halle war gute vierzig Meter lang, hatte ein flaches, nach beiden Seiten geneigtes Dach, welches mit Bitumendachpappe eingedeckt war, und es verfügte über in regelmäßigen Abständen angeordnete Oberlichter, die mit Drahtglas verglast waren.

Die alte Dachpappe hatten die Kollegen schon vor einiger Zeit abgebrochen, so mussten nur noch die neuen Schindeln auf das Dach genagelt werden.

»Was sagt ihr?«

»Ganz schön groß«, antwortete Huro ein wenig gedämpft.

»Ja. Aber das sollte doch nicht das Problem sein. Sind die Schindeln schon da?«

Die Schindeln standen auf Paletten direkt vor ihrer Nase im Hof und Olli hatte eine flapsige Bemerkung auf der Zunge, die er runterschluckte, als ihm klar wurde, warum Herr B. die unübersehbar großen Paletten nicht bemerken konnte.

»Ja, sie stehen hier, Herr B. Es sind erst mal drei Stück«, sagte Olli.

»Gut, dann ist ja alles so gelaufen wie geplant. Soll ich veranlassen, dass die Paletten für euch auf das Dach gesetzt werden?«

Was für eine Frage. Das wäre ein unschätzbares Entgegenkommen. Es wäre quasi die halbe Arbeit. Der Transport der Bitumenschindeln war nicht nur schwer, sondern dauerte auch seine Zeit. Da sie nach der Menge der eingedeckten Quadratmeter Schindeln bezahlt wurden, war das auch eine Lohnerhöhung. Auch wenn sie als Lehrlinge an dem Quadratmeterpreis nur prozentual beteiligt wurden, hatten sie mehr Lohn als ihre Lehrlingskameraden in den volkseigenen Betrieben, die nur den gesetzlichen Lehrlingslohn erhielten.

»Gern.« Nicht nur Huro war hocherfreut. »Wie kommen wir auf das Dach?«

»Das ist ganz einfach. Dort links, ungefähr in zehn Meter

Entfernung von der Tür zu meinem Büro an der Wand, seht ihr eine Eisenleiter. Die ist für solche Fälle an die Wand geschraubt«, antwortete Herr B. leicht spitzfindig.

»Oh ja. Die haben wir gar nicht gesehen«, entschuldigte sich Olli.

»Ich schon. Du hast mal wieder Tomaten auf den Augen«, scherzte Huro.

»Also, ihr wisst Bescheid. Wenn euch was fehlt, meldet ihr euch bei mir. Ich kümmere mich darum.« Damit zog sich Herr B. zurück in sein Büro.

»Huro, hast du gemerkt, dass der Typ blind ist?«

»Quatsch! Der läuft doch ganz normal herum, würde er nicht … Jetzt weiß ich, warum in der Butze keine Bilder hängen, kein Papier rumliegt. Ist doch vollkommen logisch! Er kann sie nicht sehen und ich Hornochse habe es nicht bemerkt.«

»Lange Leitung, mein Guter. Ich habe es gemerkt, als er in die falsche Richtung geguckt hat, als ich auf die Schindeln gezeigt habe.«

»Mist und nun?«

»Keine Ahnung. Ich hatte noch nie mit einem Blinden zu tun.«

»Ich auch nicht.«

»Wir brauchen noch den Schlüssel für die Leiter. Siehst du das Schloss dort an der Leiter?«

»Woher …«

»Woher schon. Aus dem Büro. Du gehst hin und holst ihn.«

»Das könnte dir so passen«, wehrte sich Huro.

»Ich geh nicht. Ich muss immer gehen. Ich habe schon mit Frau O. verhandelt, jetzt bist du dran. Oder wollen

wir ein Streichholz ziehen? Der Kürzere geht«, bot Olli
an.

»Na klar, du bescheißt doch. Dann geh ich lieber gleich.«
Huro stapfte los. Obwohl er schon einmal in dem Raum
war, war jetzt die Atmosphäre völlig verändert. Es war
ein merkwürdiges Gefühl, sich darüber bewusst zu sein,
dass Herr B. nicht sehen konnte. Was Huro gehörig
verunsicherte. Sollte er sich bemerkbar machen und wie?
Würde Herr B. merken, aus welcher Richtung Huro
kam?

Huro blieb in der Tür stehen und fragte schüchtern:
»Wir brauchen noch den Schlüssel für das Schloss an der
Leiter.«

»Ach ja. Den habe ich ganz vergessen.« Herr B. kramte
in einer Schublade, in der sich haufenweise Schlüssel
befanden.

»Komm ruhig näher. Hier ist der Schlüssel«, forderte
Herr B. Huro auf.

»Danke, ich bringe ihn gleich wieder.«

»Nicht nötig, ich komme mit. Ich spreche gleich mal mit
einem Gabelstaplerfahrer, damit er euch die Schindeln
hochhebt.«

Herr B. kam hinter dem Schreibtisch vor und zu Huro
herüber.

Dann ging Herr B. an Huro vorbei auf den Hof. Vor der
Tür hielt er sich parallel zur Wand und gelangte so zur
Leiter, wo Olli wartete, und sperrte das Vorhängeschloss
auf. Er blieb bei der Leiter irgendwie unschlüssig stehen.
Während er sich langsam von der Wand wegdrehte,
sagte er, ohne dabei einen der beiden besonders ins
Auge zu fassen: »Bitte zeig mir, wo Tor 5 ist. Die

Gabelstaplerfahrer sind manchmal schneller da, als man gucken kann.«

Huro stand direkt neben ihm. Unbewusst hatte er den Arm angewinkelt. Er spürte, wie Herr B.s Hand seinen Ellenbogen berührte.

»Am besten, wir gehen gemeinsam zum Tor 5 und du siehst zu, dass uns keiner über die Füße fährt«, schlug Herr B. vor.

Huro verspürte ein wenig Verspannung in den Armen als auch in den Beinen und stakste los. Herr B. schien ihm vollständig zu vertrauen und ging vollkommen entspannt an seiner Seite, während er den losen Kontakt zu Huros Ellenbogen immer aufrechterhielt.

Es war kein weiter Weg. In Huros Wahrnehmung war er dennoch meilenweit und die Bewegungen schienen in Zeitlupe abzulaufen.

Als sie vor dem Tor ankamen und kurz stehen blieben, glaubte Huro, dass Stunden vergangen sein müssten.

»Pass auf, wenn du das Tor aufmachst. Da fahren die Kerle mit dem Stapler durch.«

Verblüfft über die Ortskenntnis des blinden Herrn B. öffnete Huro eine Hälfte des breiten Tors und sie traten ein. Die Halle war von einer Art Brummen erfüllt, das sich aus den Geräuschen der unterschiedlichen Maschinen speiste, die in langen Reihen im endlos erscheinenden Inneren der Halle standen.

Ein Arbeiter war auf die beiden aufmerksam geworden und kam auf sie zu.

»Herr B., was verschlägt Sie heute zu uns?«

»Guten Tag, Klaus. Hast du Paul gesehen?«

»Der ist gerade hinten und holt eine neue Palette

Schrauben für mich. Soll er zu Ihnen kommen?«
»Nein, nein. Ich warte hier. Ich will ihn nur mit dem
Dachdecker bekannt machen, damit er die Paletten mit
den Schindeln auf das Dach hebt.«
»Alles klar. Ich glaube, dahinten kommt er schon.«
Am Ende der Halle schwang ein Tor auf und die
Silhouette eines Gabelstaplers erschien im hellen Licht
der Sonne hinter ihm. Es war ein ebenso großes Tor wie
jenes, durch das sie die Halle betreten hatten. Die Tore
bestanden aus zwei Hälften, die sowohl nach innen als
auch nach außen schwangen. Der Gabelstapler musste
nur mit wohldosierter Kraft gegen die geschlossenen
Torhälften drücken, die zweckmäßigerweise mit
glänzenden Metallplatten verkleidet waren, und sie
schwangen durch den Druck auf, um ihn durchzulassen,
und schlossen sich wieder hinter ihm. Huro fühlte sich
unwillkürlich an eine Szene aus dem Wilden Westen
erinnert. Wyatt Earp hätte in Tombstone nicht
effektvoller einen Saloon betreten können, wie in diesem
Augenblick der Gabelstapler das Tor passierte. Nicht
umsonst las er alles, was mit dem Westen Amerikas
zusammenhing und was er in die Finger bekam.
Der Gabelstapler näherte sich Huro und Herrn B., um
kurz vor ihnen anzuhalten.
»Guten Tag, Herr B.«, grüßte der Fahrer.
»Guten Tag, Paul. Ich habe hier einen der beiden
Dachdecker, die unser Dach neu eindecken sollen. Ich
möchte dich bitten, ihnen die Paletten mit den Schindeln
auf das Dach zu heben.«
»Okay. Wann denn? Jetzt gleich?«
Herr B. sah in Huros Richtung.

»Ja, eigentlich wäre das gar nicht übel, wenn wir die erste Palette gleich jetzt oben hätten.«

»Gut, ich komme gleich raus. Ich schaffe nur die Palette mit den Schrauben zu Klaus. Dann kann es losgehen.«

»Schön, dann kann ich ja erst mal wieder in mein Büro gehen«, stellte Herr B. fest und ließ sich von Huro in sein Büro begleiten. Huro ging inzwischen entspannter neben Herrn B. her. Die Angst, in dieser ungewohnten Situation in ein Fettnäpfchen zu treten, wich langsam aus seinen Knochen.

Olli und Huro begannen ihre Arbeit und kamen gut voran. Hin und wieder kamen bei Huro merkwürdige Gedanken auf, wenn er mit Herrn B. sprach und dabei »auf Wiedersehen«, »das werden wir sehen« oder »das sehen wir später« gebrauchte. Irgendwie kam es ihm deplatziert vor, es in seiner Anwesenheit auszusprechen. Herr B. nahm das so nicht wahr, er machte es ihnen leicht. Mit seiner außerordentlichen Ruhe und Gelassenheit nahm er ihnen bald endgültig die Sorge, irgendeine Dummheit rauszuhauen oder zu begehen, sodass sie mit ihm ganz selbstverständlich auch auf das Dach stiegen. Er orientierte sich dabei, indem er seine Hand auf Huros oder Ollis Ellenbogen legte. Die Geste mit dem Ellenbogen hatte er so natürlich und umstandslos eingeführt, dass es wie eine völlig alltägliche Angelegenheit wirkte, wenn er sich ihrer bediente. Selbst als er das erste Mal auf das Dach kletterte, wunderten sich die beiden nicht. Herr B. nutzte dabei wie selbstverständlich die fest montierte Stahlleiter, die für Wartungsarbeiten auf dem Dach an der Wand des Gebäudes befestigt war. Ja, sie begleiteten

ihn zu den lang gestreckten Oberlichtern im Dach, damit
er feststellen konnte, wie gut deren Glas noch war und
ob ein Austausch des Glases nötig wäre. In seinem Büro
bewegte er sich ohne jede Hilfe, was zu den anfänglichen
Irritationen seitens Ollis und Huros geführt hatte und sie
nicht sofort erkennen ließ, dass er nichts sah. Mehr als
das spezielle Telefon brauchte er nicht, um seine Arbeit
zu machen. Jeden Tag fragte er die beiden nach ihrem
Vorwärtskommen. Vor allem hörte er – wie er ihnen
lächelnd mitteilte – an den Arbeitsgeräuschen die
Fortschritte, die die beiden auf dem Dach machten.
Das Beste an der Baustelle war nicht nur der relativ gute
Verdienst, sondern der Anruf von Herrn B. beim Meister
Gebauer, mit dem er sich für die Dacheindeckung durch
Huro und Olli bedankte und deren zügige und saubere
Arbeit hervorhob.

Stehvermögen

Das Museum war ein großes und hohes Gebäude aus
Sandstein, gebaut im 18. Jahrhundert als Museum, in
dem der Herzog seine großen Sammlungen präsentieren
konnte. Als Huro an der Dachsanierung mitarbeiten
durfte, wurde es schon längere Zeit als
Naturkundemuseum genutzt, in das er schon als Kind
oft und gern gegangen war. Es gab dort Dioramen mit
Nashörnern, Kängurus, dem damals letzten Wolf des
Thüringer Waldes und vieles mehr. Im Bereich des
zentralen Eingangsbereichs stand ein gewaltiger Bär

hinter einer noch viel größeren Weltkugel, auf der sich
der Besucher orientieren konnte, woher die ausgestellten
Tiere stammten.

Das Dach des Museums war in viele Flächen unterteilt,
an den Ecken standen niedrige, mit Schiefer bedeckte
quadratische Türme. In der Mitte gab es Oberlichter.

Eine breite Treppe führte durch die Säulen einer
Kolonnade zum
Eingang. Die
Kolonnade, von
Sandsteinsäulen
getragen,
erstreckte sich
über beide
Stockwerke bis
zum Dach.
In der Mitte des
Daches, hinter
dem

Sandsteingeländer der Kolonnade, erhob sich ein
quadratisches Dach, dessen vier schiefergedeckte Seiten
gerundet und pyramidenförmig zur Mitte
zusammenliefen, wo eine achteckige Kuppel thronte, die
von einer Glaskuppel abgeschlossen wurde.

Die Hauptdachflächen des Daches waren durch
Zimmerleute einer Anpassung unterzogen worden und
mussten nun neu mit Bitumenschindeln eingedeckt
werden. Diese Aufgabe hatte die Firma Gebauer
übernommen.

Außerdem waren, wie üblich, an der Baustelle

Dachklempner beteiligt, die damit beschäftigt waren, die Bleche, Gratabdeckungen, Firstbleche und natürlich die Dachrinnen und Rohre zu erneuern. Es wurde Aluminium eingesetzt. Das bedeutete, dass die Klempner nicht löteten, sondern schweißen mussten, wenn sie die Rinnen oder Abdeckbleche verbinden wollten. Eine knifflige Angelegenheit, Blech zu schweißen, noch kniffliger, wenn das Blech aus Aluminium bestand. Die Klempner hatten allerdings den Bogen raus. Eine besondere Herausforderung für die Klempner bestand darin, die Fallrohre für das ganze Gebäude herzustellen, im Gesamten mindestens hundert Meter. Diese hatten einen ungewöhnlich großen Durchmesser. Die Rohre hatte die Industrie nicht im Angebot, weshalb die Fallrohre mit der Hand hergestellt, das hieß gerollt werden mussten. Die Klempner griffen auf alte, fast schon vergessene handwerkliche Fertigkeiten zurück und rollten auf dem Dachboden mit einer uralten, gut geölten Maschine, die in den Augen von Huro nur aus einer Vielzahl stählerner Rollen und einer Kurbel zu bestehen schien, tagelang Fallrohre – ein Meterstück nach dem anderen.

Huro, Rudi und Thomas begannen die Baustelle an einem Montag, Ende Oktober, das Wetter lud nicht zum Picknick ein. Die Bäume konkurrierten um die buntesten Blätter, so wie die Wolken um das bedrohlichste Grau. Wie immer begannen sie damit, die Baustelle einzurichten, das Material zu sichten und die Werkzeuge auf das Dach zu schaffen. Der Aufzug war Bestandteil der Baustelleneinrichtung und am Gerüst montiert. Er wurde von allen Handwerkern genutzt. Kurz vor dem

Mittag begannen die drei, einige Bitumenschindeln per Aufzug hoch auf das Gerüst zu nehmen. Am Nachmittag wollten sie mit der Eindeckung der Dachfläche beginnen. Die Klempner und die Zimmerleute machten ungewöhnlich früh Mittag. Was den dreien entgegenkam, da sie den Aufzug für sich hatten. So zogen sie sich genug Bitumenschindeln für den ersten Tag hoch und fuhren anschließend mit dem UAZ zum Mittag in die BAV.

Am nächsten Tag verlegten Huro, Thomas und Rudi ihren Schindeltransport auch in die Mittagszeit, um den Aufzug ungestört nutzen zu können. Wieder verzogen sich die Klempner und Zimmerleute recht frühzeitig, um Mittag zu machen. Der dritte Tag verlief nach dem gleichen Muster. Wieder verschwanden die Zimmerleute, während Rudi und Thomas die Bitumenschindeln oben vom Aufzug abnahmen und Huro den Aufzug unten vollpackte.

Als Huro bemerkte, dass er seine Jacke oben vergessen hatte, waren Thomas und Rudi schon auf dem Weg nach unten im Gebäude verschwunden. Also trat Huro ohne viel Begeisterung den Weg nach oben an. Auf der halben Treppe des Dienstbotenaufgangs traf er die beiden anderen.

»Huro, wo willst du hin?«, fragte Thomas.

»Meine Jacke, ich hab meine Jacke vergessen mit meinem Portemonnaie.«

»Kannst du dir sparen, hab ich hier.« Thomas hatte Huros Jacke unter dem Arm.

»Sag mal, Huro, weißt du, wo die Klempner hin sind?«, wollte Rudi wissen. »Die verschwinden immer so

plötzlich und spurlos, als wären sie vom Erdboden
verschluckt«, fuhr er verwundert fort.

»Warum willst du das wissen?«

»Aus Neugier, kommt mir komisch vor«, antwortete
Rudi.

»Unten sind sie jedenfalls nicht. Sie müssen irgendwo
oben sein. Hast du auf dem Dachboden in der Kammer
hinten rechts mal nachgesehen?«

»Hinten rechts?«

»Ja, dahinten haben die Klempner und die Zimmerleute
einen Abstellraum bekommen. Dort werden sie hocken
und futtern«, meinte Huro überzeugt.

»Lasst uns erst mal in die BAV fahren und essen fassen.
Die Klempner sind nachher auch noch da.« Mit diesen
Worten beschloss Rudi, die Suche nach den Klempnern
zu verschieben.

In der BAV trafen sie Karlo und Mücke, Heinz hatte
Urlaub. Die beiden hatten auf einer anderen Baustelle zu
tun. Huro holte Kaffee und die Unterhaltung kam auf
die Baustellen.

»Wie läuft es denn so auf dem Museum?«, wollte Karlo
wissen.

»Gut. Hat dir Atze den Nagelbeutel mitgegeben?«,
erwiderte Huro mit einer Gegenfrage.

»Ja. Hier ist er.« Karlo übergab den Nagelbeutel, den
ihm Atze mitgegeben hatte. Karlo und Mücke hatten am
Anfang der Woche eine Fuhre wiederverwendbaren
Schiefer in der Kaserne abgeholt. Atze hatte sich erboten,
für Huro einen Nagelbeutel zu besorgen, in den er die
Pappnägel für die Arbeiten mit Schindeln packen
konnte, ohne auf die Hosen- oder Jackentaschen

zurückgreifen zu müssen. Hosen- und Jackentaschen konnten Pappnägel nur sehr wenig entgegensetzen und bekamen schnell Löcher.

Der Nagelbeutel war einfach und genial. Er bestand aus nichts weiter als einem alten, abgeschnittenen, ledernen Stiefelschaft eines Armeestiefels, den Atze mit Schlaufen aus Leder für den Gürtel und einem runden Boden aus Holz versehen ließ. Die nötigen Handwerker in der Kaserne kannte er alle und die waren auch immer bereit, ihm einen Gefallen zu tun.

»Danke. Hat er gesagt, was er dafür haben will?«

»Nee. Mach das mit ihm selber aus«, wehrte Karlo ab. Atze war eine Nervensäge, wenn er gegen Nachmittag zu viel Bier intus hatte, aber knickrig war er nicht.

»Könnt ihr überhaupt arbeiten? Sind die Zimmerleute mit dem Dach fertig?«, wollte Karlo wissen.

»Na ja, die Zimmerleute sind mit einem Teil fertig und wir haben mit den Schindeln angefangen. Demnächst werden sie scheinbar mit der ersten Seite fertig«, bekam er von Rudi Bescheid.

»Vorige Woche, als wir anfangen sollten, war noch nichts so weit! Keine Schalung auf dem Dach, nur ein paar Balken. Wir konnten nichts machen.« Karlo und Mücke hatten eigentlich die Arbeiten am Dach des Museums übernehmen sollen, waren dann aber, da die Vorarbeiten der Zimmerleute am Dachstuhl des Museums noch nicht fertig waren, auf eine andere Baustelle geschickt worden.

»So richtig eilig haben es die Kerle scheinbar ja nicht. Die Mittagspause ist immer ganz schön lang«, stellte Rudi fest.

»Ach! Ist ja komisch. Lange Pausen machen die doch nur aus einem Grund. Aber ich kann mir nicht vorstellen, dass die zwei immer noch im Park zugange sind. Bei dem Wetter?«, überlegte Karlo laut, um die Neugier der anderen zu wecken.

»Wer? Die Zimmerleute im Park?«, sprang Huro an, genauso wie es Karlo gewollt hatte.

»Nicht die Zimmerleute sind im Park. Dummkopf! Karlo meint die zwei Turteltäubchen«, mischte sich Mücke ins Gespräch ein.

»Tauben im Park?« Weder Thomas noch Huro ging irgendein Licht auf. Auch Rudi war anzusehen, dass er nicht wusste, wovon die Rede war.

Karlo verdrehte die Augen. »Quatsch, Tauben! Der Kerl und seine Freundin, die sich dort zum Mittag treffen und ein Schäferstündchen einlegen!«

»Was soll da sein?«, fragte Rudi misstrauisch. So leicht wollte er Karlo und Mücke nicht auf den Leim gehen.

»Das haben uns jedenfalls die Klempner erzählt, als wir letzte Woche die Baustelle anfangen wollten. Ich kenne den einen. Der stammt aus T. Voriges Jahr hatten wir eine Baustelle zusammen«, setzte Karlo zu einer Erklärung an.

»Die haben dir die Taschen vollgehauen! Bei dem Wetter doch nicht.« Rudi biss nicht an.

»Ach was! Warum sollten sie uns verscheißern? Außerdem haben sie uns vorgeschlagen, zur Mittagszeit wiederzukommen. Da könnten wir selber sehen. Als wir mittags ankamen, konnten wir beobachten, wie sich einer der Klempner mit 'nem Feldstecher um den Hals hinter so 'ne Sandsteinfigur, die vorn auf der Parkseite auf dem Geländer steht, verkrümelte«, setzte Karlo den Bericht fort.

»Da hab ich gefragt, ob er Vögel beobachten will«, ergänzte Mücke schmunzelnd.

»Die Antwort war nicht jugendfrei«, übernahm Karlo wieder.

»Aber er hat uns immerhin einen Blick durch seinen Feldstecher werfen lassen! Und was soll ich sagen, es stimmte, was die Klempner erzählt haben. Da haben es zwei wirklich nötig, ein wilder Ritt auf 'ner Parkbank.« Mücke grinste.

Als Huro und seine beiden Kollegen wieder auf die Baustelle kamen, befragten sie den ersten Klempner, der ihnen über den Weg lief, nach dem Grund der mittäglichen Ruhepause. So eine Geschichte entsprang den verdorbenen Fantasien von Karlo und Mücke, doch nicht dem wahren Leben, schon gar nicht in G. und bei dem miesen Wetter.

Der Klempner bestätigte anzüglich grienend das, was Karlo gesagt hatte, und bot an, am nächsten Montag zu zeigen, was sie nicht glauben konnten. Es war Donnerstag und am Freitag gäbe es nichts zu sehen. Am Montag zogen dichte Nebelschwaden durch die bunt belaubten Bäume des Parks, der das Museum umgab, für Anfang November nicht ungewöhnlich. Die Show, die sich im Park abspielen sollte und deren Zeuge Rudi, Thomas und Huro werden wollten, würde sicher verschoben werden.

Kurz nach dem Mittag klarte es wider Erwarten etwas auf und die Umgebung wurde wieder einigermaßen sichtbar. Eine schwarzhaarige, langbeinige Frau verschwand mit zügigen Schritten durch den Eingang in den Schlosshof, der dem Museum gegenüberlag. Die schemenhafte Gestalt eines Mannes mit Hut und einem unauffälligen Mantel verlor sich im Schatten der Eibenhaine neben dem Ostturm des Schlosses in Richtung Orangerie. Nachdem die beiden verschwunden waren, würde sich an diesem Nachmittag nichts mehr von besonderem Interesse im Park tun. Kurz nach dem Mittag wurden die Parkanlagen vorübergehend von Hunden und ihren menschlichen Begleitern geflutet. Nach eingehenden olfaktorischen Studien der Baumstämme erleichterten sich die Tiere, wobei die Menschen stoisch in die Runde schauten. Dann verschwanden sie wie die Nordsee bei Ebbe, um pünktlich zum Abendspaziergang wiederaufzutauchen. Der Dienstag begann genauso feuchtkalt wie der Montag, nur der Nebel fehlte. Huro, Rudi und Thomas starteten einen neuen Versuch und folgten mittags dem Beispiel des Klempners, der sich hinter dem Sandsteingeländer, das den oberen Abschluss der Kolonnaden bildete, versteckte und durch die lebensgroßen Sandsteinfiguren an den Ecken des Geländers für den Betrachter von unten unsichtbar wurde.

Es dauerte nicht lange, da kam der Mann mit dem Mantel und dem Hut vom Tag zuvor um die Ecke des Ostturms und lief zielsicher auf eine Bank zu.

Eingerahmt von den Schlossaufgängen links und rechts vis-à-vis des Museums gab es einen gesonderten Teil des weitläufigen Parks, der Museum und Schloss umgab. Eine ovale Fläche, die mit dichten Hainbuchenhecken umgeben war, wo an lauschigen Plätzen Parkbänke standen, die zum Verweilen einluden.

Auf einer dieser Bänke ließ sich der Mann nieder, wickelte sein mitgebrachtes Fresspaket aus und begann genüsslich seine mitgebrachten Butterbrote zu essen. Die Bank war umgeben von der dichten, buntbelaubten Hainbuchenhecke, sodass sie ein Spaziergänger nicht direkt einsehen konnte. Dass man vom Dach des Museums einen guten Einblick hatte, berücksichtigten die Gärtner, welche den Park angelegt hatten, nicht. Als der Mittagsimbiss zur Hälfte verputzt war, ging das Tor des Schlosshofes auf und die schlanke, schwarzhaarige, langbeinige Frau, welche am Tag zuvor im Schloss verschwunden war, trat heraus.

Mit schnellen Schritten machte sie sich auf in Richtung Museum. Die Bank stand an einem seitlichen Abzweig des Weges.

Sie ging zügig den Hügel hinunter, auf dem das Schloss thronte. Als sie an den Abzweig des Weges kam, der zur besetzten Bank führte, wurde sie langsamer. Auf der Kreuzung blieb sie stehen und sah sich nach allen Seiten um, um dann mit schnellen Schritten zur Bank zu gelangen. Ihre Kleidung bestand aus einer roten Jacke, darunter trug sie einen dunklen Rock mittlerer Länge. Die Beine steckten in langen, wollenen Strümpfen, die Füße in warmen, hohen Schuhen.

Sie setzte sich zu dem Mann, der seine Mahlzeit beendet hatte. Ohne Umschweife begannen die beiden sich zu umarmen und zu küssen. Behände schob sie seinen Mantel beiseite und öffnete seine Hose, hob den Rock und ihren Anorak hoch und schwang sich auf seinen

Schoß. Die beiden vergnügten sich ausgiebig, wobei sich ihr Rock immer weiter nach oben schob und die Strümpfe, die sinnigerweise über den Knien unter dem Rocksaum endeten, nach unten rutschten. Mit nacktem Hintern ging sie zu rhythmischen Bewegungen über, sodass er fast seinen Hut verlor. Nach einer ausgiebig befriedigenden Zeit stieg sie nonchalant vom Schoß des Mannes, zupfte ihre Kleidung zurecht und verschwand auf dem Weg, den sie gekommen war. Er schloss den Mantel und die Hose, packte die Brotbüchse in die Manteltasche und verdünnisierte sich den Hügel hoch wieder am Ostturm vorbei durch das dichte Eibengehölz.

Die Zuschauer hatten die Show staunend und amüsiert beobachtet. Die Klempner hatten die Wahrheit gesagt. Das Alter der beiden lebenslustigen, sexhungrigen Hauptdarsteller war schlecht zu schätzen. Offensichtlich konnten die beiden die Hände nicht voneinander lassen, was sie veranlasste, jede sich bietende Gelegenheit wahrzunehmen. Warum sie die Mittagspause in dieser Form nutzten, blieb ihr Geheimnis.

Huro, der auch einen Blick durchs Fernrohr riskiert hatte, fand es durchaus unterhaltsam, andererseits war es ihm unangenehm, auf diese Weise Zeuge eines intimen Moments zu werden, der nur den beiden Protagonisten vorbehalten bleiben sollte. Andererseits, warum trafen sich die

beiden Unersättlichen nicht in einem geschlosseneren Rahmen, um ihres Hormonstaus Herr zu werden, wenn ihnen ihre Privatsphäre wichtig wäre?

Das sinnliche Spiel der beiden fand, trotz kalter und herbstlich-feuchter Witterung, jeden Tag der Woche zur gleichen Zeit auf der gleichen Bank und in der immer gleichen Reihenfolge statt, außer am Freitag. Wie es im Winter weiterging, konnte nicht mehr verfolgt werden, da vor dem ersten Schnee die Baustelle abgeschlossen war.

Geburtstag

Es war ein ruhiger Augusttag. Die Sonne war im Begriff, mit der Lieferung der für die Jahreszeit fälligen Wärme zu beginnen. Kowalski, Mücke, Karlo und Helmut arbeiteten am Flachdach eines schier endlosen Wohnblocks. Um der Hitze des Hochsommers zu entgehen, hatten sie, wie in so einem Fall üblich, schon bei Sonnenaufgang angefangen und die Öfen geheizt, die sie sich auf das Dach hochgezogen hatten. Es hatte sich als effektiver erwiesen, die Teeröfen oben zu beheizen, da die heiße Klebemasse sonst nicht schnell genug auf das Dach gebracht werden konnte und während des Transports schon abkühlen würde.

Es war immer das gleiche Ritual am Morgen. Die Öfen wurden mit Holz und Kohlen bestückt, der Kessel eingesetzt und mit kalten Bitumenbrocken gefüllt. Dann wurden das Holz und die Kohlen mit einem passenden

Brandbeschleuniger übergossen – meistens war das Bitumenkaltanstrich – und angezündet. Es dauerte bis zum Frühstück, bis die Masse durch war, das hieß, bis die Brocken geschmolzen und der Bitumen flüssig war. Es kam darauf an, dass der Bitumen in dem Kessel des Ofens schmolz und heiß genug wurde, damit er verarbeitet werden konnte. Entstiegen dem Kessel leichte weiße Wölkchen mit einem feinen blauen Schimmer, war die Hitze zu groß und es konnte jeden Augenblick passieren, dass sich dieser feine Dunst mit einem Schlag entzündete. Das ging ganz ohne Zündfunken. Wie von Zauberhand würden plötzlich meterhohe Flammen aus dem Kessel schlagen. Das zu vermeiden, erforderte eine ganze Menge Erfahrung und Fingerspitzengefühl. Kam dicker gelblicher Qualm aus dem Kessel, war die Masse zu kalt. Das hatte für den Kesselbullen, der für die Bedienung der Öfen zuständig war, unerfreuliche Folgen. Wenn drei Mann nicht weiterarbeiten konnten, weil die Masse nicht schnell genug schmolz, machten sie keine Mördergrube aus ihren Herzen. Weshalb der Kessel eher zu heiß war, als zu kühl, was wiederum damit enden konnte, dass der Kessel Feuer fing und in Flammen stand. Das war per se noch kein Beinbruch, wenn jemand anwesend war, um einzugreifen. Den Deckel auf den Kessel zu machen, um die Flammen zu ersticken, war in diesem Falle ein probates Mittel. Wenn dann noch das Feuer gedrosselt wurde, um die Hitze nicht weiter zu steigern, so war die Gefahr schnell gebannt. Wenn allerdings niemand einschritt, konnte sich ein brennender Kessel zu einer Katastrophe biblischen Ausmaßes entwickeln, vor allem dann, wenn der Ofen auf dem Dach eines Wohnhauses stand.

In der Zeit bis zum Frühstück zogen die vier zahlreiche Rollen Dachpappe hoch und schnitten sie zurecht. Sie führten alle Arbeiten aus, die zur Vorbereitung des Klebens der Dachpappe auf das Dach dienten und ohne heißen Kleber auskamen. Natürlich behielten sie die beiden Öfen, welche sie gut bestückt hatten, währenddessen immer im Auge.

Da erscholl ein lauter Pfiff.

»Hrrm, hrrm. Könnt ihr mal runterkommen!« Meister Gebauer stand winkend unten.

Er sah ein wenig zerzaust aus, die Haare standen ihm zu Berge. Die vier machten sich auf den Weg durch das Treppenhaus nach unten.

»Hrrm. Ihr müsst mal kurz ein paar Wellpolyester-Platten verlegen. Bei mir auf der Veranda.«

»Ich denke, das machen der Doktor und Thomas?«, fragte Karlo nach.

»Hrrm, hrrm. Die haben keine Zeit. Die müssen den Rasen mähen und so weiter.«

»Wir können hier nicht weg! Die Öfen brennen«, wandte Mücke ein.

»Ach was! Hrrm, hrrm. Das geht ganz schnell. Wenn die Öfen durch sind, seid ihr wieder da.« Der Meister war sich sicher.

Karlo überschlug die Zeit, die es noch dauern würde, bis die Öfen heiß sein sollten und kam zu dem Schluss, dass sie eine Stunde Zeit haben müssten, vielleicht eineinhalb. Beim Meister im Garten hinter dem Haus war der Doktor damit beschäftigt, einen Blumenkübel von der

Größe eines Borneimers im weiträumigen Garten des Meisters zum dritten Mal zu verrücken. Die Frau des Chefs fand immer einen noch besseren Platz.

Thomas mähte den Rasen zum zweiten Mal. Die Chefin war noch nicht ganz zufrieden mit dem Ergebnis des ersten Durchgangs. Was nicht nur an Thomas lag. Der Rasenmäher war eine merkwürdige Konstruktion auf zwei Rädern, die beim Hin- und Herschieben ein Schneidwerk in Bewegung setzte, das schärfetechnisch nicht ganz auf der Höhe war.

Am Morgen hatte der Doktor gemeinsam mit Thomas dem Meister zu dessen Geburtstag gratuliert. Der saß hinter seinem beeindruckend schwarzen, hölzernen Schreibtisch und hatte gute Laune. Die Haare standen ihm noch nicht vom Kopf. An seinem Jackett prangte zum Erstaunen der beiden Gratulanten das Abzeichen der SED. Fast alle selbstständigen Meister waren in einer Partei, das gehörte irgendwie dazu, aber in die Sozialistische Einheitspartei Deutschlands hatten es die meisten nicht geschafft. Sie waren in der LDPD, Liberal-Demokratischen Partei Deutschlands, oder in der NDPD, National-Demokratischen Partei Deutschlands. Das klang besser, kam allerdings fast auf das Gleiche raus. Niemand wusste,

und die Frage hatten sich alle gestellt, die von der Mitgliedschaft des Meisters Gebauer in der SED erfuhren, was sich der Meister dabei gedacht hatte, sich gleich in die richtige Partei einzutragen, das hieß, warum er in die Partei eingetreten war, welche die Enteignung von Privatfirmen besonders heftig vorantrieb.

Auf jeden Fall trug die Mitgliedschaft in der SED dazu bei, dass er alle, die irgendetwas zu sagen oder zu entscheiden hatten, in der Stadt und im Kreis kannte, das schadete ihm nicht.

Das Parteiabzeichen trug er nie, bis auf diesen Tag, an dem er würdevoll die Gratulationen und Präsente seiner Genossen entgegennahm.

Als Huro und Thomas wieder im Keller waren und die Sachen für den Tag einpackten, entspann sich ein kleiner Wortwechsel.

»Hast du den goldenen Schieferhammer gesehen?«, wollte Huro wissen.

»Im Schrank hinter dem Meister?«

»Ja, der. Ich habe mich schon öfter gefragt, was das sein soll. Ein vergoldeter Schieferhammer. Hat er den zum Meisterjubiläum bekommen?«, fragte Huro neugierig.

»Nee. Den wollte er Honecker schicken«, wusste Thomas zu berichten.

»Erich Honecker? Dem Erich Honecker? Dem Staatsratsdingsbums?«

»Ja doch! Genau dem!«

»Warum denn das?« Huro staunte.

»Ich habe keine Ahnung. Immerhin ist er sein Parteigenosse. Heißt es nicht: Kleine Geschenke erhalten die Freundschaft?«

»Ja. Aber wer will um Gottes willen mit Erich Honecker befreundet sein? Du? Ich jedenfalls nicht!«

»Ich auch nicht, aber wer weiß, vielleicht der Meister?«, orakelte Thomas.

»Ganz bestimmt! So sieht der aus. Das Bonbon an der Jacke hab ich heute zum ersten Mal gesehen. Hat er nicht bei der letzten Weihnachtsfeier zum Besten gegeben, dass er 95 Prozent Steuern auf seinen Gewinn zahlen muss? Und hat er nicht beim Richtfest in der LPG-Gemüseproduktion die eigenen Genossen vom Zentralkomitee der SED als Halsabschneider tituliert? Wenn das mal Freunde sein sollen ...«, dachte Huro laut.

»Stimmt, daran hab ich gar nicht gedacht. Aber immerhin hat er einen VW-Transporter abgefasst«, lenkte Thomas ein und fuhr nachdenklich fort: »Ein Auto aus dem Westen. Eigentlich hätte er das ablehnen müssen. Als Genosse. Aber warte mal, mir fällt gerade wieder ein, was mir Karlo erzählt hat. Der Genosse Erich hat vor seiner Zeit als Staatsratsvorsitzender der DDR den Beruf des Dachdeckers erlernt. Leider hatte er nach Beendigung der Lehre so viel für die KPD zu tun, dass er nicht als Dachdecker arbeiten konnte. Doch gelernt ist gelernt, hat sich unser Meister gedacht. Er als Dachdeckermeister und Honecker als Dachdecker ... Es sollte ein Geschenk von Kollege zu Kollege werden, hat Karlo gesagt. Wer weiß, was sich der Meister davon versprochen hat.«

»Bestimmt weniger Steuern.« Huro lachte. »Weißt du, warum er ihn dann doch nicht Herrn Honecker geschenkt hat? Wenn er hier rumliegt, kann er sich wohl kaum beim Staatsratsvorsitzenden erfolgreich einkratzen!«

»Keinen blassen Dunst. Wie du siehst, ist er immer noch da und verstaubt im Schrank.« Thomas musste auch lachen.

Der Chef hatte die anderen Kollegen von der Baustelle weggeholt, weil am Wochenende eine große Feier geplant war. Vom Rat des Kreises über den Bürgermeister abwärts würden alle teilnehmen. Die Vorbereitungen für die Fete zum 65. Geburtstag des Meisters liefen auf Hochtouren.
Dazu zählte auch die Demontage der alten und zum Teil kaputten Wellplatten und die Eindeckung des Verandadachs mit neuen, fast durchsichtigen hellgelben Wellpolyesterplatten.
»Warum macht ihr nicht die paar Platten auf das Dach?« Das war das Erste, was Mücke, statt einer Begrüßung, dem Doktor und Thomas an den Kopf warf, als er mit Karlo, Heinz und Kowalski beim Meister ankam.
»Die zwei haben anderes zu tun!«, belehrte ihn die Chefin scharf, bevor einer der beiden antworten konnte.
»Wo sind denn die Platten, Meister?«, wollte Karlo wissen.
»Hrrm, hrrm … Die müssen von der Baustoffversorgung geholt werden!«
»Soso, es dauert nicht lange, hat er gesagt«, brummte Mücke in sich hinein, sodass es außer Huro und Karlo, die nahe bei ihm standen, niemand hören konnte.
Laut fragte er: »Soll ich fahren, Karlo?«
»Gut, hol die Platten und vergiss die Schrauben nicht. Ich bleib mit Kowalski und Heinz hier und schraub

schon mal die alten Platten ab.«

Mückes Gesicht verbarg schlecht, was er dachte, als er sich in den UAZ setzte und losfuhr.

Karlo, Heinz und Kowalski schraubten wie die Weltmeister die alten Platten ab, um schnell fertig zu werden.

Der Doktor und Thomas hatten inzwischen ihre Aufgaben zur Zufriedenheit der Chefin erledigt und bekamen vom Meister neue Aufträge.

»Hrrm, hrrm, ihr könnt dort drüben Bänke aufbauen.« Die nächste Stunde verging damit, dass Thomas und der Doktor Bänke aus Balkenstücken und Gerüstbohlen aufbauten, Büsche beschnitten, einen Platz zum Aufstellen des Rostes vorbereiteten und so weiter und so fort, während die drei anderen das Verandadach vorbereiteten.

Dann endlich kam Mücke mit den Platten. Er hatte die dazugehörigen Schrauben mitgebracht, die sich leider als die falschen entpuppten. Die Unterkonstruktion für die Platten war aus Stahlrohren, nicht aus Holz.

Doch schnell war eine Lösung gefunden, die Schrauben ausgewechselt und Löcher in die Rohre gebohrt. Als die Hälfte der Platten auf dem Dach lag und fertig befestigt war, brach der Bohrer ab. Unter Fluchen wechselte Karlo den Bohrer. Sie waren schon weit über die vorgesehene Stunde hinaus, die Öfen mussten längst durch sein, das hieß, die Masse war längst geschmolzen und für die Arbeit bereit.

Da begann das Telefon im Büro zu klingeln. Es klingelte unermüdlich, erst nach dem zigsten Klingeln ging der Meister endlich ran. Von draußen war nicht zu hören, worum es ging. Hörbar legte der Meister den Telefonhörer auf und erschien im nächsten Augenblick auf der Veranda. Er sah noch zerfledderter aus als davor, die Augen geweitet und das Gesicht aschfahl mit knallroten Wangen.

»Hrrm! Das war die Feuerwehr. Sie haben die Öfen gelöscht!«

»Scheiße! Scheiße! Scheiße!«

Alle ließen das Werkzeug fallen und eilten zum Transporter. Thomas und Huro schwangen sich auf die Ladefläche, wo Heinz und Kowalski schon saßen. Karlo fuhr unter sehr selektiver Einhaltung der Verkehrsregeln wie von der Tarantel gestochen. Nicht nur Mücke, der auf dem Beifahrersitz saß, musste sich festhalten.

Im Affentempo erreichten sie die Baustelle.

Als sie ankamen, sahen sie das Malheur.

Das Dach, das hieß die gesamten gut hundert Meter des ganzen Wohnblocks waren in ein Meer aus schneeweißem Schaum getaucht. Die Feuerwehrmänner waren soeben dabei, Schläuche zusammenzuwickeln. Der W50 mit der langen Drehleiter, der ihnen eben entgegengekommen war, war schon wieder auf dem Rückweg zum Feuerwehrdepot.

Kowalski war als Erster von der Ladefläche des UAZ gesprungen und lief einem Feuerwehrmann in die Arme.

»Habt ihr noch alle Tassen im Schrank? Ihr könnt doch nicht einfach abhauen und die Öfen brennen lassen! Seid ihr noch ganz dicht?«, bekam er als Erster den Unmut des Oberlöschmeisters zu spüren.

Keiner widersprach, selbst Mücke, der inzwischen mit den anderen nachgekommen war und sonst keinem was schuldig blieb, fand keine passende Erwiderung, außer der Frage, warum um alles in der Welt der gesamte Block mit Schaum eingeschäumt werden musste.

»Das entscheiden immer noch wir! Auch wenn ›nur‹ einer der Öfen Feuer gefangen hatte, haben wir sicherheitshalber das gesamte Dach in Schaum gehüllt. Es ging darum, eine mögliche Ausbreitung des Brandes zu verhindern!«, machte der Feuerwehrmann unmissverständlich klar.

»Schon gut. Ich wollte ja nur wissen …«, begann Mücke zu antworten.

»Schön wäre es gewesen, wenn ihr es heute Morgen so genau genommen hättet. Dann wären wir heute nicht hier«, fiel ihm der Feuerwehrmann ins Wort.

Mücke sah sich nach den Kollegen um, die hinter ihm standen und betreten schwiegen.

»Wo ist eigentlich der Meister abgeblieben?«

»Der ist nicht mitgekommen«, vermeldete Huro zaghaft.

»Das passt zu ihm.« Nicht nur Karlo war dieser Meinung.

»Toller Meister. Zu welcher Firma gehört ihr eigentlich? Dachdeckermeister Gebauer?«, fragte der Feuerwehrmann.

»Ja. Wir sind von der Firma Gebauer«, bestätigte Karlo.

»Gut. Dann weiß ich Bescheid. Die Rechnung muss ja schließlich bezahlt werden und es wäre doch nicht gut, wenn der Falsche die Rechnung bekommen würde.«

Sie hätten die beiden Öfen niemals allein lassen dürfen. Gut, dass nur einer der Öfen lichterloh in Flammen gestanden hatte. Die Feuerwehr war von einem Bewohner des Wohnblocks geholt worden, der, nicht zu

Unrecht, Angst um sein Leben und Hab und Gut
bekommen hatte.

Allerdings war der Meister Gebauer nicht unschuldig an
der Misere. Er hätte die Kollegen schon um sechs
abholen können, bevor die Öfen brannten oder
zumindest einen Ofenwächter zurücklassen können. Er
hatte dann auch alles mit der Feuerwehr geregelt, was
die Kosten des Einsatzes betraf.

An der Geburtstagsfeier nahmen weder Karlo, Heinz,
Mücke noch der Doktor oder Thomas teil. Keiner wollte
dem Bürgermeister
oder sonstigen
Genossen begegnen.
Sie hielten es lieber
damit, diesen Herren
aus dem Weg zu
gehen.

Glut

»Was, du schon wieder!«, herrschte ein wütender
Feuerwehrmann Kowalski an.

Es war ein kühler Sommermorgen und Kowalski war
soeben auf dem Hof der Schule, deren Dach die Firma
Gebauer sanieren sollte, von der betriebseigenen
Schwalbe gestiegen. Es war der zweite Tag auf der
Baustelle.

»Wieso ich?«, erwiderte Kowalski erschrocken.

»Na, letzte Woche Freitag, da warst du doch auch auf
der Baustelle, wo wir im Einsatz waren.«

»Wieso ich …, was …« Kowalski war leicht aus der
Fassung zu bringen.

»Na in der B. Straße! Der große Block, da warst du doch
auch auf dem Dach, oder nicht?«

»Ja, wieso? Was is'n los?«

»Es hat schon wieder auf deiner Baustelle gebrannt! Der
Hausmeister hat uns heute Morgen gerufen.«

»Wie gebrannt?« Kowalski verstand nicht. »Wir haben
den Ofen gar nicht angemacht! Das kann nicht sein«,
erwiderte er sich plötzlich sicher.

»Aber trotzdem hat es schon wieder gebrannt!« Der
Feuerwehrmann vergaß seine gute Erziehung und über
Kowalski ergoss sich eine wüste Tirade
Beschimpfungen.

»Ich weiß nicht, was hier los ist. Es hat gebrannt? Na
und? Ich hab nichts damit zu tun!« Mit diesen Worten
wehrte sich Kowalski in der erstbesten Pause, die der
Feuerwehrmann machen musste, um Luft zu holen.

»Doch! Direkt neben dem Ofen ist die alte Dachpappe
angebrannt! Wenn der Hausmeister heute nicht schon
eine Stunde früher hier gewesen wäre, wären die
Flammen inzwischen zehn Meter hoch.«

»So ein Scheiß! Wir haben den Ofen gar nicht
angebrannt. Wir sind erst seit gestern hier!« Kowalski
ließ sich nun nicht mehr beirren.

Am Tag davor hatten Mücke, Olli und er angefangen,
die alte Dachpappe abzureißen. Die Altmarkplatten, die
unter der Dachpappe als Dämmung verlegt worden
waren, waren total abgesoffen. Die Altmarkplatten,

Dämmplatten aus feinen Holzspänen, waren nass wie ein Schwamm. Beim Öffnen des Daches roch es nach feuchter Erde. Mit dem Fuß auf der klatschnassen Dämmung kam Wasser raus wie aus einem Moor. Mücke, Olli die Baustelle mit Kowalski angefangen hatten und Huro, der der seinen ersten Tag auf der Baustelle war, tauchten inzwischen auch auf. Sie waren Kowalski, der mit der Schwalbe vorgefahren war, mit dem grauen UAZ gefolgt und hatten zusätzliches Material und Werkzeug geladen. Als sie aus dem Auto stiegen, wurden sie von dem Feuerwehrmann gleichermaßen mit Beschimpfungen eingedeckt. Was Mücke und Olli nicht auf sich sitzen ließen. Nach einer Weile gegenseitiger Beschimpfung kamen alle zum Schluss, dass das Problem nur vor Ort gelöst werden könne. So standen bald alle fünf um den Teerkessel auf dem Dach.

Der Teerkessel war kalt und im Feuerrost nicht das kleinste bisschen Asche.

»Was habe ich gesagt?! Kein Feuer im Ofen!«, trumpfte Kowalski auf.

Am Vortag hatten sie eine ziemliche Fläche alter Dachpappe abgerissen. Die darunter eingebaute Dämmung war in erbärmlichem Zustand, vollgesogen mit Regenwasser faulte sie der Zersetzung entgegen. Auch jetzt bildeten sich unter den Schuhen der fünf Pfützen von faulig riechendem Wasser, das durch ihr Gewicht aus der schwammigen Masse gedrückt wurde. Dennoch fand sich gleich neben dem Ofen ein kreisrunder schwarzer Fleck, der von einer beginnenden Feuersbrunst zeugte.

»Und hier, was ist das?«, warf der Feuerwehrmann Kowalski entgegen.

»Hm! Ja«, brummten alle vier.

»Das sieht ganz nach einem Schwelbrand aus«, stellte Mücke fest, der auch, so wie Olli und Kowalski, in der Freiwilligen Feuerwehr seines Heimatortes aktives Mitglied war.

»Ganz genau und wie gesagt, heute Morgen stieg schon richtig der Qualm auf. Ihr könnt von Glück sagen, dass der Hausmeister es gesehen hat«, konstatierte der Feuerwehrmann.

»Aber wie ist der Mist angebrannt?« Kowalski, der von leichter Nervosität beschlichen wurde, trat von einem Bein auf das andere, wobei schmatzende Geräusche zu hören waren, welche die abgesoffene Dämmung erzeugte.

»Alles sacknass. Wie soll das anbrennen?« Auch Mücke wusste keinen Rat.

»Eigentlich gibt es nur eine Erklärung«, ließ sich der Feuerwehrmann vernehmen, der die ganze Zeit schon den Boden intensiv unter die Lupe genommen hatte. Er bückte sich, fummelte mit den Fingern in der verkohlten Dämmung und brachte einen kleinen unversehrten Teil eines Zigarettenfilters zum Vorschein.

»Hier ist sie: die Erklärung. Die Glut einer nicht gelöschten Zigarettenkippe hat den Matsch hier angebrannt. Ganz langsam hat sie vor sich hin geglüht und einen kleinen Bereich getrocknet, der dann begonnen hat, selbst zu glühen. Über Nacht ist der Bereich immer größer geworden und heute Morgen hat die Glut die alte Dachpappe erreicht und beinahe einen

Großbrand ausgelöst! Wie ihr wisst, brennt Dachpappe gut!«

»Quatsch!« Mücke und Olli waren nicht einverstanden. »Das kann nicht sein.«

»Aha. Ihr beiden raucht also!«, stellte der Feuerwehrmann fest.

Tatsächlich waren es die beiden, die rauchten, nicht Kowalski, über dessen Kopf das größte Unwetter niedergegangen war. Er hatte als einziger Nichtraucher auf der Baustelle ganz sicher keine Schuld. Huro, der die ganze Zeit mehr oder weniger nur Zuschauer geblieben war, war zu seiner großen Erleichterung auch raus aus dem Kreis der Verdächtigen. Da auch er hin und wieder rauchte, hätte es ebenso gut seine Zigarette sein können, welche den Schwelbrand verursacht hatte. Er war sehr froh, am vorhergehenden Tag nicht auf der Baustelle gewesen zu sein. Da hatte er noch mit Löffel eine kleine Reparatur an einem Ziegeldach erledigt. Zahllose Situationen fielen ihm ein, bei denen er seine Zigarettenkippen entsorgt hatte. Zu seinem Entsetzen konnte er sich nur bei einem Bruchteil wirklich entsinnen, die Glut der Kippe tatsächlich gelöscht zu haben. Angesichts der Folgen, die eine solche Unachtsamkeit offensichtlich haben konnte, trieb es ihm im Nachhinein einen kleinen, aber deutlichen Schauer über den Rücken. Auf jeden Fall würde er ab sofort sehr genau darauf achten, dass die Asche seiner Zigaretten oder die ungelöschte Glut keinen Brand auslösen könnten. Tatsächlich warf Huro in den nächsten Tagen keine brennenden Kippen achtlos aus dem Fenster des fahrenden Transporters oder entledigte sich ihrer mit einem Fingerschnippen, wenn er hinten auf der Ladefläche des UAZ die Fahrt genoss.

Kowalski fand es sehr erfreulich, dass er nicht für die Malaise verantwortlich war. Er genoss es sichtbar und stellte mit einem breiten Grinsen im Gesicht fest: »Das habt ihr von eurer verdammten Raucherei!«

Kowalski war nicht sein richtiger Name. Er passte aber gut zu dem gutmütigen, jungen Mann mit einem fast vollkommen runden Gesicht, auf dem sich oft ablesen ließ, mit was er gerade beschäftigt war. Riss er alte Dachpappe ab, war das Gesicht grau bis schwarz, hatte er es mit Ziegeln zu tun, schimmerte es, gefärbt vom Ziegelstaub, rot.

Erst vor kurzer Zeit hatte er die Fahrerlaubnis wiederbekommen, die er für ein Jahr verloren hatte. Er war nach Feierabend mit der Dienstschwalbe zur Disco gefahren. Nachdem er einige Biere getrunken hatte, schob er das Vehikel heim. Zu seinem Unglück war er auf dem Weg eingeschlafen und wurde liegend, neben dem Fahrzeug, im Straßengraben zwischen seinem Dorf und dem Dorf, in dem die Disco stattgefunden hatte, vom ABV (Abschnittsbevollmächtigten) gefunden. Der glaubte ihm nicht, dass er das Moped zu Fuß dorthin gebracht hatte. Auch Kowalski war sich im Rückblick nicht ganz sicher, wie er in den Straßengraben fallen konnte, ohne es zu bemerken. Wie er dort neben dem Fahrzeug einnicken konnte, wusste er genauso wenig zu erklären. Der Vorfall hatte den Entzug des Führerscheins bedeutet.

Ein ABV, Abschnittsbevollmächtigter, war eine spezielle Art Polizist, von dem es in fast jeder Gemeinde oder jedem Stadtviertel ein Exemplar gab. Sie versahen den Dienst in einem bestimmten Verwaltungsbereich in der Stadt oder auf dem Land und sollten besonders volksnah sein. Unter ihnen fanden sich vereinzelt besonders eifrige Typen. So wie der ABV des Dorfes, aus dem Kowalski stammte, der morgens um halb vier den LPG-Frauen auflauerte, die mit dem Fahrrad auf dem Weg zum Melken in den Kuhstall waren, um ihnen eine Strafe aufzubrummen, wenn sie kein Licht an ihren Fahrzeugen hatten. Er knöpfte sogar seiner eigenen Frau mitten auf dem Dorfanger, unter den Augen aller, fünf Mark ab, weil er sie erwischt hatte, wie sie mit einem halbvollen Einkaufsbeutel am Lenker des Fahrrads durchs Dorf fuhr.

Kowalski schien vom Pech verfolgt, was seine Aktivitäten betraf, woran er nicht ganz unschuldig war, zumindest was übermäßigen Genuss von Bier betraf. Doch hatte er nicht alle Untugend am Wanst, wie Atze zu sagen pflegte, was ihm in diesem Fall zu einer blütenreinen Weste verhalf. Die Raucher auf der Baustelle waren um Haaresbreite an einer mittleren Katastrophe vorbeigeschrammt. Zu ihrem Glück war dem Hausmeister, der an diesem Morgen eine Stunde früher zur Arbeit gekommen war, eine feine Rauchsäule auf dem Dach aufgefallen. Er war der Sache sofort auf den Grund gegangen. Als er das Malheur sah und die Flammen zu lodern begannen, war er mit einem Feuerlöscher zur Stelle. Der Brand war schnell gelöscht. Die Feuerwehr informierte er zur Sicherheit. Alles in allem war es noch mal gut gegangen.

Das Dach des Schulgebäudes stellten sie in den nächsten drei Wochen ohne weitere Zwischenfälle fertig. Es war eine relativ neue Schule, ein Plattenbau mit einem Flachdach, benannt nach einem großen sozialistischen Vorbild. Immer, wenn es sich anbot, stellten Huro und seine Kollegen die Bitumenschmelzöfen auf das jeweilige Dach, wenn sie dieses mit Bitumenbahnen beklebten. Sie legten einfach große, rostige Stahlbleche unter die Öfen und fertig war ein effektiver Brandschutz. Seit dieser Baustelle kam ein knallroter Feuerlöscher zur Ausrüstung, der immer neben den Öfen in Reichweite stand. Das hatte die bemerkenswerte Nebenwirkung, dass die Erinnerung an die Brennbarkeit der Materialien einschließlich der Dachpappe praktisch ständig aufrechterhalten wurde. Der Umgang mit dem Brennmaterial Holz und Kohlen, dem Ofen und allem, was dazugehörte, wurde automatisch umsichtiger.

Bus

Der Doktor, Atze und Horst waren in den letzten Zügen der Baustelle am Block 8 in der Kaserne. Gerade waren sie dabei, das Gerüst zu erklimmen, als sie von einem Offizier angesprochen wurden: »Gut, dass ich euch finde. Ihr müsst das Gelände verlassen!«
»Was soll'n das?«, wollte Atze wissen.
»Das darf ich nicht sagen! Nur so viel: Ihr müsst das Objekt verlassen, und zwar in einer Stunde spätestens«, lautete die Antwort des Offiziers.

»Wer bezahlt uns das?«

»Keine Ahnung!«

Der Offizier verschwand und die drei machten sich auf den Rückweg. Angekommen in ihrem Keller unter dem Bullenkloster, machte sich Atze auf die Suche nach seinem Freund L., ein Oberst a. D., der als Zivilangestellter die Baumaßnahmen in der Kaserne koordinierte und ein häufiger Gast im Keller bei Doktor, Atze und Horst war und Atzes Bier wegsoff.

Nach einigen Minuten erschien Atze mit L. im Schlepptau.

»Jungs, das geht heute nicht anders, ihr müsst raus.«

»Was ist mit der Bezahlung?«, hakte Atze nach.

»Okay. Ich mache das. Schreibt heute einfach ein paar Reparaturen der Panzerhallen auf und ich bezahle sie euch. Um 9 Uhr müsst ihr weg sein.«

Schon verschwand er wieder, ohne Atzes Bier auch nur eines Blickes zu würdigen. Was höchst ungewöhnlich war.

Mit einem komischen Gefühl zogen die drei sich wieder um und sahen zu, dass sie halt wieder nach Hause kamen. Auf dem Weg in die Stadt fuhr der Doktor mit Atze im Stadtlinienbus, leider hatte der Doktor keine Fahrkarten mehr. Einen Tag zuvor hatte er einige Fahrscheine außer der Reihe verbraucht und vergessen, für Nachschub zu sorgen. Zu seinen täglichen Aufgaben gehörte es, die Pilsener-Vorräte aufzufüllen, die Atze brauchte, und in diesem Sommer hatte die ortsansässige Brauerei irgendein Problem. Es gab kein Pilsener im MHO (Militärhandelsorganisation), sondern nur Helles und das trank Atze nicht. Also war der Doktor gestern mit zwei Beuteln leerer Flaschen losgezogen, um Pilsener aufzutreiben. Die Kaserne lag am Stadtrand und bis zum nächsten Konsum in der Stadt war er eine gute halbe Stunde gelaufen. Dort bekam er allerdings auch kein Pilsener, das Maß war voll. Die Arme waren immer länger geworden. Da war ihm die Bushaltestelle ins Auge gesprungen, die sich direkt gegenüber vom Konsum befand. Gleichzeitig hatte er sich erinnert, von einer neuen Kaufhalle gehört zu haben, in der das

Warenangebot besser als anderswo sein sollte. Zufälligerweise fuhr der Bus zu dieser Konsumkaufhalle. Tatsächlich konnte der Doktor dort Pilsener käuflich erwerben und so fuhr er mit vollen Taschen mit dem Bus zurück. Diesmal gleich bis hinaus zur Kaserne, wobei er einmal umsteigen musste. Dabei hatte er die Fahrscheine aufgebraucht, weshalb er an diesem Tag mit Atze ohne Fahrschein in den Bus steigen musste. Zwei Stationen bis zum Bahnhof würde es schon mal gehen. Das war natürlich ein Irrtum. Kaum war der Bus angefahren, entpuppte sich ein völlig harmlos anmutender Fahrgast als Kontrolleur und wollte die Fahrscheine sehen.

Was nun? Zwanzig Mark, die als Strafe fällig würden, ausgeben für nichts und wieder nichts, ging es dem

Doktor durch den Kopf. Bei hundertzehn Mark Lehrlingsrente im ersten Lehrjahr: ein ärgerlicher und unnötiger Verlust. Je näher der Kontrolleur kam, umso nervöser wurde er.

Die erste Fahrt ohne Fahrschein und dann eine Kontrolle. Wie oft war er mit dem Bus gereist, mit gültigem Fahrschein und war nicht kontrolliert worden? Er wusste es nicht. Das steigerte natürlich das Gefühl von Ärger über sich selbst, weil er keinen Fahrschein hatte, und über den Rest der Welt, in Form des Ölers, der ausgerechnet ihm die erste und einzige Schwarzfahrt nicht durchgehen ließ.

Warum hießen die Fahrkartenkontrolleure im Volksmund eigentlich Öler?, ging es dem Doktor überflüssigerweise durch den Kopf.

Atze zeigte gewissenhaft seinen Fahrschein vor, wobei er am Schaffner vorbei den Doktor scharf ins Auge fasste. Dann stand er von seinem Sitz auf und stellte sich dem Doktor gegenüber, der sich die zwei Stationen nicht erst hatte hinsetzen wollen. Es sah ganz so aus, als wollte Atze bei der nächsten Station raus. Was den Doktor verwunderte. Normalerweise fuhr Atze mindestens vier Stationen mit dem Bus. Den Kontrolleur, der seiner Arbeit mit stoischer Ruhe nachging, behielt Atze lächelnd im Auge.

Während der Doktor über die Chancen nachdachte, durch Aussteigen an der nächsten Station zu entkommen, stellte Atze sich wie zufällig neben ihn. Gerade als der Doktor zum Schluss gekommen war, dass der Kontrolleur ihn noch weit vor dem nächsten Halt erwischen würde, merkte er, wie jemand versuchte, ihm hinter seinem Rücken etwas in die Hand zu manipulieren. Es dauerte einen endlosen Moment, bis im Gehirn des Doktors ankam, um was es sich handelte, doch dann reagierte er schnell. So kam es, dass er einen astreinen Fahrschein vorweisen konnte, als der Kontrolleur diesen zu sehen wünschte. Atze hatte ihm einen Fahrschein in die Hand gedrückt.

In der Kaserne zu arbeiten, war für den Doktor immer ein bisschen merkwürdig, das hieß, er fand die außergewöhnliche Atmosphäre gewöhnungsbedürftig. In den Garagen standen gewaltige Fahrzeuge, die durch fast nichts aufzuhalten waren. Generationen von Ingenieuren, Technikern und Arbeitern hatten mit Ausdauer und Akribie daran gearbeitet, damit diese Maschinen nicht von Bäumen, nicht von Gräben, nicht von Bergen oder anderen Hindernissen gestoppt werden konnten. Der ganze Aufwand, nicht um Felder zu pflügen und Menschen zu ernähren, sondern um so viele Menschen wie möglich zur Strecke zu bringen. Und natürlich musste diese Technik geheim gehalten werden vor denen, gegen die sie eingesetzt werden sollte. Andererseits verfügten genau diese Menschen über ähnliche Arsenale von Werkzeugen zur Vernichtung von Menschenleben. An diese dunkle Seite fühlte sich der Doktor durch den zeitweiligen Rauswurf aus der Kaserne unwillkürlich erinnert. Zumal bei dem allgemeinen Säbelrasseln, das tagaus, tagein über die Bildschirme flimmerte – bei dem Gerede vom Klassenfeind, den es zu vernichten gab, die Szenarien, die ständig zirkulierten, von den Angriffen der NATO und der Geheimnistuerei –, alles möglich schien. Andererseits gab es auch eine fast schon grotesk lustige Seite und die drei waren dabei nicht ungern Zuschauer. Vom Gerüst ließen sich die Aktivitäten, welche die Ankündigung eines hohen Besuchs unweigerlich nach sich zogen, leicht verfolgen. Zum Beispiel, wenn der Besuch des Armeegenerals bevorstand. Die Kaserne glich wochenlang einem Ameisenhaufen außer Rand und Band. Überall wurde gekehrt, gemalert und aufgeräumt. Besonders ausgiebig wurde exerziert, um einen superguten Eindruck zu machen. Bei den Malern verschwanden bei solch einer Gelegenheit schon mal eimerweise weiße Farbe und Pinsel. Die Bordsteine in der Kaserne waren schneeweiß gestrichen und die Farbe musste natürlich vor dem hohen Besuch aufgefrischt werden. Auch der Doktor war genötigt, die firmeneigenen Schaufeln und Besen im Auge zu behalten, um dem Verlust vorzubeugen. Selbst bei den Rosen, die auf den Rabatten wuchsen, wurden die welken Blätter und verblühten Blüten entfernt, damit nur die frisch aufgegangenen Blüten von Kraft und Vitalität kündeten. Schlussendlich kam der Armeegeneral nicht, sondern nur ein rangniedriger Stellvertreter, der sich für fünf Minuten im Objekt aufhielt und nicht eines der liebevoll verschönerten Mannschaftsquartiere von innen inspizierte. Selbst das tagelange Exerzieren zahlte sich nicht aus, da die Zeit des Besuchers nicht einmal für einen ordentlichen Fahnenapell reichte. Es kam auch vor, dass mal eine Abordnung russischer Offiziere auf einen Sprung reinschaute, um die Führungsoffiziere des Regiments unter den Tisch zu saufen. Es war schon mehr als unterhaltsam, zuzusehen, wie die Offiziere mit ordenbehangener Brust und gebügelter Ausgangsuniform in Begleitung der russischen Abordnung im Kasino verschwanden. Atze, Horst und der Doktor standen auf dem Gerüst, immer in der ersten Zuschauerreihe, und erfreuten sich an dem Spektakel. Nach einer Stunde erschienen die Herren NVA-Offiziere oft schon wieder auf der Bildfläche. Mit wackligen Beinen und völlig derangierter Uniform wankten sie über den Explatz in Richtung Kasernentor. Die russischen Offiziere, alle einen Kopf größer als ihre Kollegen von der NVA, kamen in diesen Fällen meistens einige Minuten später zum Vorschein und liefen immer noch kerzengerade zu ihren Autos, wo sie von ihren Fahrern erwartet wurden. Selbst die Uniform einschließlich dem noch bunterem Lametta saß bei ihnen tadellos. G. war von etlichen russischen Garnisonen umgeben. Im Allgemeinen wurde Meister Gebauer bei Anlässen, bei denen die

Anwesenheit der Mitarbeiter nicht gern gesehen war, im Voraus informiert und Atze und Horst bekamen vom Meister andere Arbeiten zugewiesen. Wenn der Doktor nicht gerade die Schulbank drücken musste, war auch er mit dabei.

Diesmal waren sie nicht vorher informiert worden, sodass sie keine andere Baustelle einplanen konnten, was in gewisser Weise verwunderlich war.

Am nächsten Tag stellte sich heraus, dass der Krieg nicht ausgebrochen war. Die Kaserne sollte nur aus Übungsgründen in Alarmbereitschaft versetzt werden und das gesamte Regiment sollte mit Mann und Maus ausrücken. Das hatte kein Unbefugter sehen sollen. Dem Doktor blieb der tiefere Sinn der Maßnahmen verborgen. Er fragte sich, was daran geheim sein konnte, wenn die Armee in Alarmbereitschaft versetzt wurde. Vielleicht die Reihenfolge, wie die Panzer aus dem Tor fuhren? Möglich war aber auch, dass es den angreifenden NATO-Armeen einen Vorteil verschaffte, wenn sie wussten, dass die Panzer links abbogen statt rechts – mit militärischen Geheimnissen war es halt so eine Sache.

Schloss

Eines Tages war der Doktor mit Atze und Horst auf dem Schloss, gelegen in der Mitte des Stadtparks, unterwegs. Horst und Atze waren die Einzigen, die sich mit der Schieferdeckung noch wirklich auskannten. Sie hatten in ihrer Lehrzeit die Grundlagen der altdeutschen

Schieferdeckung mitbekommen. Inzwischen wurden
Schieferdächer nur noch für denkmalgeschützte
Gebäude ausgeführt. Der größte Teil des Thüringer
Schiefers wurde für harte Devisen verhökert.
Das Schloss war ein u-förmiger riesiger
Gebäudekomplex. Die beiden gegenüberliegenden
Enden des gigantischen U wurden von zwei wuchtigen
Türmen gebildet. Die Dächer der Türme und der drei
Flügel waren mit Schiefer eingedeckt. Vor vielen Jahren
hatten Mitarbeiter der Firma Gebauer, unter anderem
auch Atze und Horst und einige inzwischen in Rente
gegangene alte Gesellen, große Teile des imposanten
Daches erneuert und seit dieser Zeit verfügte Meister
Gebauer über einen Raum auf dem weitläufigen
Dachboden des Schlosses, wo sich Dachböcke, Seile und
ein Turmfahrstuhl befanden.
Ein fast sagenumwobenes Werkzeug, von dem die alten
Gesellen schon oft gesprochen hatten. Mit dem
entsprechenden Glänzen in den Augen und einem
stolzen Unterton erklärte Atze dem Doktor das Gerät.
»Hier, Doktor, das ist der Turmfahrstuhl. Dort ist das
Brett, auf dem du sitzen kannst. Das ist der Flaschenzug.
Damit ziehst du dich hoch bis zu der Stelle, wo du
arbeiten willst. Und hier stellst du den Schiefer rein, den
du brauchst.«
Der Doktor sah nur ein sehr dickes Seil, das unheimlich
lang sein musste, so groß wie der Haufen Schlingen war,
der vor ihnen lag. Einige Bretter und Umlenkrollen
schienen mit dem endlosen Seil verbunden.
»Wie kommt das Ding denn auf das Dach?«, fragte er
vorsichtig.

»Ganz einfach. Oben in jedem Turm gibt es eine kleine
Klappe. Das hast du bestimmt schon mal gesehen. Dort,
wo es so eng wird, dass du innen nicht mehr
weiterkommst.«

In der Umgebung von G. gab es auf den Dörfern viele
Kirchen mit unglaublich hohen, schlanken,
schiefergedeckten Türmen – die Turmdächer spitz, steil
und achteckig –, und tatsächlich erinnerte sich der
Doktor, im oberen Drittel an einem dieser Turmdächer
so etwas wie eine Klappe gesehen zu haben.

»Du meinst die kleine Klappe an einer Seite mitten im
Turmdach? Da kann man rausklettern?«

»Ja, die. Da werden zwei
Balken rausgeschoben und
innen verkeilt. Dann werden
darauf Bretter gelegt. Wenn
alles fest ist, kriechst du raus
und stellst dich auf das
Podest. Das ist ungefähr so
groß.« Atze zeigte eine
Fläche von einem sehr
knappen halben
Quadratmeter. »Wenn du
dort stehst, ziehst du dir
eine Dachleiter hoch. Die
hängst du ganz oben an der
Turmspitze in einen Haken.
Wenn die Leiter hängt,
kletterst du auf der Leiter
zur Spitze. Wenn du dort
oben bist, ziehst du das

lange Seil vom Turmfahrstuhl hinter dir her. Dann machst du den oberen Teil vom Flaschenzug mit einem Gerüststrick so weit oben wie möglich fest.

Anschließend ziehst du dir das Brett, auf dem du sitzen und arbeiten kannst, zu dir. Wenn du fertig bist, setzt du dich auf das Brett und es kann losgehen.«

»Du ziehst dich auf dem Brett selbst hoch und lässt dich selber wieder runter?«, fragte der Doktor ungläubig nach.

»Na klar doch. Es macht Spaß, da draußen zu sitzen und sich selbst hochzuziehen. Wenn du dort bist, wo du hinmusst, klemmst du den Strick ein, damit du die Hände frei hast. Du musst nur bei Wind aufpassen, da landest du ganz schnell mal auf der anderen Seite des Turms.«

»Das wollen wir heute machen?«, fragte der Doktor tonlos.

Schon beim Zuhören war dem Doktor schwummrig geworden. Auch wenn er nur einen Teil von Atzes Beschreibung verstanden hatte, wusste er doch, dass es alles in allem ein ziemlich zirkusreifes Unterfangen war, mit dem Turmfahrstuhl zu arbeiten. Er war nicht scharf darauf, sich wie Münchhausen selbst hoch und runter zu bugsieren, ohne Seil und doppelten Boden. Nicht an spitzen Kirchtürmen und schon gar nicht am Schloss, wo die Türme locker fünfzig Meter hoch waren.

»Nein, du kannst dich beruhigen.« Atze, der die Panik in des Doktors Augen gesehen hatte lachte. »Heute benutzen wir den Turmfahrstuhl nicht mehr. Inzwischen gibt es Hebebühnen und leichte Gerüste. Als ich Lehrling war, haben wir ja nur Gerüste aus Holzstangen gehabt. Das ist aber eine andere Geschichte«, schloss Atze seine Erklärung und wusste nicht, wie groß der Stein war, der dem Doktor aus dem Hemd gefallen war. Horst und Atze reparierten mit Dachleitern, Seil und Gurt einige Schiefer. In den riesigen Dachflächen des Schlosses gab es etliche Luken, die von innen geöffnet werden konnten. Atze suchte die Klappe, die einem kaputten Schiefer am nächsten lag und jonglierte dort hindurch die Dachleiter und kletterte selbst hinterher. Von außen fielen die Klappen nicht sonderlich auf, da sie mit Schiefer beschlagen waren. Aber sie erleichterten die Arbeit ungemein.

Horst hatte den Part des Festhalters übernommen. Ihm hätte jeder in der Firma sein Leben bedenkenlos anvertraut. Horst ließ, wenn er die Verantwortung am Seil übernahm, weder denjenigen, den er sicherte, für einen Moment aus den Augen noch lockerte er den Griff auch nur einer Hand um das Seil. So sorgte er immer dafür, dass das Seil straff war und blieb. Das war die Voraussetzung dafür, dass er überhaupt eine gewisse Sicherheit gewährleisten konnte. War das Seil locker, kam es bei einem eventuellen Sturz zu einem Ruck, den kein Mensch halten konnte. War das Seil straff, konnte der Sturz abgefangen werden. Ausgenommen bei einem Sturz über die Dachrinne hinweg, den könnte nicht mal Herkules mit der Hand halten. Bei Atze, der seine Zuverlässigkeit einem erhöhten Bierkonsum opferte, sah das schon nicht ganz so gut aus, weswegen er raus auf das Dach musste und von Horst gehalten wurde und nicht umgekehrt.

Der Schiefer, den die beiden für die Reparaturen am

Westturm brauchten, lag im Ostturm. Das bedeutete für den Doktor, über den Dachboden des Westflügels, des Nordflügels und des Ostflügels zu laufen. Auf dem Rückweg, als Erschwernis, die ganze Strecke noch mit einem Packen Schieferplatten dazu. Hin und her ein Weg von ungefähr fünfhundert Metern. Für die im Dachstuhl verbauten Balken und Bretter des Schlosses musste ein ganzer Wald daran glauben.

Die Dachflächen des Schlosses waren groß und steil. Allein für das Dach des Nordflügels mussten die Holzfäller eine gewaltige Schneise in den Thüringer Wald geschlagen haben. In der riesigen Kupferdachrinne des Nordflügels wäre es möglich, in dreißig Meter Höhe bequem zu zweit ein Wettrennen zu laufen und dabei gefahrlos zu überholen. Auch für den Ost- und den Westflügel mit ihren zahllosen Gauben wurde unglaublich viel Holz verbraucht. Da waren die beiden wuchtigen Türme noch gar nicht dabei.

Die Lauferei über die uferlosen Dachböden führte den Doktor an geheimnisvollen Kammern, Kisten und Schränken, Körben und verstaubten Stapeln von Bildern vorbei. Das Halbdunkel und die Stille machten die Kulisse unheimlich. Auf den Dachböden des Ost- und Westflügels gab es unendlich viele Räume, deren Türen alle verschlossen waren. Der Doktor war mit Schiefer beladen auf dem Rückweg, hatte schon den Ostflügel hinter sich gelassen und war am Ende des Nordflügels angekommen, als es hinter ihm knarrte, gefolgt von einem dumpfen Aufschlag.

Erschrocken drehte er sich um und sah im Zwielicht eine Staubwolke wabern. Was den Krach erzeugt hatte, konnte er nicht erkennen. Unwillkürlich beschleunigte er seine Schritte. Weiter ging es über den Westflügel an einer endlosen Reihe von Türen vorbei. Als hinter ihm eine Tür geräuschvoll zufiel, lief er noch ein wenig schneller. Außer Atem kam er bei Atze und Horst im Westturm an.

»Wo bleibst du denn?«, fragte Atze ruppig.

»Dir kann man ja die Schuhe beim Laufen besohlen«, raunzte Horst.

»Du musst gleich noch mal los. Wir brauchen noch zehn 35er-Schiefer!«

»Okay. Wo finde ich die?«

»Auch im Ostturm. Blödmann! Dort, wo du den anderen herhast. Nur weiter rechts«, antwortete Atze ungehalten.

Der Doktor machte sich wieder auf den Weg. Als er an den Kammern und Türen im Westflügel vorbeikam, stellte er fest, dass alle geschlossen waren. Weshalb hinter ihm bei seiner vorherigen Runde eine Tür zugefallen war, ließ sich nicht ergründen. Eigentlich waren alle diese Türen nicht nur geschlossen, sondern auch noch verriegelt, da in den Räumen dahinter eine Unmenge absonderlicher Dinge aufbewahrt wurde, welche der Herzog zu sammeln geneigt gewesen war. Herzog Ernst hatte, wie vor zweihundert Jahren üblich, eine Sammlung mit wertvollen und schönen, aber auch mit wunderlichen Dingen aus aller Welt angelegt, die ihresgleichen suchte. Auf dem Dachboden in den Kammern, Kisten und Kästen lagerte der Teil der Sammlung, der nicht in die Vitrinen passte oder aus einem anderen Grund nicht ausgestellt wurde, um bei anderer Gelegenheit vielleicht doch noch vorgeholt zu werden. Um die anderen Grafen und Barone so richtig zu beeindrucken, hatte der Herzog sich sogar einige ägyptische Mumien zugelegt. Ein Umstand, der sich auf dem schlecht beleuchteten Dachboden auf die Fantasie auswirken konnte.

Im Nordflügel passierte der Doktor die leichte Staubwolke, die noch in der Luft schwebte. Von einem alten, hölzernen Schrank hatte sich die Tür geöffnet und ein staubiger Sack war wohl herausgefallen, als er an dem Schrank vorbeigekommen war. Das war wohl auch die Erklärung der Staubwolke, die er hinter sich hatte aufsteigen sehen. Der Schrank war leer. Im Vorbeigehen klappte der Doktor die Tür zu und schob den Sack mit dem Fuß unter den Schrank.

Im Ostturm bei den Stapeln mit dem Schiefer angekommen, begann der Doktor die Platten zu messen, um den 35er-Schiefer zu finden. Bei seiner Arbeit lauschte er unwillkürlich in die Umgebung. Durch ein mit Spinnweben verhangenes Erkerfenster fiel diffuses Licht, das zusammen mit der trüben Beleuchtung einer schwachen Deckenlampe kaum ausreichte, um die Schiefer zu finden. In den entfernteren Ecken und Winkeln verlor sich die letzte Helligkeit und ging in schwarze Dunkelheit über. Fieberhaft suchte der Doktor nach den Schieferplatten mit den richtigen Maßen. Anfangs war es nicht mehr als ein gedämpftes Rauschen im Ohr, es schien von sehr weit her zu kommen, doch dann wurde dem Doktor klar: Es waren ganz leise Geräusche, die er hörte. Sie verdichteten sich immer mehr zu einem merkwürdigen Kratzen und Schaben. Seine Ohren begannen zu glühen und während er sich umsah, rann ein kühler Schauer über seinen Rücken und er merkte, wie sich alle seine Muskeln anspannten. Zu sehen war nicht viel. Außer ihm schien sich nichts zu bewegen. Vielleicht hatte er beim Sortieren der Schieferplatten Mäuse aufgeschreckt, die sich ins Dunkel retteten?

Da flackerte das Licht, die elektrische Beleuchtung bestand aus einer nackten Birne, die mit Mühe einen Umkreis von drei Metern halbwegs erleuchtete. Plötzlich quittierte sie geräuschvoll den Dienst. Es kostete den Doktor beinahe übermenschliche Kraft, nicht sofort loszulaufen. Andererseits stellte er sich das schallende Gelächter von Horst und Atze vor, wenn er ohne Schiefer zurückgerannt käme. Seine Augen gewöhnten sich langsam an das Zwielicht, das nur noch durch das Fenster aufrechterhalten wurde. Dann hörte er ganz deutlich ein Geräusch, das wie Kratzen von Fingernägeln an morschem Holz klang. Seine Nackenhaare stellten sich auf. Für einen Augenblick wurde es fast völlig finster, vor dem Fenster bewegte sich ein Schatten. Der Doktor schwitzte kalt, dennoch war seine Neugier geweckt und er trat sehr vorsichtig näher, um der Sache auf den Grund zu gehen. Der Schatten verschwand geräuschlos. Mit zittriger Hand versuchte er, das Fenster zu öffnen, durch das staubig-trübe Glas war nicht viel zu erkennen. Die Fensterflügel klemmten, rütteln half nicht. Der Doktor hob einen Fensterflügel ein wenig an, doch er ließ sich nicht bewegen, da fiel ihm der verbogene Nagel ins Auge, der das Fenster geschlossen hielt. Er drehte ihn weg. Leise knarrend schwang ein Fensterflügel auf und der Doktor, auf alles Mögliche und Unmögliche gefasst, wurde von einem fantastischen Ausblick überwältigt. Ein klarer Sommertag, die winzigen Häuser der Stadt, die Menschen im Schlosshof auf Ameisengröße geschrumpft, die rauschenden Bäume der Parkanlagen, das grüne Umland.

Für eine Maus war der Tag nicht so gut gelaufen. Frisch zerteilt lag sie auf dem Fensterbrett, der Fang eines Turmfalken. Vorsichtig schloss der Doktor das Fenster, um die Mahlzeit des Vogels nicht länger unnötig zu stören, und machte sich wieder auf die Suche nach dem Schiefer. Atze und Horst mussten schon ziemlich lange warten, was ihre Laune bestimmt nicht heben würde. Auf dem Rückweg mit dem Schiefer in den Händen kam sich der Doktor anfangs unglaublich mutig vor. Doch als er im Nordflügel anlangte, war das Gefühl schon zu einem großen Teil verloren gegangen. Als er wieder an dem Schrank vorbeikam, roch es immer noch nach dem aufgewirbelten Staub der Jahrhunderte und es knarrte unter seinen Füßen. Der Doktor wurde langsamer und blieb schließlich vor dem Schrank stehen. Er merkte, wie sich ihm die Haare aufstellten. Die Schranktür, die er auf dem Hinweg geschlossen hatte, ging unheimlich langsam, wie in Zeitlupe, mit einem hörbaren Knarzen auf.

Die geöffnete Schranktür gab den Blick auf das gähnend leere Innere des Schrankes frei. Der Doktor trat näher und schloss die Tür wieder. Als er einen Schritt rückwärts machte, wackelte der Schrank plötzlich. Er schwankte deutlich auf den Doktor zu. Der schreckte entsetzt zurück und der Schrank kippte mit schwachem

Ächzen wieder nach hinten auf seinen Platz, wo er stehen blieb. Der Doktor schnappte nach Luft, wobei er wieder einen Schritt vortrat. Schon schaukelte ihm der Schrank, samt sich schon wieder öffnender Tür, erneut entgegen. Der Doktor wich zurück, wobei er einen Fuß hob, und der Schrank ließ von der Verfolgung ab. Eine altersschwache Diele bog sich offensichtlich in dem Moment, als der Doktor auf sie trat. Obwohl er keinen Moment an Gespenster geglaubt hatte, war er doch erleichtert, den Grund für die mysteriösen Bewegungen des Schranks gefunden zu haben.

Der Doktor setzte seinen Weg zügig fort und kam mit hängender Zunge und einem halben Zentner Schiefer bei Atze und Horst an, die ihn mürrisch mit den Worten begrüßten: »Wo warst du? Hast du ein Nickerchen gemacht?«

»Ich hab ewig gesucht. Die 35er-Steine waren in der hintersten Ecke«, verteidigte sich der Doktor.

»Na los, dann her damit oder willste die Dinger mit nach

Hause nehmen?«

Der Doktor hatte das Paket Schiefersteine immer noch in den Händen und stand wie bestellt und nicht abgeholt herum.

Was Horst zum Anlass nahm, ihn genauer zu betrachten. »Du bist nicht richtig bei der Sache, du Nachtwächter«, stellte er fest. »Die Hälfte der Steine, die du mitgebracht hast, sind Fußsteine. Was sollen wir denn damit?«

Tatsächlich hatte der Doktor einige Fußsteine mitgebracht, welche eigentlich nicht als Decksteine zu gebrauchen waren.

»Okay. Dann geh ich noch mal los.« Der Doktor machte Anstalten, sich wieder auf den Weg zu begeben.

»Nix da. Wir reparieren erst mal die aus, die du mitgebracht hast, und wenn Atze noch mehr braucht, hacke ich die paar Fußsteine um und mache Decksteine draus. Du gibst sie Atze raus. Wahrscheinlich kriegen wir damit die restlichen kaputten Schiefer repariert. Wer weiß, wie lange du beim nächsten Mal brauchst. Wir wollen ja auch noch fertig werden. Wenn es geht: heute noch.« Mit diesen Worten hinderte Horst den Doktor am Weggehen.

Fußsteine sind die größten Steine auf dem altdeutsch gedeckten Schieferdach. Es sind die Steine ganz unten auf der Dachfläche, die erste Reihe oberhalb der Dachrinne. Nach oben hin werden die Decksteine von Reihe zu Reihe kleiner. Wegen ihrer Übergröße kann aus Fußsteinen eigentlich jede Form zurechtgehackt werden. Die Decksteine sind alle kleiner als die Fußsteine. Schieferhammer und Schieferbrücke funktionieren im Zusammenspiel mit einem Dachdecker, der sie zu führen weiß – wie eine Schere, mit der die dünnen Schieferplatten zurechtgehackt werden können. Da Horst mit seinem Schieferhammer so virtuos umging wie Jimi Hendrix mit seiner Stratocaster, entstand unter seinen gezielten Schlägen in wenigen Sekunden aus irgendeinem Fußstein jeder beliebige Deckstein.

Reparaturen

Als eine sehr angenehme Baustelle erwies sich die Finanzfachschule, an der angehende Finanzbeamtinnen, Beamte und Bankangestellte ausgebildet wurden. Auch im Sozialismus musste der Staat Steuern einnehmen. Das sollte sich erst ändern, wenn der Kommunismus erreicht wäre. Und die DDR war ja erst auf dem Weg dorthin. Huro, Atze und Horst hatten in den nächsten Tagen die Aufgabe, die flachen Bitumendächer mit Bitumenfaserkitt auszubessern. Es war mal wieder so weit, dass sie aus Gründen der Geheimhaltung die Kaserne verlassen mussten. Diese Zeit nutzte Meister Gebauer dazu, mithilfe der drei, kleinere und größere Reparaturen abzuarbeiten, die sich angesammelt hatten. Die Finanzfachschule bestand aus mehreren großen Gebäuden, zum großen Teil altehrwürdige Bauwerke mit flachen Dächern, auf die Huro, Atze und Horst komfortabel durch dafür vorgesehene Ausstiege oder Fenster kamen. Die weitläufigen Häuser dienten als Internat und Schule gleichzeitig. Das Beste waren die vielen, vielen Mädchen, die den dreien über den Weg liefen. Wenn es zehn Prozent junge Männer an der Schule gab, war es viel und die hatten ihr Internat auch nicht mit den Mädchen zusammen, sondern nächtigten am anderen Ende der Stadt.

Eine geordnete Ausbildung, wie der Doktor sie aus der Schule kannte, schien nicht stattzufinden. Bis zum Mittag trafen sie immer wieder auf Mädchen in durchsichtigen Negligés oder anderer, sehr leicht durchschaubarer und knapper Bekleidung in den Fluren. Sie waren offenbar auf dem Weg in die Waschräume oder von dort in ihre Wohnräume zurück. Den jungen Damen waren diese Begegnungen keineswegs peinlich, sondern es schien ihnen durchaus Spaß zu bereiten, wenn der Doktor und seine Kollegen ihnen mit großen Augen auf ihr fröhliches »Guten Morgen!« erst etwas verzögert antworten konnten, weil sie den Mund nicht zubekamen.

Die Anziehung, die Mädchen auf den Doktor ausübten, war noch ziemlich neu. Er fand diese Veränderung ebenso suspekt wie erfreulich. Die Auswirkungen, die Mädchen auf seinen Körper haben konnten, waren ihm ein bisschen unheimlich, aber nicht unangenehm, doch zumindest so, dass er eine gewisse Vorsicht und Zurückhaltung für angebracht hielt.

Atze und Horst – sonst nie um einen zotigen Spruch oder Pfiff verlegen, kaum dass sich auch nur eine weibliche Silhouette in Sicht- und in Hörweite zeigte – verschlug nicht nur die selbstbewusste Selbstverständlichkeit, mit der die jungen Frauen fast nackt daherkamen, die Sprache. Zudem hatten die Mädchen den ersten Versuch seitens Atze gründlich im

Keim erstickt. Am ersten Tag, als die drei morgens gegen neun ankamen, stiegen sie mit dem nötigen Werkzeug, Spachtel, eimerweise Faserkitt bepackt die Treppe rauf. Das Treppenhaus war großräumig und jede Menge Mädchen, die auf dem Weg in die Hörsäle waren, kamen an ihnen vorbei. Atze konnte sich eine Bemerkung nicht verkneifen.

»Hm, wenn ich nur zehn Jahre jünger wäre, dann …«

»Dann was?«, tönte es angriffslustig von einer kleinen Blonden, die einen Treppenabsatz über ihnen unterwegs war.

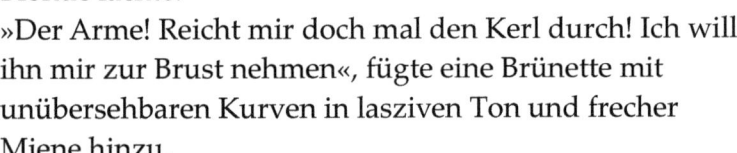

»Dann … dann«, stotterte Atze.

»Oh! Jetzt hat er's vergessen!« Die Blonde lachte.

»Der Arme! Reicht mir doch mal den Kerl durch! Ich will ihn mir zur Brust nehmen«, fügte eine Brünette mit unübersehbaren Kurven in lasziven Ton und frecher Miene hinzu.

»Sei vorsichtig, er ist nicht mehr der Jüngste«, machte sich ein Mädchen mit langen Zöpfen und kurzem Rock feixend Sorgen.

»Nicht, dass er dir zerbricht«, stimmte eine große Schlanke mit raspelkurzen Haaren und riesigen Ohrringen neben Atze in den Chor ein.

»Ach was! Ich pass schon auf!«

Vielstimmiges Kichern wogte durch den

Treppenaufgang und die Flure.

Der Doktor, der auf einem Treppenabsatz pausiert hatte, die zwei Eimer Faserkitt zogen ihn mit ihrem Gewicht ziemlich runter, war Zeuge des kleinen Disputs geworden und lachte in sich hinein. Er genoss das Bad in der Menge der Mädchen.

Atze konnte selten an sich halten, wenn eine Frau oder ein Mädchen in Sicht- und Hörweite kam. Auf jeder Baustelle und bei jeder Gelegenheit versuchte er es immer wieder – mit mehr als einem Hinterherpfeifen. Stets und ständig versuchte er seine meistens nicht stubenreinen und in seinen Augen witzigen Sprüche anzubringen. Wobei seine Sticheleien im Normalfall einfach ignoriert wurden. Diebisch freute er sich, wenn im Vorbeigehen der einen oder anderen jungen Dame auf seine Bemerkung hin leichte Schamesröte ins Gesicht stieg. Allerdings lockte er in vielen Fällen eher ähnlich taffe Reaktionen hervor wie die der Finanzstudentinnen, was ihn regelmäßig kleinlaut verstummen ließ.

Huro war dieses Verhalten ziemlich peinlich. Er versuchte sich bei diesen Gelegenheiten weitab von Atze zu halten, um nicht mit ihm in einen Topf geworfen zu werden. Mehr Abstand hatte auch den Vorteil, dass er sich ungeniert amüsieren konnte, wenn Atze die passenden Antworten an den Kopf geworfen bekam. Während ihrer Arbeiten auf der Baustelle des Internats zog Atze es ab sofort vor, sich auf ein höfliches »Guten Morgen!« zu beschränken, wenn er einer Studentin begegnete.

Einige der Leckagen im Dach sorgten für unangenehme

Zustände in den direkt darunter befindlichen Zimmern. Dem Doktor war die Aufgabe zugefallen, die Schäden in den betroffenen Gemächern festzustellen. Was erheblich dazu beitrug, die Wege des Wassers nachzuvollziehen und die Löcher in der Dachpappe aufzufinden. Bei sehr flachen Dächern war das immer ein wenig speziell, weil das Wasser an einer Stelle unter die Dachhaut gelangen konnte, in diesem Fall unter die Dachpappe, und an einer ganz anderen Stelle im Gebäude zutage treten konnte. Weshalb die Aufgabe des Doktors nicht unwichtig war.

Die Räume waren, wenn es sich nicht um Hörsäle handelte, meist von vier oder fünf Mädchen bewohnt. Der Doktor kündigte seinen Besuch einen Tag vorher an. In etlichen Räumen fand er zu seiner Überraschung nicht nur aufgestellte Schüsseln und Eimer, die zum Auffangen des Regenwassers dienten, vor. Keins der Zimmer war leer, ein oder zwei Nachzüglerinnen lagen meistens noch in den Federn oder waren eben erst dabei, sich den Schlaf aus den Augen zu reiben, obwohl er nicht morgens um sieben Uhr vor der Tür stand. Ein Umstand, der ihn einerseits verwirrte und ihm andererseits durchaus nützlich schien. Es fiel ihm ziemlich schwer, sich auf die Dachschäden zu konzentrieren und die Wasserflecken an der Decke im Blick zu behalten, wenn ihm von einem hübschen Mädchen, das mit nichts als einem langen Hemd und mit einem – vielleicht auch keinem – knappen Höschen darunter bekleidet war, erklärt wurde, wo es am meisten reingeregnet hatte. Ein Mädchen machte es ihm ganz besonders schwer. Eine kleine Zierliche, mit Kurven an den richtigen Stellen, war aus dem Bett gestiegen, als Huro hereingekommen war. Ihr Nachthemd war undurchsichtig, allerdings war es ihr drei Nummern zu groß und es rutschte ihr mehr als einmal von der Schulter, was ihre Brüste wie zufällig entblößte. Auf ein weiteres Kleidungsstück hatte sie verzichtet. Dezent sorgte sie dafür, dass dies dem Doktor auch keinesfalls entging, indem sie pathetisch ihr Nachthemd hochzog, um ihre enthüllten Brüste zu bedecken. Der Doktor genoss arglos die Aussicht, zu unbedarft, um dahinter eine Absicht ihrerseits zu erkennen.

Andererseits war er nicht gern allein in fremden Wohnräumen. Sollten die Bewohner nach seinem Besuch etwas vermissen, eine Kleinigkeit oder gar Geld, welches sie einfach nur verloren oder verlegt hatten, konnte es sein, dass der Verdacht sehr schnell auf den Besucher fiel, etwas mit dem Verschwinden des Gesuchten zu tun zu haben. Daher zog er die Anwesenheit eines Bewohners vor, wenn er in Wohnräumen zu tun hatte. Wenn es sich dabei um ein oder zwei nette, attraktive Mädchen im Pyjama handelte, war das natürlich eine hocherfreuliche Zulage zur Arbeit. Leider ging auch diese Baustelle zu Ende und er landete wieder mit Atze und Horst in der Kaserne.

Ein anderes Mal, als wieder einmal die Anwesenheit in der Kaserne nicht erwünscht war, waren die drei in der Druckerei Hermann H., wo sie hin und wieder die flachen Dächer der Werkhallen mit neuem Bitumenanstrich versahen.

Das war anstrengend, zumindest für den Doktor. Er

musste die Eimer mit dem Kaltanstrich hochziehen. Das ging mit einem langen Hanfseil gar nicht so schlecht, doch musste der Doktor das Seil von der Dachrinne, soweit es ging, fernhalten, da diese aus Plaste bestand und ein wenig empfindlich gegenüber der Einwirkung von mechanischer Energie war, wie sie von einem strammen Seil, an dem ein fünfzehn Kilo schwerer Eimer hing, ausging.

Er musste die vollen Eimer, die Atze unten abfüllte, am Rand des Daches stehend mit ausgestreckten Armen hochnehmen.

Zur Unterhaltung erzählte Horst, der bei ihm auf dem Dach war und den Bitumenanstrich auf der Fläche verteilte, eine Geschichte. Eine Sache, die der Doktor sehr genoss, wenn er mit den beiden Alten zusammenarbeitete, waren die Geschichten, die sie erzählten.

Zu fast jeder Gelegenheit fiel dem einen oder dem anderen eine passende Geschichte ein. Zum Beispiel erzählten sie von einem sehr heißen Tag, an dem sie auf einer Scheune arbeiteten. Dort hatte der Sturm einige Ziegel weggewedelt. Die Scheune stand auf einem Feld, weit und breit kein Haus und kein Mensch. Sie begannen die Arbeiten am Morgen, um der größten Hitze zu entgehen und möglichst zeitig fertig zu werden, vielleicht sogar schon zum Frühstück. Um hochzukommen, stellten sie eine schwere Holzleiter an das Dach an. Oben angekommen, machten sie sich an den Ziegeln zu schaffen. Bis ein lautes Poltern ihre Tätigkeit unterbrach. Die Leiter war zu Boden gegangen. Rundherum nur weite Felder mit im Wind wogendem grünem Weizen, der noch lange bis zur Ernte brauchen würde. Kein Mensch nah und fern, keiner, der einen Grund gehabt hätte, nach der Scheune zu sehen. Die Scheune war so gut wie leer. Nach innen hätte man einen Sprung von sechs Metern machen müssen. Der Sprung außen wäre noch einen Meter tiefer und machte einen rettenden Sprung unmöglich, zumindest, wenn man Wert auf eine gesunde Landung legte. Zu allem Überfluss hatten sie die mitgebrachten Getränke unten gelassen.

Viele Stunden vergingen, welche die beiden sitzend in praller Sonne auf dem reparierten Dach verbrachten. Erst am späten Nachmittag war ein junges Paar zur Scheune geschlendert, in der Absicht, sich dort ein wenig im verbliebenen Heu oder Stroh schönen Dingen hinzugeben. Stattdessen war das Paar so freundlich, unter Aufbietung aller Kräfte, die schwere Leiter hochzuwuchten und Horst und Atze aus ihrer misslichen Lage zu befreien. So kamen auch auf der Baustelle der Druckerei Erinnerungen hoch, an denen Horst den Doktor teilhaben ließ.

Vor einigen Jahren hatten Atze und Horst die Dächer von Hermann H. erneuert, wobei sie auch einen Teil der Dachschalung wechseln mussten. Bei den Arbeiten tauchte unter der Schalung ein perfekt erhaltener Karabiner auf, der dort während oder nach einem der letzten Kriege versteckt worden war. Es war streng verboten, Waffen anzufassen oder gar zu besitzen, zumindest was den normalen Bürger betraf, der nicht in der richtigen Partei war oder eine wichtige Funktion innehatte. Die Herren Parteikreissekretäre, Kreisärzte, verdiente Genossen und alle Personen, die mit dem Vertrauen der Partei gesegnet waren, besaßen natürlich eine Waffe, um über die Möglichkeit zu verfügen, die Konterrevolution möglichst kurz nach ihrem Ausbruch niederschlagen zu können.

Das traf alles auf Atze nicht zu, der den voll funktionstüchtigen Karabiner schulterte und sich auf den Weg zur Polizei machte, um die Waffe ordnungsgemäß abzugeben.

Er lief ungestört eine halbe Stunde durch die Stadt und den Park, bis er die Polizeihauptwache erreichte. Die Leute, die ihm begegneten, nahmen keine Notiz von ihm oder dem, was er trug.

Gern hätte der Doktor das Gesicht des Polizisten gesehen, der am Eingang Wache hatte, als Atze mit dem Gewehr über der Schulter durch das Tor kam.

»Wo haben Sie die Waffe her?«, herrschte der Polizist Atze an. »Sind Sie wahnsinnig? Sie können doch nicht mit einem Gewehr durch die Stadt laufen!«

»Das haben wir auf dem Dach gefunden.« Atze ließ sich nicht einschüchtern. »Ich wollte das Ding nur herbringen und abgeben. Wie hätte ich das sonst machen sollen? In die Hosentasche hat es nicht gepasst!«

»Jetzt werden Sie mal nicht auch noch frech! Ich kann Sie auch einsperren lassen wegen unerlaubten Waffenbesitzes! Sie haben die Waffe nicht anzufassen. Wenn Sie eine Waffe finden, dann lassen Sie die liegen, wo sie liegt, und informieren uns sofort. Verstanden?«

»Ja.«

»Also noch mal. Sie melden uns, ohne die Waffe anzufassen, jede Waffe! Das gilt auch für Pistolen,

Seitengewehre oder was Sie sonst noch so finden.«

»Ich hab's verstanden.«

Atze unterschrieb zähneknirschend das Protokoll und eine Belehrung über den Transport und den Besitz von Waffen und dergleichen.

Am nächsten Tag tauchten unter der alten Schalung, die entfernt werden musste, drei weitere Karabiner auf. Atze schickte den Lehrling, einen Vorgänger des Doktors, zur Polizei. Nach einer Stunde tauchte der per Einsatzwagen wieder auf, mit zwei Polizisten im Schlepptau.

Die Karabiner lagen am vorderen Rand im Dachkasten des Daches. Die Polizisten nahmen den Fall in Augenschein. Ein Gerüst für Flachdächer war nicht üblich und auch nicht gebaut worden.

Also mussten die Karabiner vom Rand des Daches, mit Blick in den Hof, geholt werden. Keiner der beiden Polizisten traute sich, bis zur Traufe vorzulaufen.

»Holt die Karabiner her und übergebt sie uns.« Das war die Möglichkeit, die sie fanden, um den Dachrand zu meiden.

»Das tut mir leid. Ich darf das nicht«, teilte Atze den Beamten sachlich mit.

Hilfe suchend fiel der Blick der beiden Volkspolizisten auf Horst und den damaligen Lehrling.

»Ich auch nicht«, ließ Horst wissen.

»Der Stift auch nicht«, setzte Atze hinzu.

Den beiden Staatsorganen blieb nichts anderes übrig, als sich erst auf Händen und Füßen und dann auf dem Bauch rutschend dem Dachkasten anzunähern und mit ausgestreckten Armen die Karabiner aus dem Dachkasten zu fischen.

Die Kollegen fanden immer mal was, mal einen Degen, mal ein Seitengewehr. Solche Sachen kamen auch im tiefsten Sozialismus nicht im staatlichen Gewahrsam an. Dem Doktor fielen meistens nicht mehr als alte Bierflaschen, Ziegelscherben und Dreck in die Hände. Nur zwei kleine Indianer-Zinnfiguren zierten seit einiger Zeit seinen Schreibtisch. Die einzigen Trophäen, die er jemals heil aus dem Schmutz eines Dachkastens fischen konnte.

Atom

»Du gehst auf das Kaufhaus Magnet. Die anderen sind schon dort«, lautete die Anweisung des Meisters, als Huro Montagmorgen, nach zwei Wochen Berufsschule, bei ihm im Büro stand, um zu erfahren, wo er arbeiten sollte.

Also machte sich Huro auf den Weg. Es war nicht weit zu Fuß, fünfzehn Minuten. Er war gespannt, was ihn diesmal erwarten würde. Als Huro ankam, suchte er erst einmal den Treppenaufgang. Was sich als gar nicht so einfach erwies. Das Kaufhaus war ein alter Bauhausbau mitten in der Stadt, gelegen an der Einkaufsstraße, in der

sich die Geschäfte aneinanderreihten, und die den
Fußgängern vorbehalten war.

Das Kaufhaus hatte drei Etagen, die um einen Lichthof
angeordnet waren. Auf jeder Etage wurden andere
Waren feilgeboten. Vom Unterhemd ganz unten bis zur
Stereoanlage ganz oben. Nur eine Treppe auf das Dach
war nicht zu finden. Schließlich geleitete eine
freundliche Verkäuferin Huro hinter die Kulissen und
zeigte ihm die Wirtschaftsaufgänge, durch die er auf das
Dach gelangte.

Wie für einen Bauhausbau unausweichlich hatte das
Kaufhaus ein flaches Dach, umgrenzt von Attiken und
durchbrochen von einer großen Glaskuppel, die den
Lichthof überspannte.

Huro trat aus einem regelrechten Treppenhaus auf das
Dach, eine sinnige Einrichtung, die es so nicht überall
gab, weshalb er so ein Treppenhaus noch nicht zu
Gesicht bekommen hatte. Meistens war der Zugang zum
Dach sehr viel beschwerlicher.

Als Erstes traf er auf Horst. Der machte sich an einem
Teerofen zu schaffen, wie ihn Huro bis dahin noch nie
gesehen hatte. Eckig und so sauber, dass die silbrige
Farbe des Bleches noch zu sehen war, und nicht
besonders groß. Auf Anhieb vermisste er den üblichen
Haufen Kohlen und zerhackter Holzpaletten. Stattdessen
stand da eine Gasflasche.

Horst rührte missmutig im Kessel.

»Gut, dass du da bist! Hier, mach weiter. Du weißt ja
Bescheid.«

Bevor sich Huro richtig umsehen konnte, war Horst
verschwunden und er stand ein wenig belämmert am

295

Ofen.

Während er sich fragte, wohin Horst verschwunden war, sah er sich den Ofen genauer an. Im Kessel schwammen große Klumpen, die Masse war noch nicht mal halb flüssig.

Da erschien Billy auf der Bildfläche. Er tauchte genauso plötzlich auf, wie Horst verschwunden war.

»Oh, der Herr ist auch schon da! Gut. Sieh zu, wie du die Masse heiß kriegst!«

Damit war er auch schon wieder weg. Da ging die Tür hinter Huro auf und Rudi kam, wie es schien, von unten auf das Dach.

»Oh, der Lehrling ist auch schon da!«

»Ja, ja, ich weiß schon. Aber kann mir erst mal einer erklären, wie das Ding hier funktioniert?«, bremste Huro Rudis Begeisterung.

»Gleich geht's los. Jetzt kommst du erst mal mit und trägst mit mir die restliche Masse hoch.«

Sie stiegen die Treppe eine Etage hinunter. Dort endete ein Warenaufzug, in dem sich eine in zwei Hälften geteilte Bitumengranate befand. Der Heißbitumen wurde in alte leere Karbidfässer aus Blech gefüllt. Die wogen gute achtzig Kilo, nichts, was sich an der Uhrenkette tragen ließ. Schon gar nicht konnte einer ein solches Ding so leicht eine Etage die Treppe hochschaffen, weswegen Rudi die Granate in zwei Teile zerlegt hatte.

Rudi hob das erste Teil an und stieg die Stufen zum Dach hoch. Huro machte sich am zweiten Teil zu schaffen. Immer noch vierzig Kilo, das war kein Zuckerschlecken. Auf der Hälfte der Treppe machte er eine Pause, um dann den Rest mit einem Mal zu nehmen. Um den Brocken in einem Ritt die paar Stufen nach oben zu bringen, war er noch nicht lange genug dabei.

Am Ofen angekommen, begann Rudi mit der Unterweisung, die er mit den Worten »Jetzt weißt du, wie es geht und warum wir noch nie mit dieser tollen Technik gearbeitet haben!« beendete.

Der Meister hatte den Ofen schon vor längerer Zeit erworben. Nach dem ersten Einsatz war das gute Stück dann aber im hintersten Winkel der Scheune gelandet und wurde nicht mehr benutzt.

Huros anfängliche Freude über den neuen Ofen war schnell verflogen. Immerhin musste er nicht Holz und Kohlen schleppen. Es stellte sich heraus, dass der Ofen den Bitumen nicht in dem Tempo schmolz, wie er verarbeitet wurde, das hieß, die Hitze, die der Gasbrenner erzeugte, genügte nicht, um einen ständigen Nachschub von heißer, flüssiger Klebemasse zu generieren. Es dauerte eine halbe Stunde und der Kessel war leer. Dann folgte eine Zwangspause von einer Dreiviertelstunde, bis der nächste Schwung flüssig war. Dieser Ofen war der einzige, den die Brandschutzbeauftragten des Kaufhauses zugelassen hatten. Einen normalen Kohleofen in den Hof stellen und mit kochend heißen Eimern im Aufzug fahren, war auch tabu.

Sie waren also zu vielen Unterbrechungen gezwungen. In den Pausen, in denen sie auf die heiße Masse warten mussten, gingen die Gesellen einer ihrer Lieblingsbeschäftigung nach. Sie lümmelten hinter der niedrigen Attika und sahen vom Dach runter in die belebte Einkaufsstraße, vor allem, um sich am Anblick der dort flanierenden Frauen und Mädchen zu erfreuen. Das war auch der Grund, warum sie nicht vom Ofen aus zu sehen waren. Der entsprechende Dachrand war durch das riesige gläserne Oberlicht verdeckt, weshalb es Huro so vorgekommen war, als verschwänden die Gesellen buchstäblich wie vom Erdboden verschluckt. Er wurde zum Beobachten des Ofens abgestellt. Das war nicht gerade eine Arbeit, die viel Einsatz verlangte.

Natürlich langweilte auch er sich schnell und so leistete er den anderen bald Gesellschaft, was sich schnell als Fehler erwies. Dass ein Lehrling, der nichts zu tun hatte, nicht vor den Augen der Gesellen herumspazieren sollte, war eine Lektion, die Huro schon in der ersten Woche verinnerlicht hatte. Vor allem dann nicht, wenn diese selbst zu tun hatten, oder noch schlimmer, wenn sie nichts zu tun hatten. Das war die Lektion, die er auf dem Kaufhaus lernte.

Huro fiel auf, dass Billy sich nicht an den Pfiffen beteiligte, mit welchen Horst oder Rudi ihrer Begeisterung über das eine oder andere pralle Hinterteil in kurzem Rock oder über eine gut gefüllte Bluse Ausdruck verliehen. Offenbar war es Billys Frau, die ihn hinderte, indem sie ganz in der Nähe in einem Laden als Verkäuferin arbeitete. Allein die Möglichkeit, dass sie Wind von den Machenschaften bekommen könnte, wirkte sich auf Billys diesbezügliche Aktivität beruhigend aus.

Plötzlich ging Horst hinter der niedrigen Attika in volle Deckung. Das Hinterteil in der Luft und den Kopf am

Boden schnaufte er: »Oh! Die war aus B-leben!«
Durch besonders laute Rufe hatte er die Aufmerksamkeit
einer jungen, hübschen Frau auf sich gezogen, die
offenbar aus demselben Ort stammte wie er, und da er
befürchten musste, dass seine Frau von seinem
Verhalten in Kenntnis gesetzt wurde, zog er es vor, sich
nicht zu erkennen zu geben. Huro musste laut lachen,
allerdings lachte er nicht lange.

Die drei machten den Kessel des Ofens schnell leer. Bis
die nächste Ladung Klebemasse geschmolzen war,
verbrachten sie die Zwangspause mit der Vorbereitung
für die Abdichtung eines Balkons, während Huro den
Ofen neu
befüllte. Dieser
Balkon war eine
Etage tiefer als
das Dach. Die
heiße, flüssige
Klebemasse
musste die
Treppe

heruntergetragen werden. Eine Tätigkeit, die ohne
Umwege an Huro vergeben wurde.

Für einen Balkon war die Fläche ziemlich groß. Die
Eimer waren nicht schwerer als sonst, aber sie mussten
die Treppe abwärts bugsiert werden. Um der Hitze und
dem klebrigen Inhalt zu entgehen, mussten die Eimer
möglichst weit von den Beinen ferngehalten werden. In
einem engen Treppenhaus nicht ganz einfach. Was zur
Folge hatte, dass Huros Hosenbeine sich schwarz färbten

und die Falten sich verfestigten.

Schnell war der Kessel des Ofens wieder leer und die Langeweile war wieder das Problem.

An den Balkon grenzte eine mit einem Glasdach überdachte Terrasse, die offenbar als Abstellraum diente. Es fand sich ein buntes Sammelsurium von Sachen, die, wie es schien, mal die Schaufenster des Kaufhauses geschmückt hatten. Was für eine Fundgrube. Aus einem Haufen Spielsachen zog Rudi eine hölzerne Eisenbahn hervor, eine Lok mit zwei oder drei Anhängern. So groß, dass ein Kind sie hinterherziehen könnte. Billy kam mit einem Stahlhelm der Wehrmacht um die Ecke, der zum Feuerwehrhelm umgewidmet worden war, und auf dem in roten Buchstaben auf weißem Grund das Wort Atom prangte.

»Oh, ein Atomhelm.« Rudi freute sich. Huro hatte in der Schule ein Fach mit dem Namen Zivilverteidigung gehabt, das im letzten Schuljahr mit einem vierzehntägigen Lehrgang unterrichtet worden war und das in der Berufsschule, wenn möglich, weitergeführt wurde. Den Unterricht gaben Mitglieder der Kampfgruppen der Arbeiterpartei. Die gab es in jedem volkseigenen Betrieb und der Patenbetrieb der Schule stellte die Kampfgruppenleiter für den Unterricht zur Verfügung. Dabei lernten die Teilnehmer eine Landkarte zu lesen, schossen mit einem kleinkalibrigen Gewehr und natürlich wurde auch klargemacht, wer der Gegner war. So erfuhr Huro, dass der Westen jederzeit eine Atombombe auf sein Land werfen könnte. Die USA hatten 1945 schon zweimal eine Atombombe auf eine Stadt fallen lassen. Eine der Atombomben, die tausende

Leben beendete, hieß »Kleiner Junge«.

Falls dies auch Huro passieren würde, war er angehalten, sich unter Tischen oder hinter Mauervorsprüngen zu verstecken. Aus irgendeinem Grund gingen die Genossen davon aus, dass es möglich wäre, einen Atomschlag zu überleben.

Rudi setzte sich den Helm auf und fragte in die Runde:

»Was tust du, wenn du einen Atompilz siehst?«

»Weiß ich doch nicht«, knurrte Billy.

»Du guckst ganz genau hin! So was siehst du nur einmal!«

»Haha.« Billy war nicht wirklich von Rudis Witz begeistert.

»Ich hab eine gute Idee«, ließ Rudi wissen.

»Der Lehrling setzt den Helm auf und geht durch die Marktstraße!«

»Gut. Aber er muss mindestens vor bis zum Markt laufen und wieder zurück«, stimmte Billy belustigt zu.

»Spinnt ihr?«, unterbrach Huro die beiden.

»Na, na! Nicht so aufsässig, der Herr Lehrling. Du bekommst fünf Mark für den Auftritt«, lockte Rudi.

»Nee, fällt aus«, weigerte sich Huro.

»Hast du zu viel Kohle? Ich hab als Lehrling für fünf Mark Fische gegessen«, brüstete

301

sich Billy.

»Kunststück! Das kann jeder«, wehrte sich Huro standhaft.

»Kleine lebende Fische, die mussten noch auf der Zunge wackeln!« Billy klang gleichsam stolz auf die ollen Kamellen.

»Quatsch! Wo hattest'e denn den her?«, wollte Horst wissen.

»Gefangen in einem kleinen Bach! Fünf Mücken pro Stück.«

»Du hast 'ne Macke«, bescheinigte ihm Horst.

»Ach was! Ich war jung und brauchte das Geld.« Billy lachte Horsts Einwände weg.

»Okay. Ich hab eine bessere Idee«, kam Rudi wieder ins Spiel. »Der Stift setzt den Helm auf und zieht die Holzeisenbahn hinter sich her. Dabei läuft er über den Markt!«

»Gut! So machen wir das«, stimmte Billy erfreut zu.

»Nee, vergiss es! Ich mache mich nicht zum Drops«, stand für Huro fest.

»Huro! Du Stift, ich Geselle!«, drohte Rudi halbherzig.

»Na und? Ich mache nicht mit! Ich wohne hier in der Stadt. Vor allem will ich hier weiterhin wohnen!«

»Gut. Du bekommst zwanzig Mark, wenn du es machst. Du fährst bis zum Hauptmarkt, dort an der Eisdiele bleibst du stehen und rufst: ›Alles aussteigen, der Zug endet hier!‹ Dann pfeifst du zweimal und fährst wieder zurück.«

Billy hielt sich den Bauch vor Lachen. »Ich lege noch zehn Mark drauf«, prustete er.

Dreißig Mark waren dreißig halbe Liter Bier in der

Kneipe. Für einen Lehrling wie Huro nicht zu verachten.
Heimlich dachte er über die Möglichkeit nach, warf
einen Blick auf die Einkaufsstraße und den Markt, sah
die vielen Leute und …
Da war der Kessel fertig und die Arbeit konnte
weitergehen.
Huro trug wieder Eimer für Eimer nach unten, wobei die
Hitze der Eimer seinen Beinen so nahe kam, dass es nach
versengten Haaren roch.

Ziegel

Die Partei hat immer recht. Das wussten alle und
niemand bezweifelte es, denn die Ideen der Partei waren
immer von großem Nutzen für das ihr anvertraute Volk.
Eine dieser brillanten Ideen zwang alle Betriebe,
zusätzlich zu ihrer eigentlichen Produktion, noch
Produkte für den Alltag oder an anderen Stellen
dringend benötigte Waren herzustellen. Das hieß
Konsumgüterproduktion.
Die Produkte richteten sich nach den Möglichkeiten der
Betriebe. Metallverarbeitende Betriebe stellten zum
Beispiel Bratwurstroste her, andere wiederum
Campingstühle, wieder andere, die Holz verarbeiteten,
machten Schaukelpferde oder Kinderbetten.
Der Kreisbaubetrieb hatte im Zuge dessen den Auftrag
bekommen, Betondachsteine herzustellen. Nicht ganz
einfach, weil die Erfahrung fehlte. Aus etlichen
möglichen Ziegelformen wurde eine passende

ausgesucht, handlich und mit passenden Nasen zum Einhängen in die Dachlatten oben und unten. So konnten die Dachsteine von rechts nach links oder auch von links nach rechts auf das Dach gedeckt werden. Keine schlechte Idee.

Ein mit neuen Betondachsteinen aus einer der ersten Produktionen eingedecktes Dach musste jedoch noch mal abgedeckt werden, da die nagelneuen Dachsteine vom Kreisbau mehr Wasser durchließen als die alten Tonziegel vorher, die schon hundert Jahre auf dem Buckel hatten. Es war wohl eine Frage der Mischung, des Fehlens von Bindemittel, vielleicht auch der fehlenden Verdichtung der Rohmasse, aber die Anfangsfehler wuchsen sich raus und die Dachsteine wurden zum Verkaufsschlager.

Der Meister hatte über die Genossen Verbindungen an die Ostsee, das hieß, er hatte Verbindungen zu volkseigenen Betrieben aus G., die an der Ostseeküste Ferienheime und Häuser für ihre arbeitende Belegschaft unterhielten, die, wenn sie sich entsprechend windschnittig verhielten, dort ihren Urlaub verbringen durften. Einige dieser Unterkünfte hatten reparaturbedürftige Dächer. Diese sollten von den Mitarbeitern der Firma Gebauer erneuert werden.

Die Betondachsteine für dieses Unternehmen sollten per Reichsbahn verschickt werden. Fast jeder Betrieb war mit einem Gleisanschluss an das Schienennetz der Reichsbahn angeschlossen. Das traf auch auf den Kreisbau zu. Die Betondachsteine mussten lediglich in Waggons eingeladen werden. Die Dachsteine waren in Gitterpaletten gepackt. Warum die nicht als

Transportvehikel genutzt werden konnten, blieb
zumindest Huro verborgen.

Die Gitterpaletten wurden in den Güterwaggon gestellt
und dort von Huro und seinen Kollegen ausgepackt. Die
Betondachsteine wurden händisch gestapelt. So wurde
auf jeden Fall der ganze Raum, der in dem Waggon zur
Verfügung stand, genutzt. Sicher konnten auf diese
Weise doppelt so viele Betondachstein in einen Waggon
geladen werden, als mit den Paletten. Warum nicht zwei
Waggons genutzt wurden? Niemand stellte diese Frage.
Alle Kollegen der Firma Gebauer waren da, um beim
Verladen der Ziegel zu helfen.

Sie teilten sich in mehrere Gruppen auf, sodass sie an
beiden Seiten des Waggons anfangen konnten, die Ziegel
zu verstauen.

»Also, wenn wir uns beeilen, sind wir mittags hier
fertig«, gab Karlo als Parole aus.

Sie stapelten Ziegel um Ziegel. Anfangs schien es auch
nicht schlecht voranzugehen und keiner glaubte, sich
den ganzen Tag um die Ohren hauen zu müssen.

»Ich gehe heute Abend in die Disco«, begann der neue
Lehrling Renè mit seinem Kampfgenossen einen
Gedankenaustausch. Inzwischen hatten vier weitere
Lehrlinge angefangen und Huro und Olli waren nicht
mehr die jüngsten Lehrlinge in der Firma. »Treffen wir
uns dort?«

»Ja klar, da komme ich auch hin«, antwortete der andere
Lehrling Otto begeistert, bei dem es sich um weitläufige
Verwandtschaft des Meisters handelte.

Die zwei hatten das erste halbe Jahr Ausbildung hinter
sich, wobei sich Otto mit speziellem Eifer hervortat.

Er war im Neubaugebiet von G. aufgewachsen, wo das warme Wasser aus der Wand kam und ein Ofen nicht beheizt werden musste, was zur Folge hatte, dass er den Bitumenschmelzofen nicht anheizen konnte. Sein Umgang mit Streichholz oder Feuerzeug ging nicht über das Anzünden von Zigaretten hinaus. Feuer machen und schüren, sodass es über einige Stunden brannte, konnte er nicht. Mit Vorschlägen, wie zum Beispiel die Kohlen durch das Ofenrohr in den Ofen zu werfen, weil die Ofenklappe ihm zu heiß war, brachte er die Gesellen generationenübergreifend zum Lachen und machte sich aber auch das Leben schwer. Er war gut zwei Meter groß und recht kraftlos, wenn es darum ging, mal fest mit anzupacken, klopfte aber Sprüche kraft seiner Verwandtschaft. Das waren Eigenschaften, die bei den Gesellen, ob jung, ob alt, nicht auf Gegenliebe stießen.

Otto schaffte es durch sein Verhalten, den Kollegen den letzten Nerv zu rauben, und merkte es nicht einmal. Huro erinnerte sich noch lebhaft an eine vergangene Baustelle, als Otto, Rudi, Kutte und er das Haus eines Kleinen Bauernhofes umdeckten.
Huro, Rudi und Kutte hatten das Haus eines kleinen Bauernhofs umzudecken. Die Besitzer machten für alle Frühstück und sorgten auch für einen Happen zum Mittag. Der Tisch bog sich unter den hausgemachten Köstlichkeiten. Knackwürste, frische Eier, frisches Gehacktes mit noch warmem Brot vom Bäcker, alles Dinge, die sie nicht immer vorgesetzt bekamen. Die Frau des Hauses hatte sich, nachdem sie alle mit heißem Kaffee und Tee versorgt hatte, zurückgezogen, damit sie

in Ruhe das Frühstück genießen konnten.

Die meisten Bauern hatten ein bis zwei Schweine in ihren privaten Stallungen, die sie neben ihrer Arbeit in der LPG fütterten und natürlich auch schlachteten, so hatten sie immer die feinsten Schinken und schmackhaftesten Würste, die es so bei keinem Fleischer gab.

Otto, der am Morgen zu den dreien gestoßen war, schnappte sich ein Stück Schinken, saftig und auf den Punkt geräuchert.

Als er begann, den schmalen Streifen Speck, der, wie es sich für einen guten Schinken gehörte, im richtigen Maß auch an diesem Schinken vorhanden war, abzuschneiden, zogen dunkle Wolken über Rudis Gesicht.

»Was machst du da?«, fragte Rudi scharf.

»Ich schneide das Fett ab. Das schmeckt mir nicht«, antwortete Otto und machte ungerührt mit der Schnippelei am Schinken weiter.

Rudi, selbst aufgewachsen auf einem Bauernhof, mit dem Wissen über die Herkunft und die Mühen der Entstehung eines solch leckeren Schinkens, ausgestattet mit einer gesunden Achtung vor allem Leben und Lebensmitteln, wäre im Leben nicht darauf gekommen, Schinken auf derartige Art und Weise zu misshandeln. Deshalb ließ er Otto nicht aus den Augen.

Otto schnitt Stück um Stück vom Schinken und entfernte den saftigen Speck, um die Streifen ohne Fett auf sein Brötchen zu legen, das er vorher mit einer dicken Schicht Butter beschmiert hatte.

Auf Rudis Stirn begannen sich Schweißperlen zu bilden.

»Dann iss doch Eier oder Käse, wenn dir der Schinken nicht passt!« Rudis verkrampfte Haltung machte klar, dass es ihm schwerfiel, sitzen zu bleiben.

»Nö. Der Schinken schmeckt mir ja.« Otto bekam nichts von Rudis Qualen mit. Huro befürchtete, dass Rudi aufspringen und über den Tisch langen könnte. Er hatte schon viele Baustellen erlebt und längst die ländlichen Auftraggeber zu schätzen gelernt. Die ließen sich in den meisten Fällen nicht lumpen, was ein ordentliches Frühstück und ein gehaltvolles Mittagessen betraf. Reines, frisches Schweinehack, gekrönt mit knackigen Zwiebelringen, gewürzt mit Salz und Pfeffer, auf einem fast noch warmen Brötchen, schmeckte unübertroffen. Er hatte die Leckerei erst in der Lehre kennen und schätzen gelernt. Weder in der Schulspeisung noch bei ihm zu Hause war so etwas auf den Tisch gekommen. Roher geräucherter Schinken war nicht nach seinem Geschmack, gekocht, fand Huro, war er eine Delikatesse, samt Speck. Aus der Diskussion um Ottos Essgewohnheiten hielt er sich raus. Über Geschmack ließ sich trefflich streiten und er sah keinen Grund, sich darüber zu äußern. Allerdings hätte er sich an Käse und Eier gehalten, statt den Schinken nur teilweise zu essen.

»Was soll das?!«, herrschte ihn Kutte, der eben noch mit

dem Verzehren von zwei gekochten Eiern beschäftigt war, so plötzlich an, dass Otto tatsächlich das Messer sinken ließ und aufsah.

Kuttes Gesichtsausdruck sprach Bände. Er stammte aus dem gleichen Dorf wie Rudi.

»Sei froh, dass wir hier in der Küche sitzen«, zischte Rudi, wobei er sich bedrohlich zu Otto herüberbeugte. »Du hörst sofort auf, den Schinken kaputt zu machen, und isst was anderes. Klar?!«

An Ottos Gesicht war deutlich abzulesen, dass er nicht verstand. Doch angesichts der Aufregung, die er verursachte, schien es ihm ratsam, vom Schinken abzulassen.

Der Bauer, dem die vier das großzügige Mahl zu verdanken hatten, war an diesem Morgen irgendwo anders und kam erst in diesem Moment in die Küche.

»Schmeckt's euch?«, fragte er, während er sich einen Stuhl hinzuzog und sich setzte.

»Ja. Kann ich Marmelade haben?«, nutzte Otto die Chance, sich mit anderem Brotaufstrich einzudecken.

»Warum nicht? Ich habe auch Nutella!«

Ottos Augen begannen zu glänzen. Kurz darauf verschwand das Glas Nutella in seinen großen Händen und er schmierte sich den süßen Aufstrich, der nur gegen Westgeld oder mit erheblichen Kosten zu haben war, zwei Zentimeter dick auf seine Brotscheibe.

Die Augen des Gastgebers weiteten sich und er schluckte sichtbar. Auf seinen Wangen erschienen rote Flecken.

Rudi litt offensichtlich. Sein Gesicht war rot wie der Kamm eines wütenden Gockels und die Haare standen zu Berge. Huro hätte keinen Heller darauf gegeben, dass

Rudi es schaffen könnte, noch eine einzige Minute ruhig sitzen zu bleiben. Kuttes Gesicht war wie aus Stein gemeißelt.

Otto merkte von alledem nicht das Geringste. Während er kaute, sah er sich suchend nach dem Nachschub von Kakao um, den er sich am Morgen statt Kaffee erbeten hatte.

Die Frühstückspause endete noch vor der nächsten Scheibe Brot, die Otto schon in der Hand hatte, als Rudi plötzlich aufsprang. Mit verdutztem Gesicht folgte Otto Rudi, Kutte und Huro auf den Hof, wo es Rudi übermenschliche Kräfte kostete, ihm gegenüber auf Handgreiflichkeiten zu verzichten. Kutte zündete sich eine Zigarette an und trollte sich, ohne dass er noch ein einziges Wort verlor oder Otto noch eines Blickes würdigte.

»Was sollte das mit dem Schinken?«, wollte Rudi mit Nachdruck wissen. Otto sah glotzäugig drein. »Und dann noch das mit der Nutella? Bist du noch ganz dicht?« Auf Ottos Gesicht war nicht zu erkennen, ob er verstand, worum es ging. »So was hab ich noch nie erlebt! Machst du das immer so?«, fuhr Rudi fort.

»Ja. Das Fette esse ich nie mit. Das ist eklig.«

Rudi zuckte, als hätte er eine Ohrfeige bekommen, und schnappte nach Luft. Kurz schien er dem Impuls, Otto mit einer Serie Ohrfeigen einzudecken, nachgeben zu wollen.

»Du dummes Schwein! Dann isst du halt keinen Schinken. Das ist alles nicht zu glauben«, schnaufte Rudi. »Und was war das mit der Nutella? Das war dicker als die Scheibe Brot! Du Hirni. Was sollte das?

Wie kommst du dazu, dir das halbe Glas auf einmal auf deine Stulle zu schmieren!« Rudis Stimme war gefährlich leise. Der ganze Körper gespannt wie ein Flitzebogen.

»Das mache ich auch immer so.«

»Aha!« Rudis Nehmerqualitäten waren erschöpft. Er sackte förmlich in sich zusammen. Abrupt drehte er sich um.

»Huro, wo ist Kutte? Kommt mit! Wir müssen weitermachen. Das hier hat keinen Zweck«, stellte er mit trockener Stimme fest.

Am nächsten Tag war Otto auf einer anderen Baustelle.

Auch nach dem Mittag war der Waggon noch nicht annähernd so voll, wie sie sich das vorgestellt hatten, und die Gabelstaplerfahrer setzten immer noch eine volle Palette nach der anderen in den Waggon, wo es immerhin begann, enger zu werden. Sie stapelten unentwegt weiter die Ziegel, wobei die Arme immer schwerer wurden und die Beine deutliche Ermüdungserscheinungen zeigten. Wenn sie sich am Vormittag noch hin und wieder über dies und das unterhielten und die Lehrlinge noch Pläne für den Abend schmiedeten, indem sie die verschiedenen Möglichkeiten durchgingen, an Discos teilzunehmen, von denen Huro nicht mal wusste, dass sie stattfanden, wurde es mit fortschreitender Zeit immer ruhiger im Waggon. Gegen neunzehn Uhr war es geschafft, der Waggon war vollgestopft mit Ziegeln. Jede noch so kleine Lücke hatten sie gefüllt, damit sie beim Rangieren des Waggons nicht hin und her ruckelten. Wo keine

Ziegel mehr passten, hatten sie Holzwolle hineingepresst, in der Hoffnung, Schaden von den Ziegeln fernzuhalten. Tatsächlich kamen die 33.000 Ziegel später ohne größere Verluste an der Ostsee an. Wie Huro ins Bett gekommen war, wusste er nicht, nur dass ihm alle Knochen am nächsten Tag schmerzten. Ihm taten Muskeln und Knochen weh, von deren Existenz er bis dahin nichts gewusst hatte.

Wie sich herausstellte, waren alle anderen ebenfalls spätestens nach dem Abendbrot eingeschlafen, wobei es Karlo nicht mal mehr ins Bett geschafft hatte. Er verbrachte die Nacht auf dem Sofa. Seine Frau hatte ihn nicht wach bekommen. Auch der Besuch in der Disco hatte nicht stattgefunden. Keiner der beiden Lehrlinge hatte es geschafft, sich lange genug wachzuhalten.

Für die Partei war keine Arbeit zu viel.

1. Mai

Mein Arbeitsplatz. – Mein Kampfplatz für den Frieden.

Huro dachte, dass dies auch auf die Mitarbeiter der Firma Gebauer zutreffen müsste. Da Huro frisch von der Schule gekommen war, kannte er nichts anderes, als am 1. Mai, dem Tag, an dem die Arbeiter für Frieden und Sozialismus weltweit auf die Straße gingen, an den von der Partei vorgesehenen Veranstaltungen teilzunehmen. Das hieß, Huro hatte gelernt, dass er keine Wahl hatte, wenn er schlechte Noten in den Kopfnoten Ordnung und Disziplin vermeiden und sich nicht auf ewige Diskussionen mit dem Klassenlehrer einlassen wollte. Die Schüler mussten sich am verabredeten Ort in der Stadt pünktlich einfinden, wo die entsprechenden Winkelemente verteilt wurden. Spruchbänder mit dem sinnigen Inhalt ›Meine Hand für mein Produkt‹, oder dergleichen, waren dann doch eher den Werktätigen aus den Betrieben vorbehalten. Aber die Schüler durften immerhin mit übergroßen Nelken oder DDR-Fähnchen winken, wenn sie in Reih und Glied die Tribüne der städtischen Honoratioren passierten.

Die Fahnen der Deutschen Demokratischen Republik wurden mit mehr oder weniger großer Hingabe hin- und hergewedelt. Auf der DDR-Fahne waren mit dem Hammer die Arbeiter verewigt, der Kranz aus Getreideähren bildete die Bauern ab und der Zirkel symbolisierte die Intelligenz. Alle drei Gruppen bildeten die gesamten sozialistischen Einwohner des ersten sozialistischen Staates auf deutschem Boden ab.

Nachdem die Schüler der Schule ihre Pflicht erfüllt hatten, bekamen sie auch eine Bratwurst, die sie mit der Hilfe von Gutscheinen kostenlos entgegennehmen durften.

Selbstverständlich mussten alle Teilnehmer bei diesen Auftritten in der passenden Kleidung erscheinen. Das hieß für die Schüler der ersten bis vierten Klasse, den Jungpionieren, dass sie ein weißes Hemd mit einem blauen Halstuch trugen. Bei den Schülern der fünften bis zur achten Klasse, den Thälmannpionieren, war das Hemd ebenfalls weiß, aber das Halstuch rot. Die Jungs und Mädchen der achten Klasse bis hin zur

313

abgeschlossenen Lehre waren Mitglieder der FDJ, Freie Deutsche Jugend, und sie hatten ein stahlblaues Hemd an.

Es war nicht nur für Huro eine Herausforderung, immer die entsprechenden Accessoires vorzuhalten respektive am richtigen Tag in der Schule dabeizuhaben. Außer dem 1. Mai und dem Tag der Republik gab es noch einige andere Gelegenheiten, das Halstuch zu vergessen. Die Fahnenappelle am Anfang und am Ende des Schuljahres waren da noch die einfachsten Daten, die zu merken waren.

Nachdem Huro einige schriftliche Tadel wegen nicht vorhandener passender Kleidung einstecken musste, nahm er schließlich fast jeden Tag das entsprechende Halstuch mit. Über ein nicht vorhandenes weißes Hemd sahen die Lehrer meistens großzügig hinweg.

Schwieriger wurde es mit dem FDJ-Hemd. Dafür hatte eine von Huros Mitschülerinnen eine geradezu geniale Lösung gefunden. Sie hatte immer einen blauen Kragen in ihrem Schulranzen dabei, mit einem kleinen Stück Hemd daran, den sie bei Bedarf unter ihren weit ausgeschnittenen Pullis trug, sodass der Eindruck entstand, dass sie das FDJ-Hemd pflichtbewusst angezogen hätte.

Noch waren am Morgen dieses frühlingshaften
28. Aprils nicht alle Gesellen und Lehrlinge beim Meister
eingetroffen und Huro war damit beschäftigt, in seinem
Spind ein wenig Ordnung zu schaffen und sein
Werkzeug aufzuräumen. Jockel und Löffel waren eben
von einer der betriebseigenen Schwalben gestiegen,
während Rudi und Billy in ihren Spinten kramten. Horst
und Atze schrieben ihre Wochenzettel, als die Tür
aufging und der Meister mit wichtiger Miene eintrat.
»Nächsten Montag ist der 1. Mai. Hrrm, hrrm und ihr
macht beim Mai-Umzug mit!«
»Was machen wir?« Atze sah mit erstaunter Miene von
seinem Wochenzettel auf, den er gerade schrieb. »Da
waren wir doch noch nie? Was sollen wir denn da?«
»Hrrm … Hrrm …« Der Meister schien ein wenig
unschlüssig.
»Was ist los?«, wollte Karlo wissen, der, gefolgt von
Mücke und Helmut, hereinkam.
»Dein Chef möchte, dass wir alle zur Maidemo gehen«,
erklärte ihm Horst spitz.
»Was soll das denn!«, brauste Mücke auf. »Und soll'n
wir auch noch mit 'ner Fahne winken?«
»Das ist doch nicht dein Ernst?«, fragte Horst, der mit
Atze das Privileg genoss, den Meister mit Du
anzusprechen, und verdrehte die Augen.
»Hrrm, hrrm …«, brummte der Meister unschlüssig.
Irgendwas schien ihm unangenehm.
»Na, was denn nun?!« Atze wurde ungeduldig. »Du sitzt
doch nicht etwa bei deinen Freunden auf der Tribüne,

oder?«, schob er unerbittlich nach.

»Hrrm, hrrm, hrrm …« Der Meister wurde immer nervöser.

»Aha. So ist das also!«, stellte Atze fest. »War klar. Du willst neben dem Bürgermeister sitzen und angeben.«

»Hrrm. Na ja, hrrm, hrrm … Ich wollte eigentlich. Hrrmm, hrrmm«, brummte der Meister, während er einen Weg und Worte suchte, die Katze möglichst geschmeidig aus dem Sack zu lassen.

Der Meister, Mitglied der SED und mit allen per Du und Du, die in Stadt und Partei das Sagen hatten, sollte an diesem 1. Mai tatsächlich auf der Tribüne von G. sitzen. Zusammen mit dem Bürgermeister und den anderen tapferen Kämpfern für Frieden und Sozialismus wollte er von dort oben den Marsch der Arbeiter abnehmen und den Werktätigen wohlwollend winken.

Da hätte er es gern gehabt, dass seine Mitarbeiter an der Bühne vorbeidefilierten.

»Das ist es also? Du hast dort oben einen Sitz. Und deshalb sollen wir zur Maidemo gehen?«, vergewisserte sich Horst mit rauer Stimme.

»Hrrm, hrrm. Ja, eigentlich …«

»Vergiss es!«, stellte Atze kategorisch fest.

»Hrrm, hrrm. Aber das doch nicht so …« begann der Meister.

»Doch das geht so einfach! Wir gehen nicht! Darauf kannst du wetten!«, warf Horst unnachgiebig ein und stimmte damit Atze zu.

Es folgte eine unangenehme Stille, die sich langsam im Raum ausbreitete.

»Na ja. Nehmen wir mal an, wir bekommen vom Meister

alle einen neuen, zünftigen, schwarzen Cordanzug, ein
dazu passendes weißes Hemd und eine Weste, dann
könnten wir es uns doch überlegen«, brach Karlo die
Situation auf.
»Hm«, machten Horst und Atze unzufrieden.
»Hrrm, hrrm! Das …«, ließ sich der Meister ziemlich
vage vernehmen, wobei
sich sein Gesicht leicht
verdunkelte.
Mückes Gesicht dagegen
hellte sich sichtbar auf,
bevor er mit einem
undurchsichtigen Lächeln
wissen ließ: »Das ist gar
keine schlechte Idee!«
Der Meister öffnete
brummend den obersten
Knopf seines Hemds und

drehte den Kopf wie eine Schildkröte hin und her. Es sah
fast so aus, als würde er den Ausgang suchen.
Atze und Horst sahen sich an und entschieden fast
gleichzeitig: »Gut! Wenn das so ist. Dann machen wir
auch mit!«
Huro spürte die Veränderung der Atmosphäre im Raum,
aber er verstand nichts. Der Meister drehte sich herum,
verließ den Aufenthaltsraum und stapfte brummelnd die
Stufen zu seinem Büro hoch.
Huro wunderte sich über den Verlauf der Dinge und
verstand immer noch nicht. Als die Gesellen anfingen zu
lachen, war ihm nicht im Geringsten klar, wo sie ihre
Fröhlichkeit hernahmen.

»Guckt euch den Doktor an! Der glotzt, als wäre er nicht ganz dicht.« Löffel lachte lauthals los, als sein Blick auf Huro fiel.

»Ja und?«, erwiderte Huro verärgert. »Was gibt es eigentlich zu lachen?«

»Was glaubst du denn! Dass der Meister uns feine Zunftklamotten beschafft?«, fiel Jockel lachend ein.

»Was denn?! Keine neuen Klamotten und keine Maiparade?«, mutmaßte Huro.

Neuerliches Gelächter.

»Was denkst du eigentlich, warum der Alte in seinem Büro verschwunden ist?«, fragte Karlo mit listigen Augen.

»Keine Ahnung.« Was nicht gelogen war. Hilfe suchend blieb Huros Blick an Billy hängen, der ihm am nächsten stand und sich vor Lachen krümmte.

»Lass es dir von Rudi erklären«, prustete Billy, der keine Luft bekam.

»Was denkst du? Nix bekommen wir! Wir gehen auch nicht auf die blöde Maiparade. Nix hat er, aber von der Bühne will er winken. Wenn der Alte will, dass wir aufmarschieren, muss er schon was rausrücken. Das will oder kann er nicht. Da können wir auch nicht. So einfach ist das!«

»Er will oben neben dem Bürgermeister hocken und den Macker machen. Wenn wir vorbeikommen, will er uns vorführen: Meine Leute! Hrrm, hrrm, meine Leute!«, ergänzte Karlo.

»Das kann er vergessen!«, stellte Mücke fest.

»Genau!«, lautete die allgemeine Zustimmung.

Langsam ebbte die Fröhlichkeit ab und alle

verkrümelten sich auf ihre Baustellen. .

Danach fragte der Meister nie wieder, ob sie an der Demo der Arbeiter und Bauern teilnehmen möchten. Huro staunte nicht schlecht. Er hätte sich nicht träumen lassen, dass man auch so einfach sagen konnte: Nein, ich komme nicht zum 1. Mai. Das erschütterte sein Weltbild ganz erheblich.

Zunftkleidung bekamen die Gesellen der Firma Gebauer, wie vorausgesehen, nicht. Einmal im Jahr bekam jeder eine Cordhose und, mit ein bisschen Glück, eine Jacke, nicht in der passenden Größe und schon gar nicht schwarz mit Perlmuttknöpfen, sondern eher schmutzig grün oder braun mit schwarzen Plasteknöpfen.

Die Frauen und Mütter machten die Sachen passend. Das war immerhin mehr, als in den volkseigenen Betrieben, wie zum Beispiel dem Hochbaukombinat, zu bekommen war.

Den Arbeitern aller volkseigenen Betriebe blieb am 1. Mai nichts anderes übrig, als am Marsch des Proletariats mitzutun. Sie mussten fröhlich Fahnen und Spruchbänder schwenken, als sie an der Tribüne, wo auch der Genosse Meister winkte, vorbeikamen. Die Gummiwerker, die Waggonbauer, die vom BMK und die vom Gesundheitswesen. Immerhin wurden sie, je nach Finanzlage ihres Betriebes, mit kleinen Ködern gelockt. Eine kostenlose Bratwurst gab es eigentlich immer für alle und eine Limonade. Manche Betriebe gaben fünf Mark für jeden, der erschien. Allerdings war das Nichterscheinen eine schlechte Option. Für die, welche es vorzogen, den freien Tag der Arbeiter im Freibad oder im Garten zu verbringen und die Maikundgebung der Arbeiterklasse links liegen zu lassen, fielen die kleinen Zuwendungen, wie die regelmäßige Auszeichnung als Aktivist oder Held der Arbeit, die mit einem gewissen Obolus verbunden waren, möglicherweise aus, Beförderungen sowieso.

Huro genoss es ganz besonders, nichts mehr mit diesem ideologischen Nonsens zu tun zu haben. Meister Gebauer interessierte sich nicht für solche Dinge. Auch Beschwerden aus der Berufsschule prallten bei ihm ab, sodass Huro nie wieder genötigt war, das blaue Hemd der FDJ zu tragen oder sonst eine merkwürdige Veranstaltung zu besuchen, in der keiner der Teilnehmer, wahrscheinlich auch nicht die Organisatoren, auch nur den Hauch eines Sinnes sahen. Eines Tages stand Huro im Büro des Meisters, als der einen Anruf eines Berufsschullehrers annahm.

»Hrrm. Das FDJ-Hemd vergessen. Hrrm, ich verstehe, hrrm.«

Eine Weile war nur die aufgeregte Stimme des Anrufers leise zu hören.

»Ihn hinweisen drauf. Hrrm, hrrm. Das mache ich!«

Noch einmal eindringliches Gequatsche vom anderen Ende der Leitung.

»Gut. Auf Wiederhören.«

Der Meister legte den Hörer auf und Huro erwartete den Anpfiff.

»Du gehst heute zu Karlo in die Straße der Einheit.« Das war alles, was Meister Gebauer jemals zum Thema ›vergessenes FDJ-Hemd‹ zu sagen hatte.

Aufzug

Als Rudi und Huro im UAZ um die Ecke fuhren, war plötzlich ein merkwürdiges Poltern zu hören und sie sahen, wie Olli rannte.

»Was ist denn hier los?«, fragte Rudi erschrocken und sah Huro an.

»Woher soll ich das wissen?«

»Dich hab ich gar nicht gefragt«, schnaubte Rudi.

Sie hielten an der Giebelseite eines neu gebauten Schulgebäudes in der Nähe des Aufzugs, dessen Motor nicht mehr lief. Daneben lag ein dampfender Eimer mit einem Rest heißer Klebemasse, dessen Inhalt sich auf dem Rasen verteilt hatte. Vom Dach oben schallten undeutliche Wortfetzen. »Du blödes … Das kann doch nicht …!«

Olli kam zurück.

»Ich hab keine Ahnung, was da oben los ist. Ich hab wie immer einen Eimer heiße Masse hochgezogen. Als der Eimer oben angehalten hatte, wollte ich pfeifen, damit Mücke ihn abnimmt. Da ist mir der ganze Mist entgegengekommen. Ich bin weg, so weit ich konnte«, erzählte er noch ziemlich atemlos.

Da erschien Mückes roter Kopf über dem Dachrand.

»Was wollt ihr denn schon hier!«

»Das Werkzeug holen. Der Meister hat uns geschickt!«, rief Rudi nach oben.

»Ach ja. Ich weiß, wir sind nur noch nicht so weit. Kommt erst mal hoch! Kowalski hat …, ach was, kommt hoch!«

Huro und Rudi gingen durch das Treppenhaus hoch auf das Flachdach der Schule, die Mücke, Olli und Kowalski mit Bitumenbahnen eingedeckt hatten.

Olli sah nach dem Aufzug und dem Eimer. Die drei waren dabei, die letzten Quadratmeter zu kleben. Das Material zogen sie mit dem Aufzug hoch.

Huro dachte daran zurück, wie Jockel es eines Tages übernommen hatte, ihn in die Geheimnisse des Aufzuges einzuweihen.

»Das ist unser Aufzug Johnny. Frag mich nicht, wer dem Ding den Namen verpasst hat.« Jockel hatte es eines Tages übernommen, Huro in die Geheimnisse des Aufzuges einzuweihen.

Johnny? Huro wunderte sich nicht lange über die Namensgebung. Das Vehikel schien tatsächlich über einen eigenen Charakter zu verfügen. Es sah rostig aus und hatte die ein oder andere Schramme in vergangenen Schlachten davongetragen. Aber es lief, wenn man wusste, wie man den Motor behandeln musste.

Es war praktischerweise ein Motorradmotor, der die Seilrolle antrieb, der auch in jeder MZ gelaufen wäre. Mit seinen 250 Kubik zog es gut und gern hundert Kilo.

Der Aufzug war schon aufgebaut. Bernd stand oben im Dach unter dem Aufzugkreuz und lugte über die Dachrinne an die zehn Meter zu Huro und Jockel herunter.

Das Stahlseil des Aufzugs lief oben über eine Rolle, welche an einer Art Galgen hing. Einem Balken, der über einer dreieckigen Konstruktion aus zusammengebundenen Brettern, genannt das Kreuz, an der Traufe über die Dachrinne herausragte und hinten unter dem Dach festgebunden war.

Unten baumelte ein zylindrisches Gewicht aus rostigem Stahl über dem Haken am Aufzugsseil, worüber Huro sich wunderte. Wozu unnützer Ballast, wenn man doch eh schon schwere Lasten hochziehen wollte?

Huro verfolgte, wie Jockel routiniert ein Paket Ziegeln am Haken befestigte und hochzog.

»Wenn das Paket oben ist, drückst du auf die Bremse und lässt Gas und Kupplung los!«

Bernd langte oben vom Dachrand nach dem vor seiner Nase baumelnden Päckchen Ziegeln.

»Jetzt lässt du ein wenig die Bremse locker, nicht ganz, nur so, dass Bernd die Ziegeln hereinziehen kann und nicht die ganze Last in der Hand hat.«

Das Paket aus fünf Ziegeln wog fünfundzwanzig Kilo. Bernd zog es in den Dachboden, um es dort vom Haken zu lösen.

Alsbald baumelte der Haken wieder in der Luft.

»So, jetzt probierst du es mal!«

Huro stellte sich vor Johnny, in der rechten Hand den Hebel für die Kupplung und in der linken den mit einem Gewicht beschwerten Hebel für die Bremse.

»So. Jetzt hebst du die Bremse ein wenig an.«

»Wie halte ich … an?«, blieb Huro im Halse stecken. Der Haken raste Richtung Boden.

»Bremsen! Du musst bremsen! Die Bremse. Die Bremse!«

Der Haken hielt und Huro bemerkte Jockels eisernen Griff auf seiner linken Hand.

»Vorsicht! Mach langsam! Du musst bremsen, das Ding

ist schwer. Da kannste leicht einen erschlagen!«
Blass geworden und den Magen in der Kniekehle erholte
sich Huro von dem Schreck.
»Geh mal beiseite, ich zeig's dir noch mal!«
Huro musste ein neues
Ziegelpaket an den
Haken hängen und Jockel
wiederholte die
Vorführung.
Es sah nicht schwerer aus
als beim letzten Mal.
Als der Haken in der Luft
schaukelte, nachdem das
Paket sicher bei Bernd auf
dem Dachboden
angelangt war, übergab
er Huro wieder die Hebel
des Aufzugs.

»So, noch mal von vorn. Bremse leicht loslassen!« Der
Motor wickelte das Drahtseil nur auf, zog die Last nach
oben. Sollte der Haken herunterkommen, lief der Motor
im Leerlauf. Das Gewicht zog den Haken samt Seil nach
unten, war Huro der Sinn des zusätzlichen Ballastes
inzwischen klar geworden. Es musste nur der Motor
leerlaufen und die Bremse bedient werden.
Huro hantierte mit den beiden Hebeln, der Motor
stotterte geräuschvoll und schien das Handtuch
schmeißen zu wollen.
»Lass die Bremse los! Mensch! So wird das nichts!«,
raunzte Jockel ungeduldig.
»Ich mach doch schon.«

Das Gewicht ruckelte nach oben. Huro erschrak und bremste schon wieder mit vollem Einsatz. Der Motor gluckste und gab auf.

»Scheiße, jetzt hast du ihn abgewürgt!«

»Hm. Was?«, fragte Huro Hilfe suchend.

»Ja! Was jetzt? Du schmeißt ihn wieder an! Ganz einfach.«

Das hatte Huro gerade noch gefehlt. Johnny wurde wie ein Motorrad angeworfen mit einer Art Kickstarter.

Er trat vorsichtig den Hebel. Das ging sehr schwer und Johnny machte keinen Ruck und keinen Zuck.

Zweiter Versuch. Eine schwarze Wolke stob mit einem dumpfen Geräusch aus dem Auspuffrohr.

Jockel verdrehte die Augen und fuhr Huro an: »Nicht so mädchenhaft! Verdammt!«

Huro brachte sein ganzes Gewicht ein und das Leben kam knatternd zurück in Johnnys Eingeweide.

Jockel schnaufte vernehmlich neben Huro.

»Wenn du bremst, denk an die Kupplung. Die Kupplung! Du musst auskuppeln! Blödmann!«

Huro bediente die beiden Hebel und der Motor jaulte gequält.

»Die Kupplung, du musst die Kupplung kommen lassen! Wenn du hochziehst, musst du die Bremse loslassen und die Kupplung kommen lassen. Menschenskind! Das kann doch nicht so schwer sein!«

Huro versuchte es noch mal und der Haken sauste plötzlich nach oben. Bevor Jockel »bremsen« schreien konnte, stand es wieder.

Huro hatte die Bremse gefunden und der Motor lief noch.

»Langsam und mit Gefühl musst du rangehen!«
Stück für Stück kroch das Gewicht nach oben. Jockel sah Huro zweifelnd an und befand trocken: »Ich glaube, wir sollten erst noch mal üben.« Nach einer kurzen Kunstpause setzte er fort: »So, jetzt lässt du erst mal das Gewicht wieder runter. Gut so! Jetzt ziehst du es hoch, ein Stück, nur so zwei Meter und dann hältst du an!« Der Schweiß auf Huros Stirn wurde kalt. Wie war das gleich? Kupplung, Gas, Bremse? Das Gewicht baumelte in zwei Meter Höhe.

»Jetzt gibst du etwas Gas und lässt die Kupplung kommen. Gleichzeitig die Bremse hoch«, wiederholte Jockel ungeduldig.

Huro folgte Jockels Anweisungen, der Motor brummte und ein Ruck fuhr durch den ganzen Mechanismus.

»Mit Gefühl! Langsam! Du würgst ihn wieder ab!«
Huro bremste und gab gleichzeitig Gas. Es ruckelte, der Motor hustete und prustete. Huro brummte der Schädel.

»Mensch, du musst Gas geben! Wie beim Moped. Wie blöd muss man sein!«, stöhnte Jockel gequält. »Stell dich nicht so an! Kuppeln und Gas geben.« Jockel wurde immer ungeduldiger. »Gib Gas! Mit dem Finger!«, schrie Jockel der Verzweiflung nahe.

Ach ja. In Huros Kopf wurde das Informationskarussell langsamer und es begann eine Struktur zu entstehen. Mit dem rechten Zeigefinger bediente er den kleinen am Kupplungshebel befindlichen Hebel für das Gas.

Der Erfolg ließ nicht lange auf sich warten. Wie von der Tarantel gestochen schoss das Gewicht in die Höhe.

»Anhalten! Anhalten!« Jockel blieb fast die Stimme weg.
Ääääh? Einen Meter unterhalb der Umlenkrolle

baumelte das Gewicht.

»Das war knapp«, sagte Jockel erleichtert und fuhr fort:
»Wenn du nicht rechtzeitig bremst, reißt du das Kreuz
und den ganzen Kram runter!«

»Alles klar«, nahm Huro zur Kenntnis.

»Und wie es runtergeht, weißt du ja schon.«

»Was macht ihr eigentlich da unten?« Bernds Gesicht
erschien oben zwischen dem Kreuz.

»Der Stift muss auch mal lernen, wie Johnny
funktioniert«, antwortete Jockel.

»Ja, aber nicht heute! Ich krieg Angst hier oben! Der zerrt
mich mitsamt dem ganzen Schlamassel runter.«

Bernd hatte oben die Aufgabe, das Material oder
Werkzeug hineinzunehmen. Das hieß, die Last auf den
Dachboden oder auf das Flachdach zu ziehen. Das alles
ohne jedes Gerüst. Festhalten konnte er sich nur an den
drei Brettern des Kreuzes.

»Gut, dann verschieben
wir das Ganze erst
einmal«, lenkte Jockel
ein.

Diesen in seiner Art
bemerkenswerten
Aufzug hatten Olli,
Kowalski und Mücke auf ihrer Baustelle.
Oben angekommen, empfing sie Mücke, dessen
Halsschlagadern gerade wieder einigermaßen
abgeschwollen waren. Mücke war sehr leicht auf die

327

Palme zu bringen. Sein dabei errötendes Gesicht ließ seinen blonden Schopf bei diesen Gelegenheiten immer noch heller erscheinen. Andererseits stieg er auch ziemlich schnell wieder runter. Mücke klärte Huro und Rudi wortreich über Kowalskis Taten auf, der gerade zurückgezogen in einer entfernten Ecke des Daches die restlichen Dachpappenstücke zusammenlas.

»Stellt euch vor, Kowalski, der Idiot, hat einfach die drei Rollen Dachpappe, die wir die ganze Zeit als Beschwerung auf den Aufzugsarm gelegt hatten, weggenommen. Olli hat er davon nichts gesagt. Der hat den Eimer heiße Masse hochgezogen. Als der Eimer oben war, ist der ganze Laden runtergekracht und die Stange ist in hohem Bogen knapp neben meinem Auto gelandet!«

Mücke schnappte nach Luft.

»Einen halben Meter weiter links und mein Auto wäre hin gewesen!«

Er führte Huro und Rudi zum Dachrand.

»Könnt ihr's sehen?«

Tatsächlich war das gut sechs Meter lange Eisenrohr, welches die drei als Aufzugstange verwendet hatten, direkt neben seinem Auto aufgeschlagen. Eine riesige Delle im ganzen Auto wäre wohl bei einem Volltreffer das Mindeste gewesen.

Dass der Eimer mit der heißen Masse ohne die Auflast der Dachpappe oben angekommen war, glich einem Wunder und war der Hebelwirkung des sehr langen Rohrs zu verdanken. Oben angekommen wippte die Last oft ein wenig, wenn der Aufzugfahrer die Kupplung zu schnell losließ und deshalb heftiger bremsen musste.

Ausgerechnet beim vorletzten Eimer hatte Olli nicht mit dem üblichen Händchen, das er für den Aufzug hatte, gearbeitet und der Eimer hatte ein ganz kleines bisschen geruckelt. Das hatte gereicht und die ganze Konstruktion war zusammengebrochen und Olli hatte unten die Beine in die Hand nehmen müssen.

Im Fall der letzten Papprollen war es üblich, die zwei, drei Eimer Klebemasse, die noch gebraucht wurden, nach Absprache hochzuziehen. Dabei betätigte sich meistens einer als Gegengewicht und stellte sich auf die Aufzugstange, damit es nicht zum Zusammenbruch kam. Kowalski hatte in der Hektik, zu der es oft gegen Ende der Arbeiten kam, vergessen, Bescheid zu sagen und hatte die Dachpappe vom Aufzugsarm genommen und sie ausgerollt. Olli unten wusste nicht, dass die Stange nun nicht mehr verankert war. Sehen konnte er es auch nicht und so hatte er den Eimer mit frischer dampfender Masse angehängt und hochgezogen.

»Ich weiß nicht, was ich getan hätte, wenn mein schönes Auto ... Das hab ich erst vorgestern aus der Werkstatt geholt. Ich habe eine Beule im Kotflügel wegmachen lassen und es war noch mal gerade so ohne neue Farbe abgegangen. Das kann ja auch keiner bezahlen. Ich glaube, ich hätte ihn ...« Mückes Hals begann bedenklich anzuschwellen.

»Krieg dich wieder ein. Sei froh, dass du den Eimer nicht abgenommen hast. Du wärst womöglich samt dem Mist abgepfiffen«, fand Rudi.

Kowalski war inzwischen näher gekommen, zog es aber vor, immer noch ein wenig Abstand zu halten.

»Hm. Stimmt, ich wollte gerade hingehen und den

Eimer abnehmen«, dachte Mücke laut, dessen Ärger schon wieder im Abflauen war.

»Was war los mit dir, Kowalski?«, wollte Rudi wissen.

Kowalski schluckte und kam noch etwas näher. Es schien, als wollte er eine Erklärung abgeben.

»Ich hab nicht daran gedacht, Mücke! Eigentlich wollte ich mich hinten auf die Stange stellen, wenn Olli den Eimer zieht. Ich hab es vergessen. Ein Glück, dass nichts passiert ist. Das Kreuz und die Stange samt Eimer hättest du nicht festgehalten. Gut, dass der Lehrling so flinke Beine hat. So eine scheiß Eisenstange eitert nur sehr schlecht wieder raus!«

Der Blick, mit dem Mücke Kowalski bedachte, ließ sich nicht beschreiben.

»Ich glaub, wir haben ganz schön Schwein gehabt«, ließ Mücke mit einer gewissen Erleichterung wissen.

Schnee

Das Feuer im Ofen prasselte und das Eis an den Fensterscheiben begann zu schmelzen. Es herrschte ziemliche Ruhe, alle kauten auf ihren Broten herum, als ein plötzlicher Schlag an der Tür die entspannte Ruhe zunichtemachte.

»Das sind schon wieder die Halbstarken von gestern«, knurrte Horst.

»Denen geht's wohl zu gut? Die haben wohl lange nicht mit der Krankenschwester geschmust?«, vermutete Billy.

»Das könnte denen gefallen, 'ne hübsche

Krankenschwester. Nee. Ich würde sagen, die haben schon lange nicht aus der Schnabeltasse getrunken«, korrigierte Thomas nicht ganz im Ernst.

»Was sind das eigentlich für Typen?«, wollte Rudi wissen.

Wie um der Frage Nachdruck zu verleihen, zerschellten zwei Schneebälle gleichzeitig an der Tür des Bauwagens. Im Winter widmeten sich die Mitarbeiter der Firma Gebauer, wenn die Aufträge es ermöglichten, gern den wenigen Arbeiten, die sie unterdach erledigen konnten. Dazu zählte vor allem der Innenverstrich. Das hieß, die Dächer, welche sie im Sommer mit neuen Betondachsteinen eingedeckt hatten, versahen sie im Winter mit dem üblichen Innenverstrich, wenn es denn möglich war. Waren die Dächer nicht ausgebaut und die Ziegel von innen zugänglich, konnte der Innenverstrich im Winter vom Dachboden aus gemacht werden. War der Dachboden ausgebaut und ein nachträglicher Zugang von innen zu den Ziegeln nicht möglich, wurden die Ziegel schon im Sommer beim Eindecken in Mörtel verlegt.

Die Fugen zwischen den Ziegeln oder Betondachsteinen wurden von innen mit Kalkmörtel verschlossen. Eine Arbeit, die mal im Liegen, mal im Stehen und auch mal im Sitzen durchgeführt werden musste. Vor den kalten Temperaturen waren Huro und seine Kollegen nur sehr bedingt abgeschirmt, aber immerhin war es eine Arbeit, die dick eingepackt bei Schnee und Regen gemacht werden konnte.

Im Sommer hatten Löffel, Kutte und Huro, manchmal waren auch Rudi und Billy dabei, einige Dächer der

Wohnungsbaugenossenschaft der Eisenbahner mit neuen Betondachsteinen eingedeckt. Da es sich um lange und große Blocks mit gut zugänglichen Dachböden handelte, war die Arbeit den ganzen Winter gesichert. Das erwies sich als großer Vorteil in diesem Winter, der lang und ungewöhnlich schneereich war. So war es gekommen, dass auf der Baustelle Karlo, Heinz, Huro, Micha und Thomas arbeiteten. Sie hatten sich den firmeneigenen kleinen Bauwagen zwischen die Blocks in eine Sackgasse gestellt. Gerade dort, wo jeden Morgen eine Gruppe Schüler durch den Schnee zur Schule trottete und mit nicht verschlissenen Kräften zwischen Mittag und Nachmittag von der Schule zurückkamen. Die Burschen waren nicht viel jünger als Huro und seine Mitstreiter aus dem zweiten Lehrjahr, Micha und Thomas. Micha hatte es sich nicht verkneifen können, als er eines Morgens die Ladefläche des Transporters von Schnee befreien sollte, eine große Ladung Schnee auf die Füße der vorbeikommenden Schüler zu klatschen, womit er die Halbstarken aus ihrem morgendlichen Halbschlaf riss.

Als die jungen Burschen von der Schule zurückkehrten, flogen Schneebälle in Richtung Micha, der auf dem Weg zum Bauwagen war, was der wiederum nicht auf sich sitzen ließ. So kam eins zum anderen. Der Bauwagen allerdings war bisher noch nicht das Ziel gewesen. Micha war ein hochgewachsener, gut aussehender Jüngling mit kurzen struppigen Locken. Er war keineswegs hinterhältig oder bösartig, nur von Zeit zu Zeit stach ihn der Hafer.

Wenn der Ofen im Winter so richtig warm war und

draußen Schnee fiel, waren die Pausen länger als im Sommer und es wurde engagiert Skat gespielt. So geschah es einige Tage zuvor.

Karlo, Heinz und Micha spielten Skat im buddelwarmen Bauwagen. Huro hatte gerade erst die Grundbegriffe des Spiels begriffen und sah interessiert zu. Thomas interessierte sich nicht für Skat und nutzte die Gelegenheit für ein Nickerchen.

Einige ruhige Runden waren gespielt, die meisten hatte Karlo gewonnen, einige hatte Heinz für sich entschieden. Micha hatte versucht, das ein oder andere Spiel zu machen, wurde aber immer von den beiden anderen in Grund und Boden gespielt. Das letzte Spiel begann mit den üblichen Ansagen.

Da Micha die Karten gegeben hatte, musste Heinz mit seiner Ansage beginnen.

»Also achtzehn.«

»Hab ich«, gab Karlo zu verstehen.

»Zwanzig!«

»Auch das!«

»Dreiundzwanzig!«

»Hab ich auch!«

»Das war's von mir«, teilte Heinz mit.

»Okay. Dann übernehme ich«, wandte sich Karlo an »Herr Micha!«.

Der zuckte ein wenig zusammen, da er in den letzten Minuten den beiden anderen offensichtlich nicht zugehört hatte.

»Ja?!«

»Also, Heinz ist weg und ich sage dir vierundzwanzig!«

»Da bin ich auch raus«, teilte Micha achselzuckend mit.

»Was? Was soll das? So schlecht können deine Karten nicht sein!«

»Warum nicht, Freund?«, wunderte sich Micha.

»Weil die Karten bei mir gerade bis hier gereicht haben und Heinz auf eine Null spekuliert hat! Hab ich recht?«, fragte Karlo in Richtung Heinz.

»Ja, meine Karten sehen nicht besonders gut aus«, stimmte Heinz zu.

»Hm. Na, dann muss ich wohl das Spiel machen«, stellte Karlo missmutig fest. Er fischte nach den beiden auf dem Tisch liegenden Karten und sortierte sie mit dunkler werdender Miene in seine  Karten, die er auf der Hand hatte. Brummend ließ er seine Finger über den Fächer seiner Karten hin- und herwandern, bis er sich für zwei Karten entschied, die er auf dem Tisch ablegte. Mit finsterer Miene kündigte er ein denkwürdiges Grand an. Karlo spielte die erste Karte aus und Micha stach mit einem Buben das Ass weg. Karlos Augen blitzten.

»Was soll das?«, knurrte Karlo.

»Ich spiel Skat«, griente Micha höchst zufrieden über den Tisch.

»Du spinnst wohl! Wo hast du den Buben her?«, rief

Karlo mit blitzenden Augen.

»Hab ich halt«, antwortete Micha mit einem Gesichtsausdruck, der Harmlosigkeit und Ernsthaftigkeit ausdrücken sollte.

»Hm …«, brummte Heinz mit Blick auf seine Karten.

»Karlo! Ich glaube, der Kerl mauert!«

»Wenn du mauerst, kannst du was erleben«, drohte Karlo.

»Ich doch nicht!« Michas Unschuldsmiene übertraf alles bisher Dagewesene.

Er legte einen zweiten Buben auf den Tisch.

Karlos Augen wurden erst größer, dann verengten sie sich. »Was ist denn hier los?«, knurrte er mehr in die Runde als zu jemand Bestimmtem. »Du! Du Mistkerl, du bescheißt doch!«

»Ach was! Ich hab eben gute Karten«, stritt Micha ab.

»Ach ja? Und deshalb warst du bei vierundzwanzig raus?«, konterte Karlo.

»Ja, Freund! So gut waren die Karten auch wieder nicht.«

»Na warte, du Krepel! Du mauerst doch wie ein Weltmeister«, sagte Karlo und war sich sicher.

Karlo sah keinen einzigen Stich. Dann legte Heinz den roten König auf den Tisch.

»Wenn ich richtig mitgezählt habe, ist noch eine rote Karte im Spiel«, stellte Heinz mit feinem Unterton in den Raum.

»Ja doch! Die hier«, fauchte Karlo und legte das rote Ass. »So leicht lasse ich mich nicht Schneider spielen«, fügte er mit grimmigem Triumph in der Stimme hinzu.

Huro hatte das Spiel noch nicht ganz verstanden, nur dass immer zwei gegen den Spielmacher spielten. Wer gegen wen zu spielen hatte, wurde irgendwie am Anfang durch das Reizen entschieden. Was hinter den ominösen Zahlen steckte, die sich die Spieler gegenseitig an den Kopf warfen, hatte Karlo erklärt, aber Huro hatte es nicht gefressen. Es war etwas mit den Farben und den Buben. Also in diesem Fall waren es Micha und Heinz, die gegen Karlo spielten.

Tatsächlich schien Karlos Plan aufzugehen, die roten Karten waren alle gespielt und nur ein Bube konnte Karlos rotem Ass gefährlich werden.

»Ich hab auch noch eine rote Karte«, ließ sich da Micha fröhlich vernehmen.

Er holte weit mit dem Arm aus und klatschte theatralisch den roten Buben auf den Tisch.

»Gewonnen! Schneider!«

Als Micha den roten Buben aus den Fingern ließ, sprang Karlo auf und versuchte ihn am Kragen zu packen.

»Du dummes Schwein! Du hast also doch wie ein Blöder gemauert. Du hast mit vier Buben bei 18 weg gesagt! Du hast mich gezwungen, den Mist zu spielen. Du Arschkrampe!«, donnerte Karlo mit rotem Kopf wütend über den Tisch.

Micha hatte den Angriff kommen sehen, duckte sich behände weg und sprang auf.

»Ach Freund, ich wollte doch auch mal gewinnen«, antwortete er aus sicherer Entfernung.

»Schnauze! Du kannst was erleben! Wenn ich dich erwische! Du hättest das Spiel machen können. Du hättest das verdammte Spiel machen müssen! Vier Buben! Du irrer Haarwanst.«

»Aber Freund, immer wenn ich gespielt habe, hab ich

verloren«, erwiderte Micha mit dem harmlosesten Augenaufschlag, der ihm auf der Flucht möglich war. »Du denkst wohl, du kannst mich verarschen. Du Ratte!«

Karlo stürzte sich erneut auf Micha, der sich in weiser Voraussicht in die Nähe der Tür manövriert hatte, die er, bevor ihn Karlo erreichte, aufriss. Mit einem weiteren »Ich wollte doch nur auch mal gewinnen, Freund!« verschwand er nach draußen, bevor Karlo auch nur zu Ende denken konnte, was er mit ihm tun würde.

»So ein Mistkerl! Mich reinzulegen! Das gibt's doch nicht!«, schimpfte Karlo, der es vorzog, im warmen Bauwagen zu bleiben.

»Ja, er hat dich so richtig abgezockt«, stellte Heinz trocken fest, wobei es ihm nicht vollständig gelang, die Freude über Michas gelungenen Coup zu verbergen.

»Wenn ich den erwische! Soll er sich den Arsch abfrieren da draußen!«, schnaubte Karlo nicht mehr ganz so überzeugend.

Micha ließ sich eine Weile nicht blicken, trotz der Kälte. Er wusste, dass es Karlo schwerfiel, lange sauer zu sein. Seit dem Vorfall wurde Micha vorerst als Skatbruder gemieden.

Wieder klatschte ein Schneeball an die Tür des Bauwagens. Die Burschen gaben keine Ruhe. Rudi und Billy waren erst kürzlich und wahrscheinlich nur vorübergehend zu den anderen gestoßen. Billy verdrehte die Augen und machte Anstalten aufzustehen und rauszugehen, um dem Treiben ein Ende zu setzen. »Lass sie! Die werden schon Ruhe geben«, bremste ihn

Rudi. »Die sind schneller als du.«

»Das werden wir sehen«, erwiderte Billy und fand sich herausgefordert.

»Na dann.« Micha grinste in Erwartung der kommenden Ereignisse.

Als Untermalung schlugen wieder Schneebälle an die Tür.

»Du hältst die Klappe! Das ist doch alles wegen dir gekommen«, knurrte Billy, der längst über die Vorgänge im Bilde war. »Oder sehe ich das falsch, Herr Micha?! Das ist doch alles auf deinen Mist gewachsen!«

»Freund, du kennst mich doch. Ich würde doch nie Schneebälle werfen.« Der Versuch einer Unschuldsmiene war gut, aber nicht vom Besten, was es auf diesem Gebiet zu sehen gab.

Wieder klatschte ein Schneeball dumpf an die Tür des Bauwagens.

»Jetzt reicht's! Die können was erleben! Rotzmatzen!« Billy riss die Tür auf. Im gleichen Augenblick pfiff ein Schneeball an seinem Kopf vorbei und landete zischend am Ofenrohr.

Billys Verblüffung war so groß, dass er für einen Moment erstarrte, der den Bubis reichte, um zu verschwinden.

Für diesen Tag flogen keine Schneebälle mehr. Erst am nächsten Tag, mittags, als allesamt in die BAV fahren wollten, ging es wieder los. Huro saß gemeinsam mit Micha und Thomas auf der Ladefläche des UAZ. Am Vormittag hatte es geschneit und auf der Ladefläche hatte sich eine zehn Zentimeter hohe Schicht Schnee gebildet. Zum Glück waren die alten Autositze trocken geblieben, die unter dem blechernen Verschlag hinter dem Fahrerhaus lagen. Als die drei es sich dort bequem machen wollten und Billy anfuhr, hagelte es Schneebälle. Als Micha die ersten Schneebälle in der Hand hatte, um zu antworten, waren sie schon viel zu weit weg.

Der folgende Tag begann ohne Zwischenfälle. Es war zu kalt, der Schnee ließ sich nur mit Mühe zu Schneebällen pressen, was die Jugend dazu bewog, am Morgen nicht mit Schneebällen zu werfen. Die Temperatur stieg im Verlauf des Tages und der Schnee begann wieder gut formbar zu werden.

Im Bauwagen saßen alle beim Mittag und kauten andächtig an ihren Broten und tranken den mitgebrachten Tee, als Schneebälle an die Tür donnerten. Billy sah Rudi an. Aufspringen, die Tür öffnen und das Heraustreten waren eine Bewegung.

Die jungen Bengel erschraken tatsächlich vor dem grimmig umherblickenden Billy und sie zogen sich zurück. Billy unternahm einen halbherzigen Versuch, die Ruhestörer zu verfolgen, um seinen Drohgebärden die nötige Ernsthaftigkeit zu verleihen.

Tatsächlich war ab dem Zeitpunkt Ruhe. Der Mittagstisch war beendet und Rudi war der Erste an der Tür, die er mit dem üblichen Schwung öffnete. Plötzlich balancierte er mit den Armen rudernd auf der Schwelle, bis er, das Gleichgewicht findend, wieder zurück in den Bauwagen schwankte.

»Schwein gehabt! Die Treppe ist weg«, keuchte er.

Der Bauwagen, gut einen Meter hoch, hatte vor der Tür eine Treppe aus verzinkten Metallrosten mit fünf Stufen. Die war weg.

»Diese Rotzmatzen!«, entfuhr es Billy. »Die haben die Treppe weggeschafft. Diese dürren Krepel haben die Treppe weggetragen, ohne dass wir es gemerkt haben.« Er konnte es nicht fassen.

Nacheinander sprangen alle in den Schnee, um aus dem Bauwagen herauszukommen. Die fünfstufige Treppe stand, als wäre nichts geschehen, angelehnt auf der anderen Seite des Bauwagens. Mit vereinten Kräften trugen Rudi, Billy, Huro und Micha die Treppe wieder an Ort und Stelle. Die Treppe war nicht leicht. Die vier hatten gut zu tun, sie wieder an Ort und Stelle zu bugsieren.

»Jetzt ist Schluss«, befanden Karlo und Rudi gleichzeitig. »Micha, du sorgst dafür, dass die Kerle Ruhe geben, egal wie du das machst!«

»Freund, ich? Ich war's doch nicht!« Micha sprach alle Gesellen gleichermaßen mit ›Freund‹ an, das er auf unzählige Arten zu betonen wusste.

»Doch! Du hast mit dem Mist angefangen, also sieh zu!« Rudi war unerbittlich.

»Wie soll ich? Die haben nicht mal auf Billy gehört. Der ist Geselle. Was soll ich da …«

»Das ist mir doch egal. Mach was! Sonst raucht's«, unterstützte Karlo Rudi.

»Schon gut«, gab Micha klein bei. »Morgen nehm' ich mir die Kerle zur Brust!«

»Gut! Da bist du hier alleine und kannst uns nicht mit reinziehen.« Karlo war zufrieden.

»Alleine?«, ließ sich Micha kleinlaut vernehmen.

»Bei uns ist morgen jedenfalls Samstag.« Karlo und Rudi lachten.

»Haha.« Micha konnte nicht darüber lachen, doch es schien ihm auch nicht unrecht zu sein, dass das Wochenende vor der Tür stand.

Der Montag begann mit gespannter Ruhe. Bis Mittag war nichts zu sehen. Micha trug, wie gewohnt, gute Laune zur Schau. Nur wer ihn kannte, hätte eine gewisse Unsicherheit bemerkt.

Der Mittag ging vorüber und es war immer noch nichts passiert. Die Burschen waren wie vom Erdboden verschluckt.

Zum Feierabend, als Rudi den Bauwagen abschloss, traf ihn ein Geistesblitz.

»Heute fangen die Winterferien an!«

Tatsächlich hatten die Winterferien begonnen und von den Schülern war nichts zu hören und zu sehen.

Anfang

Huro war in der neunten Klasse, stand mit seinen Mitschülern vor dem Russischraum und wartete auf die Lehrerin, welche die Klasse in den Raum einlassen würde. Der Direktor spazierte hin und wieder in den Pausen auf den Fluren der Schule herum, leise und langsam. Plötzlich stand er zwischen den Schülern, dicht vor Huro, und starrte auf das winzige, vielleicht drei mal drei Millimeter große Kreuz an seiner Jacke. Huro hatte ganz vergessen, dass es dort steckte. Er trug es schon einige Wochen und maß dem winzigen Teil keine besonders provozierende Bedeutung bei.

Der Direktor, ein kleiner älterer Mann mit Glatze und weißem rückwärtigem Haarkranz, glotzte durch seine Brille, sagte kein Wort und ging in sein Zimmer, das dem Russischraum schräg gegenüberlag. Nach einigen Minuten, Huro und seine Klassenkameraden waren im Begriff in den Russischraum hineinzugehen, tauchte er wieder auf und forderte Huro auf, die Schule auf der Stelle zu verlassen. Solche Subjekte wie Huro könne er an seiner sozialistischen Schule nicht dulden.

Natürlich gab es auch ein Schriftstück zu diesem Vorgang, welches Huro mitbekam. Er legte es seinen Eltern vor, die sich umgehend mit dem Kreisschulrat in Verbindung setzten. Dieser sah sich gezwungen, den übereifrigen Direktor zurückzupfeifen, immerhin garantierte die Verfassung der DDR Religionsfreiheit. Huro durfte schon am nächsten Tag die Schule wieder betreten. Damit war allerdings der weitere Fortgang für ihn verbaut. Der Herr Direktor setzte alles daran, dass er weder auf eine weiterführende Schule kam noch eine vernünftige Lehrstelle erhielt.

Natürlich musste Huro in der zehnten Klasse an der maximal möglichen Anzahl von mündlichen Abschlussprüfungen teilnehmen, fünf an der Zahl. Ebenso klar war auch, dass der Herr Direktor bei den Abschlussprüfungen in der zehnten Klasse, die Huro ablegte, dabei war. Auf die drei schriftlichen Prüfungen hatte er keinen Einfluss. Auch nicht auf einige Lehrer, welche die mündlichen Prüfungen so abfassten, dass Huro sie mit guten Noten bestand. Bei der Russischprüfung konnte der Direktor nicht eingreifen, da er der Sprache nicht mächtig war.

Die Russischlehrerin fragte Huro ausschließlich Sachen, die er wusste.

Auch in Mathe hatte er keine Chance. Dort hatte Huro einen Lehrer, dem er viel, nicht zuletzt sein Verständnis für Mathematik, zu verdanken hatte. Allein, dass es ihn gab und Huro ihn im Unterricht erleben durfte, war der Grund, dass Huro erkannte, dass es wirklich Lehrer gab und geben würde, die dieser Bezeichnung Leben einhauchen konnten und die daran interessiert waren, Wissen weiterzugeben. Er war kein Lehrer mit einer klassischen Ausbildung, sondern ein ehemaliger Pilot der deutschen Luftwaffe, der wegen des Lehrermangels nach dem Krieg als Neulehrer angefangen hatte. Er wurde von allen Schülern respektiert und geachtet. Herr H. konnte die Mathematik vom Staub der Jahrhunderte befreien und sie lebendig erklären.

In Geografie sah es schlechter aus, da war der Herr Direktor gut drauf, weil er selbst dieses Fach unterrichtete. Huro hatte sich vorbereitet. Vor der versammelten Prüfungskommission konnte der Herr Direktor allerdings nur Fragen vom Stapel lassen, die zum Lehrstoff gehörten. Daher konnte er Huro nicht gänzlich aus der Kurve schmeißen. Geschichte war auch nicht wirklich das Gebiet, wo der Herr Direktor punkten konnte. Der Lehrer machte es Huro nicht schwerer als nötig.

Schwierig war die Staatsbürgerkundeprüfung. Dort ging es nur ums Auslegen von sozialistischen Theorien, da konnte der Direktor alles so drehen, wie er wollte. Dennoch schaffte Huro mit seinen Noten des ganzen Jahres letzten Endes eine Vier.

Nachdem der Direktor in seinen Augen zu wenig bezwecken konnte, stellte er sicher, dass Huro eine Beurteilung zu seinem Abschlusszeugnis ausgestellt wurde, die es ihm fast unmöglich machte, sich auf eine Lehrstelle zu bewerben. In der Beurteilung stand im Wesentlichen, dass Huro keinen Respekt vor Lehrern im Speziellen und im Allgemeinen vor Erwachsenen hatte. Nur einem war diese Beurteilung vollkommen egal – das war der Kaderleiter der KWV (Kommunale Wohnungsverwaltung). Dort unterschrieb Huro seinen Ausbildungsvertrag zum Dachdecker. Der Mann hatte auch einen Sohn und war der Meinung, die in der Beurteilung des Direktors erwähnte fehlende Achtung Erdmanns vor älteren und vorgesetzten Personen würde sich schon noch herauswachsen.

Mit der zweijährigen Ausbildung zum Dachdecker beauftragte die KWV Meister Gebauer, da die KWV nicht über einen eigenen angestellten Dachdeckermeister verfügte, der diese Aufgabe hätte wahrnehmen können. Ob Meister Gebauer, zwecks Wahrnehmung seines Ausbildungsauftrages, die fantastische Beurteilung gelesen hatte, wurde nicht bekannt.

So kam Huro zu seinem Beruf, den er in der größten privaten Firma des Kreises G. erlernte.

Die Gesellenprüfung war eigentlich nicht der Rede wert,

wenn nicht der Prüfer, ein Dachdeckermeister, dessen Namen längst Geschichte war, geglaubt hätte, dass Huro ihm seine Zange geklaut hätte.

Huro war auf dem Weg aus dem Keller zum Meister ins Büro, um die Zange, die er versehentlich nach erfolgter praktischer Prüfung eingepackt hatte, dem Meister zu geben.

Es klingelte das Telefon und der Prüfer war dran, um Huro des Diebstahls zu bezichtigen, was Meister Gebauer elegant ignorierte, Huro dennoch beleidigte.

Meister Gebauer verfügte über ein sinnreich selektives Gehör. Im zweiten Winter von Huros Lehrzeit arbeiteten Huro, Kutte und Löffel in einem kleinen Dorf ganz in der Nähe von drei Burgen, nahe der nächsten Kreisstadt. Sie hatten schon den halben Winter in dem Dorf verbracht und arbeiteten an der dritten Baustelle im Dorf.

Es machte Huro Spaß, den Meister zu imitieren. Vor allem seine Gewohnheit, den Satz mit einem gebrummten Hrrm, hrrm zu beginnen, konnte er gut nachahmen und damit die Kollegen zum Lachen bringen.

Eines schönen Tages, es hatte geschneit und sie hatten das Gerüst eben von Schnee befreit, kam der Meister um die Ecke, um nach ihnen zu sehen. Huro war vertieft darin, die Schnur zu spannen und mit Löffel zu schnüren. Sie arbeiteten an einer Wandverkleidung aus kleinformatigen Faserzementplatten.

Huro brummte irgendeinen Spruch, den der Meister öfter vom Stapel ließ. Kutte lachte. Löffel, der über Huros Schulter sehen konnte, was hinter Huro vorging, sagte: »Huro, hör auf damit! Der Meister erschreckt sonst noch mal!«

»Hrrm, hrrm. Der erschreckt doch jeden Morgen, wenn er in den Spiegel guckt«, antwortete Huro auf die vermeintliche Vorlage.

»Hrrm, hrrm. Guten Morgen!« Der Originalton ließ Huro zusammenfahren.

Im ersten Moment wusste er nicht, was er tun sollte. Dann drehte er sich herum. Wenn Huro nicht schon durch die Kälte knallrot im Gesicht gewesen wäre, war er es jetzt und wünschte verlegen dem Meister einen Guten Morgen.

Der tat, als hätte er nichts gehört, und erkundigte sich nach allem Möglichen, wobei Huro hübsch schwitzte. Erst als er wieder weg war, wich die Spannung von ihm.

»Du Blödmann, Huro! Ich hab extra gesagt: ›der Meister‹! Das hättest du merken müssen! Sonst hätte ich doch gesagt: ›der Alte‹«, erklärte Löffel seine Warnung, die Huro dummerweise nicht verstanden hatte.

Am Ende seiner Lehrzeit musste Huro wieder zur KWV, bei der er ja eigentlich angestellt war. Das hieß, eines Morgens stand er mit seinem Werkzeug und in Arbeitsklamotten bei der KWV vor der Tür, doch niemand wusste etwas von ihm. Der alte Kaderleiter, der den Vertrag mit Erdmann seinerzeit gemacht hatte, war in eine andere Firma gegangen, der neue behauptete, es gäbe keine Unterlagen über Huro und dessen Ausbildung bei Meister Gebauer und schon gar nicht über die anschließende Anstellung Erdmanns als Dachdeckergeselle.

Huro beschloss dorthin zurückzukehren, wo man ihn

kannte. Er nahm sein Werkzeug und ging stehenden Fußes zurück zu seinem Meister. Der stellte ihn sofort wieder ein. So landete Huro noch am selben Vormittag auf derselben Baustelle, auf der er einige Tage vorher aufgehört hatte. Der Meister persönlich sorgte dafür, dass sich die Nachricht herumsprach. Der Meister setzte sich in den Wartburg und machte die Runde über alle Baustellen der Firma.

»Hrrm, hrrm! Stellt euch vor! Der Doktor ist wieder da!«

Verlag: BoD · Books on Demand GmbH,
In de Tarpen 42, 22848 Norderstedt
Druck: Libri Plureos GmbH, Friedensallee 273,
22763 Hamburg
ISBN: 978-3-7578-8758-2